父亲的三万块钱

深圳华强北创业者纪实

◉谢嘉鹏 著

SPM
南方出版传媒
广东经济出版社
·广州·

图书在版编目（CIP）数据

父亲的三万块钱：深圳华强北创业者纪实 / 谢嘉鹏著. —广州：广东经济出版社，2020.4
ISBN 978-7-5454-5944-9

Ⅰ.①父…　Ⅱ.①谢…　Ⅲ.①纪实小说—中国—当代　Ⅳ.①I247.5

中国版本图书馆CIP数据核字（2020）第053365号

责任编辑：谭　莉
责任校对：林晓珊
责任技编：陆俊帆

父亲的三万块钱：深圳华强北创业者纪实
FUQIN DE SANWAN KUAI QIAN：SHENZHEN HUAQIANGBEI CHUANGYEZHE JISHI

出版人	李　鹏
出版发行	广东经济出版社（广州市环市东路水荫路11号11~12楼）
经　销	全国新华书店
印　刷	广州市人杰彩印厂（广州市天河区广汕一路708号B栋101房）
开　本	787毫米×1092毫米　1/16
印　张	17　1插页
字　数	300千字
版　次	2020年4月第1版
印　次	2020年4月第1次
书　号	ISBN 978-7-5454-5944-9
定　价	50.00元

图书营销中心地址：广州市环市东路水荫路11号11楼
电话：（020）87393830　邮政编码：510075
如发现印装质量问题，影响阅读，请与本社联系调换
广东经济出版社常年法律顾问：胡志海律师

序

记得今年三月一个偶然的机会，我在微信朋友圈里看到一篇文章——《父亲的三万块钱》，略读之后，竟然触碰心弦、引发久忆。这个关于潮汕小伙在深圳华强北打拼创业的故事，浓缩着近三十年来潮汕人在深圳这片创业热土上奋力拼搏的历程：真实深刻，生鲜活猛，百炼成钢！

在潮汕人中，流传着一种说法："饿死不打工"，充分体现了潮汕人与生俱来的创业基因；一句"爱拼才会赢"，道尽了潮汕人勤奋创业、坚忍顽强的精神。

潮汕平原地少人多，自然资源缺乏，潮汕人秉承中华民族多子多福的传统观念，子女较多但普遍受文化教育程度偏低，所以潮汕人历来都有从小"闯世界、拼前途"的浓厚观念。

生存与发展，造就了潮汕人精明、肯干、团结的品质。在做生意上，潮汕人几乎都是从无到有：没有资金，可以借；没有市场，可以开拓；没有客户，可以培养。其中的种种艰辛，只有自己才能体会到。

在中国40年改革开放的最前沿——深圳华强北，时刻演绎着无数潮汕创业者激荡人心的创业故事。有着"华强北才子"之称的谢总，就是其中的一名创业者。有一天，他打电话给我，说他想出版之前所写的一本关于华强北电子创业故事的小说时，我为他感到欣喜且深表敬佩。敬佩他无私分享以及鼓舞后来者的奉献精神。我终于有机会找了个空闲时间，一口气将这本小说看完，过程中流了3次泪水。尽管这是一部小说，但我感受到一个时代的“潮汕电子人艰辛奋斗史”，书中叙说着潮汕人对孝道、友情、爱情、婚姻、家庭的重视与眷恋，对创业的持续追求，以及创业者永不服输、一切可以从头再来的奋斗精神。

时代虽不同，情怀与精神却不变，华强北承载着太多人的梦想，但现实却让每个人都时时刻刻犯难。潮汕人敢想、敢做、敢闯的精神也让每次的困难挫折都变为机会。小说中也表达了，企业必须走向规范化。而机会从来都是留给有准备的人，人生修行路上的诸多养料，滋养着每个个体的丰满人生。

有史可鉴，有例可循，此乃有心人、有缘事。

陈海升

2019年11月于深圳

目录

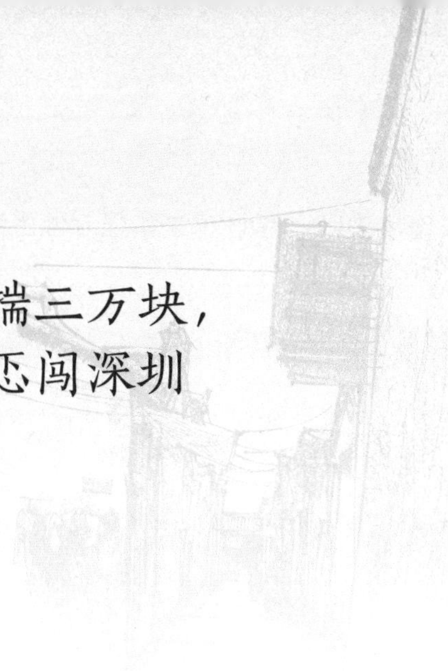

第一章
少年怀揣三万块，懵懂忐忑闯深圳

一间潮汕传统的“罗里头”（潮汕方言，意思是小房子）内，母亲正蹲在拥挤的灶头前，烧着柴火，锅里面焖着白萝卜排骨。

那是过年才能吃上的菜，而今天，对于这个家来说，却是非比寻常的一天。在深圳华强北打工的儿子，突然回家了。

儿子的性格像父亲，话不多，但是很孝顺。

在华强北，一个月500块的工资，老板包吃住，一年到头，他居然能拿5800块回家过年。这对这个家来说，真是一笔不小的收入。然而，年还没有过一半，这个一向懂事的孩子，却突然不干回家了。

父亲抽着旱烟，一句话不说，只是非常拼命地吸着，似乎那杆烟枪，成了此刻他唯一能够寄托的东西。

母亲呢？那就是另外一个风景了。不止手上、脚下忙活着，重点是嘴巴，像加特林机关枪一样，扫射着屋子里两个沉默的男人。

潮汕话最经典的古训，像放CD碟一样，充斥着那个已经很拥挤的屋子。

“还没学会走路，你就要飞了……做人还是实际点好……多好的工作啊！说不干就不干了……儿啊！我们农民，还是穷农民……别想太多了……”话没完没了，男孩头低得差不多到地了。

父亲默默地站了起来，爬上了小阁楼。下来的时候，一本红色的存折攥在手里。

“抬起头来。18岁了，白长了这一米八几的个子。这里有3万块钱，也是我们这个家所有的财产，老父没什么用，做了一辈子泥水工，一生最大的责献，也就糊了这间小平房。这钱你拿去吧。想自己去华强北做生意，就去做。对我们家来说，你也只有这一次机会了。”

“爸爸，我一定会把生意做起来的。打工一年多了，我熟悉华强北的每一步运作。”

这个只有18岁的男孩，脸上浮现出跟他的年龄非常不搭的表情。

老父亲抽了一口烟，默默地说：“成与不成，就这一次。不成了，家里的三尺六（指锄头）就由你继承了。靠着屋后那块地，我们一家也不会饿死。去吧！”

第二天，东方吐白。

男孩怀揣着3万块钱，坐上了开往深圳华强北的长途汽车。

他的名字叫阿东，上学只上到初中一年级，16岁就跟着一帮同村兄弟来到华强北，做了一个送货工，已在华强北干了一年多时间。

1998年6月1日，华强电子世界3号楼，正式开业。

时值电子元器件行业的黄金年代，所有店面、柜台、房间，都是抢手货。没有内部关系，根本就没办法租到一个柜台，所谓的“转让费”更是高得离谱。

阿东在市场转悠了几天，一咬牙，跟一个朋友合作，花了1万块钱的转让费，租了一个1.2米长的小柜台。

每人一半，也就是60厘米长、40厘米宽的玻璃柜，月租金2600块，加上2000块的押金，预付半年租金，细算下来，一个人花了13800块。

数钱的时候，阿东的手抖得不像话。他来来回回地数了3遍，才把钱交给了对方。

两个一米八几的傻大个，就凭着华强北这一个1.2米长的玻璃柜，开始了亿万富翁的征程。

当时的他们，绝对想不到，等待他们的，将会是什么……

店是租下来了，要卖什么货，还是一个问题。

阿东虽然在华强北混了一年多，也认识一些人，可是，你在市场，我也在市场，如果我调你的货卖，那肯定是没有优势的。

阿东想到了潮阳陈店，因为市场做电子的，基本上都是那边的人。而且基本上，货源都来自那里。

阿东摸摸口袋里的钱，只剩1万多块钱。拿出一半去陈店进货，应该没有问题吧。

说干就干，他坐长途汽车来到了陈店，这是个潮汕有名的电子小镇。

下车的那一刻，他蒙了。

虽然同是潮汕人，但是口音有天壤之别。那么多的电子元器件，乱如牛毛，他都不知道从哪里下手。

以前打工的时候，他也只认识那几种电阻。现在面对这么庞大的市场，他有点应付不来。他花了足足一天的时间，走遍了这个电子小镇的每一个角落、每一间店铺，受尽了各种冷眼。

但是，这个小伙子，却越走越快乐，越走越兴奋。一天下来，饭都忘记吃。他就这样，空着肚子，逛了整整一天。

在最后一班开往深圳的大巴发车前，他决定了，花了6500块钱，买上一些SMD（表面贴装器件）电阻。然后，急急忙忙地装了10大件，把货运到深圳。

回到深圳的时候，已经是凌晨5点多了。

这一天一夜，阿东只是在大巴上眯了一会，因为带着货，他无法安心入睡。

为了节约二次运输的费用，他干脆不回那个10平方米不到的出租屋了，直接把货运到华强电子世界门口，借着晨曦与路灯的光，把这10大件货，分门别类，弄得整整齐齐。

致富的路，就从这些货开始……

第二章
出师不利，
死马当作活马医

早上9点整，华强电子世界开门营业了。

阿东兴奋地把自己这10件货拖到了那个小玻璃柜前。还别说，这柜子虽小，但加上后面的那个壁柜，居然可以把这10件货都放进去。

接下来，就是等待生意上门了。

当年的华强电子世界，人山人海，人们在过道要侧身通行，并且经常出现拥堵的情况。

阿东看到这些人来人往的景象，再看看自己那满满半柜子的货。他一盘一盘地把货拿出来摆弄。每一盘货，对他来说，都是一件高雅的艺术品。哦，错了，应该说每一盘货，都是一张张百元大钞。

一天过去了，营业额是零。

两天过去了，营业额又是零。

三天过去了，还是零。

客户是有的，只是都只看看货，就笑笑走了，也没有说什么。

阿东心慌了。

中饭从五元的盒饭，改成了五毛的馒头，在茶水间装点开水，将就着就是一餐。他内心的那种焦虑，是难以形容的。

到了第四天，阿东终于忍不住了。

可是，站在华强电子世界的市场里，一眼望去，人潮如织，又有谁，能够帮衬这个用父亲给的全部家产建起来的摊子呢？这也许不是阿东一生唯一的机会，但是，对于他的老父亲来说，这就是他最后的一次机会。成了，家庭就变了。

万般无奈的阿东，摇晃着脑袋来到了他以前老板的仓库。在那里静静地坐了一个下午，也不开口多说什么。他说得最多的一句话，就是“差不多”。

生意怎么样啊？

差不多。

住的地方怎么样啊？

差不多。

每天怎么吃饭，打盒饭还是自己煮？

差不多。

老板一下子火了：问什么都回答差不多，在这儿坐了一个下午，屁都不放一个，就是差不多、差不多。这家伙，明显心里有事。

老板是一个热心人，他说：“走吧！去你柜台看看，看你在卖什么货，做什么生意。”

来到柜台，老板看了他进的那些电阻后，脸一下子黑了：“你让人骗了，知道吗？”

“啊……”

“贴片电阻，不比我们的DIP（双列直插封装），可以散卖。你这些货，全部都是不够一盘的散料，也就是一堆垃圾。谁会跟你买？你摆这些垃圾，谁会跟你做生意啊！”

老板摇着头走了，留下了一脸茫然的阿东。

6500块钱的货啊，加上运费等，差不多花了7000块。为什么就是一堆垃圾呢？他是怎么也想不明白。

一直到市场6点下班，他还傻傻地坐在那里。

下班了，阿东走出华强电子市场。

他买了一张30元的电话IC卡。在华强北的电话亭上，打了他人生中最难受的一通电话。其实内容不多，他说得最多的，就是那几个词：“帮一下我……退货……退点，没钱吃饭……”

当30元的电话IC卡打完之后，放下电话的那一刻，阿东哭了。这个一米八几的傻大个，在华强北路傍晚的路灯下，号啕大哭！

这是他成年后的第一次哭泣。在他的人生中，在他华强北奋斗的生涯中，他只哭过两次。另外一次，是在十年后……

哭泣，如果能解决问题的话，那么，那6500块是不是能回来呢？显然是不行的。那个卖散料给他的老板，始终不愿意接受退货。

其实，所谓“割货”行规，也差不多是这个样子的。陈店也好，华强北也罢，“割货”操作，就是钱货两清。看好货，交好钱，一切就是各安天命了。有可能，你用1万元，买到了100万元的东西。卖家，也只是笑笑而已。也有可能，你用100万元，只买到价值不到5000元的东西。卖家，也依然笑笑。只不过，这个笑容中多了一份得意。

只是，无论如何，退货，都是免谈。

一切，总要面对的，不是吗？

阿东站起身来，默默地走向福星路的出租屋，走向那个10平方米不到、位于楼梯角的单房。也许，此刻，只有那里，才能安放他受伤的心。

第一单所谓的生意，算是以失败告终了。用了一天一夜的时间，加上五分之一的财产，往他致富的柜台上，拉来了一堆电子垃圾。一文不值。

早上9点的华强北路，像一头沉睡醒来的野兽。而阿东呢，此刻的他，感觉自己像一只待宰的小羊羔。他安静地坐在那个花了近一半财产拿下的玻璃柜旁。他多么希望，自己也能卖点钱啊！

看着柜台前后的同行们，生意做得风生水起，忙得不可开交。天生勤劳的阿东，就帮着身边其他柜台的人，搬搬货，换换盒子。

突然，他看到满地的纸皮，像看到人民币一样。这也是钱啊。以前在老家，他也捡过纸皮来卖，现在这个市场里有这么多纸皮，就算不做电子生意，光是捡这些纸皮，都能赚到一天的饭钱和房租。

说干就干，好家伙，阿东把市场附近柜台的纸皮箱，整理了两大捆，堆在自己的柜台前面，估计有好几十斤。都说华强北遍地都是钱，只是看你会不会捡，还真的是这样子。

正在他得意之时，来事了。

几个保洁大婶，拿着大扫帚、大拖把，带着一个像领导的人，来到了阿东柜台前面。

“这纸皮是怎么回事？”

“我捡的啊！”

“捡来做什么啊？”

“卖钱啊！”

这个领导，也就是保洁队长，被这个诚实的小伙子逗乐了："卖钱？你倒是不傻啊。你知不知道，这个商场的保洁工作是我们承包的；你知不知道，我们保洁大姐的工资都是非常低的，一个月不到三百块。你知不知道，这些废品，也是在我们承包之内的，我们卖这些废品的钱是作为奖金发放的。你倒好，手脚麻利啊！一下子就搞了这么多。"

阿东让他这么一说，本来黑色的脸上，也不知是黑是红了。

保洁队长又说："还有啊，你这样子，全部当废品卖，也太浪费了吧！你看一下，这些小盒子，松下、三星、国巨、NS、NXP，都是名牌原盒。这一个小盒子，就能卖几块钱的，你知道吗？你这傻小子！让你这么一压，倒真成了废品了，多浪费啊！"

听了这些话，再看看那些本来很新，却让自己压扁的小盒子。阿东霍然兴奋起来，两眼放出光芒，好像一下子起死回生了。然后，他跟保洁队长道歉。但是，还是死皮赖脸地要了一些盒子。

保洁队长拿他没办法，只能跟他说："算了吧，你喜欢什么就拿吧。只此一次，下不为例。纸皮0.2元一斤，你这能卖多少钱呢？"

阿东终于笑了，笑得非常傻，但笑得非常开心。

如果说，刚才那堆纸皮，在他眼里是一张张十元票子的话，现在的这些原厂小盒子，在阿东眼里，就是一张张好几万元的支票了……

第三章 巧借“壳”，扭转乾坤

看着自己瞬间成为市场其他人的笑料，阿东这个耿直的潮汕小伙子，倒没有觉得有什么好难为情的，他只是很小心地把那些捡来的盒子恢复原状。

这样折腾了半天，也没人知道这傻小子想干什么。不过，有一些盒子，确实是让他给压烂了。就这样，阿东对着一堆纸皮，摆弄了一天。

快下班的时候，那个带人“讨伐”他的保洁阿姨实在看不下去了，说：“小伙子，你别整了，你要新盒子，我给你！我今天收的，你要多少拿多少，看你这样子，不像是拿去卖废品。”

阿东又笑了，有些难为情。

第二天，华强北这头野兽又准时在早上9点苏醒。今天的阿东，像一只云豹一样，以闪电般的速度冲向自己的柜台。当别人都以为他疯了的时候，他把一些名牌厂家的盒子，全部整齐地摆了出来。然后把自己那些不整盘的垃圾SMD电阻，认真地擦拭干净，按盘子的颜色，分门别类地装进这些原装的盒子里面。

一下子，小小玻璃柜的画风突变。以前像是堆垃圾的地方，现在远远看去，就像是一个品牌专卖店。YAGEO、SAMSUNG、KEC、NXP、TOHSIBA，都是名牌产品啊！

潮汕古训讲：生意要会摆！

不管是小地摊，还是一个拥有上万员工的上市公司，门面都相当重要。

有了这个比较“气派”的门面，效果还真的不错。

第一单生意上门了。

有人问，就有人买。问题是，盒子是真的，里面的料有点假。客户一来到柜台，肯定要看货的。

阿东倒是门儿清，只要有客户问到什么型号，他就象征性地在柜台里面摆弄一下，然后很客气地说：“不好意思，老板，你要的型号，我刚卖完。仓库还有，我马上帮你拿过来，请等我一下。”

正常情况下，多数客户都是会耐心地等一会的。

这时候的阿东，就一转身，化身云豹，以最快的速度，在市场的同行那里，调出客户所需要的货。

于是，他终于有成交了。

当收到第一笔货款——120块钱的时候，阿东激动啊，跟隔壁柜台老板借了电话，打到他舅舅家，结结巴巴地跟他舅舅说，让他爸爸来听电话。

舅舅知道阿东是个实诚孩子，面对他这样的举动，还真吓到了，说：“你10分钟后再打过来，我马上开摩托车去接你爸过来。”

然后舅舅到工地，啥话也没说，就把东父接回来等电话。

这波操作，紧张过“掠蛇”（“抓蛇”，潮汕话中形容紧张过度）啊。村头阿二婶很认真地说：“麻烦了，这家人出事了，肯定是孩子在外面出事了。”

然后，这个消息，就从村头的大榕树下，散开了……

阿东非常高兴地跟东父说，自己开业了，做了120块钱的生意，赚了40块钱。

东父听后还是那个表情，没什么变化，只是淡淡地说，慢慢来，生意不能急。“行船开铺不离步”，一定要认真地守着自己的店。

就这样，紧张的一个月过去了。阿东做结算的时候，忧愁难展。凭借这种方式，是可以做到生意的，但是，很多时候，当他兴冲冲地把货拿来的时候，客户却走了。因为他对市场并没有自己所认为的那么熟悉，有时候拿货，东找西找，时间上要拖很久。如果货拿来了，客户走了，那更麻烦了，因为拿的货量小，一般不给退货。

所以，这一个月下来，钱没有赚多少，倒是柜台里多了一些乱七八糟的货。

阿东冷静地想了一个晚上。第二天，他跑到福田新村的饮料批发部，扛回了两箱益力矿泉水。刚拿到市场来，隔壁与他合租的小伙子——败家子，像发现新大陆一样，说："你这个1块钱馒头当一天饭的家伙，怎么舍得喝矿泉水了，而且一买就是两箱，昨晚中彩票了啊。"说着，就伸手要拿一瓶喝。阿东赶紧护着："喝水到水房打去，这水，不是给你喝的，也不是给我喝的，是给客户喝的。"

时值深圳八月，三十七八度的高温天气。逛市场的客户，确实需要一瓶水。所以，每次有客户让阿东拿货的时候，他都会很恭敬地拿出一瓶水，给客户喝，然后在酷暑中冲到别的市场调货。

这招还真有用，放他鸽子的客户减少了。所谓滴水之恩啊，喝了这黑小子的一瓶水，人家又去拿货了，怎么说也得等他回啊。

就这样，阿东的生意开始有一些起色了。

8月底的时候，阿东算了一下，收入勉强可以维持柜台的租金。只是，温饱还成问题。

随着生意的正常发展，新的问题又来了，那就是通信不畅。

之前打工的时候，老板把一部二手的BB机给了阿东，他就一直靠着这部BB机联系客户。

1998年，在深圳手机已经是人手一个了。但是，对于阿东来说，手机仍是一笔巨大的投资，他一直狠不下心来买。

但生意要做，"工欲善其事，必先利其器"。还是在那个10平方米的小屋，阿东又想了一个晚上：手机可以找个二手的，还是先去开户吧。

第二天早上，中国移动福田南营业厅还没开门，阿东就第一个排在那里等了。终于等到开门时间到了，移动公司的小姐姐热情待人，让这个刚满18岁的小伙子有点小紧张。出示证件后，小姐姐有点犯晕，眼前这个看起来有30来岁的男人，怎么拿着一张18岁年轻人的身份证呢？经过几次核对之后，她才确认是阿东本人。她看了一下户籍所在地，问："担保人来了吗？""什么担保人？"阿东没弄明白。

当时在中国移动开户，必须有深圳市户口居民作担保。如果没有担保，那就要先交8000块的保证金，还有3500块的开户费，选号费另加。

"你等会，我脑袋疼！"阿东很识趣地走了。

阿东心想：好家伙，开个手机户，就要了我一半财产，这让老爸知道了，还不杀了我啊。过了两天，阿东感到，没手机确实非常不方便。比如，客户在柜台等久了，想打电话问阿东人在哪里。可是，阿东没有手机啊，客户联系不上他。客户虽然喝了人家免费提供的水，可是华强北的节奏如火箭穿云，谁会为了几百、几千的小单子，在你这儿浪费时间呢？所以，客户又开始慢慢流失了。

阿东又一次体验到华强北的“没钱就寸步难行”。

思前想后，最终他还是想到了自己的前老板。终于，在前老板的帮助下，他花了3500块开了一个手机户。又咬咬牙，花了2500块，买了一部二手的西门子手机。

手机是买来了，但是，阿东却依然把它当传呼机用。为什么呢？双向收费啊！接进打出，都要钱。

在柜台时如果手机来电，他一定会拒听，然后用座机打回去。因为座机电话费三分钟内两毛钱，手机接起来一分钟内要五毛钱，如果一个不小心过了一分钟，那就要一块。

果然，因为有了手机，还真的让阿东接到了更多的生意。慢慢地，他也能接到一些送关外电子厂的大单了。少的七八百块，多的有几千块的。

阿东是个勤快人，一米八几的个头，全身的力气，送货对他来说，就是小菜一碟。有时候，四五件货，他也是一个人坐公交车去送。到站后，才叫摩的司机帮忙。

有一次，他要送四件货，每件差不多有20来公斤。在公明下了公交车站后，他叫了个摩的，没想到对方想敲诈他。正常是10块钱的车费，对方开价50块钱。

阿东激动得想打人，看着不远处工厂的招牌，再看看自己这四件总共近百公斤的货，气得满脸通红。

一班摩的司机还在那里起哄：“嫌贵啊，你搬着走过去啊。块头这么大，一身的力气，你倒是搬过去呀。一次搬不动，你分两次，我们哥几个免费帮你看货。”

阿东这傻小子，还真的气上头来了，“你是说真的，真的帮我看货？”

摩的司机又起哄了：“当然是真的。你不信我们啊！那跟这个报摊老板买瓶水，让他帮你看着，他有摊位，跑不了。就看你能不能搬了。”

路边报摊老板也是个实在人，说：“你不用跟我买什么，我帮你看一看，没什么的。只是这货太重了，你搬得了吗？”

“我行！”

阿东还真的有脾气。两件货，至少有50公斤，他背起来，健步如飞，没有显出吃力的样子。货搬到工厂大门，让保安帮忙看着，他又回来搬另外两件。

摩的司机拍手叫好："这小子，行啊，有力气啊。"然后一哄而散了。

第二次搬货时，眼看他就要到工厂门口了，突然，祸从天而降！

也不知道从哪里蹿出来一个小贼，一把抢过阿东别在腰间的手机，掉头就跑。阿东一下子蒙了。

追吗？身上百斤货物，价值上万。不追，他最重要的财产——手机，眼看就没了……

结果，阿东只能目送自己这辈子买的第一件贵重物品，让人家很"客气"地"借走"了！

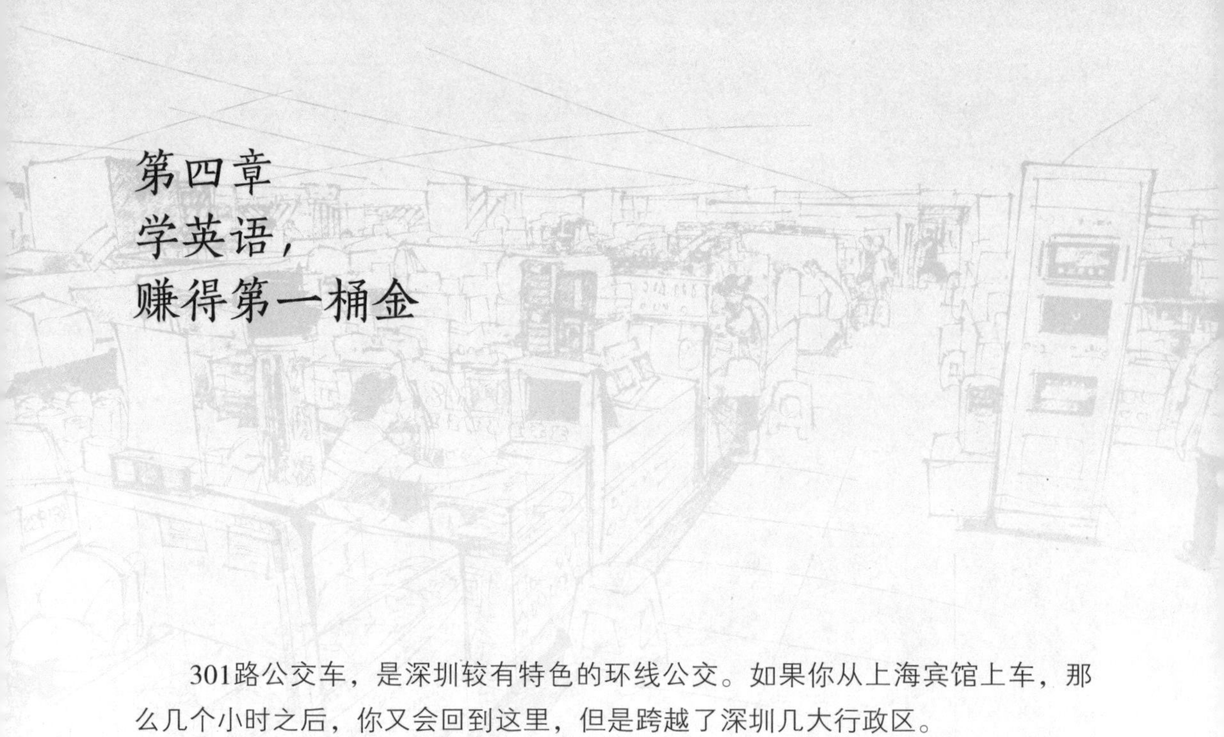

第四章
学英语，
赚得第一桶金

301路公交车，是深圳较有特色的环线公交。如果你从上海宾馆上车，那么几个小时之后，你又会回到这里，但是跨越了深圳几大行政区。

夜晚的深南大道，失去了日间的繁华，如睡美人一般，在霓虹的点缀下，显得格外妖娆。与此景非常不协调的，是一个一米八几的黑大个，站在上海宾馆的公交站台，向那个叫华强北的地方，心事沉沉地凝望……

用了不到10天的手机，就这样被抢了。

阿东从上公交车开始，一言不发，一手紧紧地捂着自己的裤袋，那儿有收来的货款1万多块钱，另一只手，紧紧地攥着拳头。

下车了，他呆呆地望着华强北。

华强北路和华强南路之间，有一座铁制天桥，南北横跨。这座桥把人们的工作与生活，很便利地连接在一起。

阿东默默地爬上桥去，颇感无奈地走向生活区那边，走向福星路那个在楼梯间的10平方米的小黑屋。

手机没了，一切还是要继续。

他的人生，不会因为一部手机而一蹶不振。

第二天一早，还是福田南中国移动营业厅，还是那个移动公司的小姑娘，还是那个看着像30来岁的18岁小伙子，补卡手续顺利完成了。

华强北总是那样的喧嚣，华强电子世界还是那样的客如泉涌，小柜台里面的那个小伙子，还是那样的勤快与负责。

新配的二手老款大哥大，是一大亮点。别在腰间，把裤子拉得左高右低。

但这样的配置，完全影响不了阿东配货的速度，还有待客的热情。

1998年的华强北，开始在世界的电子舞台声名大噪。一时之间，各种肤色、说各种语言的老外，像约好了一样，涌入华强北，涌入这条不到一公里长的街。

阿东也迎接了好多“鸡同鸭讲”的外国客户。只是一张张BOM（物料清单）表，像是无字天书一般，他实在认不得几个。认26个英文字母是没有问题的，可是字母连在一起，他就真的不知道是怎么回事了。

报名学英语!

这个想法在这个最讨厌读书的潮汕小伙子心中萌发了。下班后，他直接来到上海宾馆的山木培训公司，花了比手机还贵的价格，报了英语全修班。

一个星期过去了，课是上了，可是，他还在学音标的阶段，对生意一点帮助都没有，老外的BOM表，他还是一个字也看不懂。

后来，他直接跑去请教老师，然后把BOM表死记硬背下来。R=电阻，C=电容，L=电感，IC=集成，B=管子，PIN是脚……反正，也就差不多这样子。

这招还真有用。

一天，一个外国客户拿着一份纯英文的表格来到他的柜台前。阿东二话不说，拿起笔来，竟非常熟练地给出了报价。

外国客户看到阿东如电脑般的记忆力，深感意外。看看单子后，他非常满意地确认一下：“Dollar！Dollar！”

阿东一下子脸色不好看了，心想：你这个小气的老外，我看你数量大，才报最便宜的价格，也没有赚你多少钱，你还嫌贵，一直说“多了”。

“不多，不多，这个价格很便宜了。”

“Dollar！Dollar！”外国客户还是说“多了”。

阿东性急，一把抢过单，改了几个价格，把手一摆，拍着单子说：“再多了，我就不做了。”

“OK，OK！”外国客户很满意，这单算是成交了。

递给外国客户一瓶矿泉水后，阿东拿着BOM表，飞快地满市场跑着调货。两个小时不到，顺利完成了这份纯英文订单。重点是，这个小伙子，还只认识英文字母。

清点结算时，戏剧性的一幕发生了。

外国客户看着单子上8000多元的数字，很爽快地付了8000多美元，百元一张的美元啊！

阿东傻眼了。

他问和他合租柜台的败家子：“怎么办啊？美元是不是比我们的钱值钱，我报的是我们的钱，他给了这个！”

败家子激动地说：“收啊！傻了吧。我看看，是不是假的。”

确认了所有美元都是真的之后，外国客户非常客气地道谢走了。临走前，还夸阿东效率一流。这张BOM表，在他们德国，要跑几个城市才能配全，至少要一周时间。

8000多美元，在当时人民币和美元是1比9的汇率。

阿东激动地躲在柜台下面，认真地数了两个多小时，手一直在发抖。而且这数钱发抖的习惯，从那时起，一直保留到现在。

败家子建议：如果去银行换美元，可能汇率不高。要去关口换，才能换更多的钱。

下班的时候，阿东带上1000美元坐车去关口，把剩下的美元寄存到他前老板那里。

当年深圳的某海关，真的是一个“神人集中营”。阿东这个潮汕小伙子，虽然样子长得有点吓人，可是，一来到海关，他感觉自己就如一只小羊。

好多人在那里做换外币的生意，并且汇率都不大相同。最后，阿东找了一个可以换1比9.6的人，说好了，当面交易，钱两清。

这个换币人很是爽快，拿出一大沓蓝色人民币百元大钞，说：“这是1万元，你点9600元出来。你的钱呢？”

阿东把1000美元交给他，两个人就面对面地开始点钱。

换钱人突然问：“兄弟，你这钱哪来的？有收入证明吗？”

阿东忙说是做生意收客户的，不知道要什么证明。

换钱人一下子变脸了：“那不行啊，你这钱来路不明，我不能给你换了。”说完一把夺过阿东手里的百元大钞塞入兜里，另一只手上依然拿着阿东的那1000美元，攥得死死的。

这突如其来的变故，让阿东有点蒙了，不知道该怎么办，只得说：“那你把我的钱还我。”换钱人却不急着把钱给他，而是当着他的面，一张一张地数。

“你看看啊，一张，两张，三张……十张。看到没有，一千块。你快点收起来吧，警察来了！”

阿东看着他数了十张钱币，也就接过来，往兜里装，然后坐公交车回家。

在公交车上，他隐隐觉得哪里不对。

他把钱拿出来，再数了一下。啊！八张……只有八张……他下意识地跳下公交车，往海关那里猛跑。

哪里还有换钱人的身影。

八张，怎么可能才八张呢？换钱人当着自己的面，明明数了十张。钱，从来没有离开过自己的视线啊，怎么就少了两张呢？难道是“伯公”（潮汕地区人们信奉的神明）知道我得了“不义之财”，让人来点化我吗？

刚刚发了一笔横财的小伙子，陷入了沉思……

第五章 带上妹妹打天下

一笔飞来的横财，并没有给阿东这个小伙子带来多大的欣喜，反倒让他耿耿于怀。毕竟，他还是一个单纯的潮汕少年，才18岁，他在心里想着，等下次再见到那个老外，就跟他说清楚。当时收钱的时候，他根本就不知道美元兑人民币的汇率那么高。那200美元的损失，也让他无法释怀。

年关已近，不知不觉，到了快放年假的时候。

阿东在招商银行开设的存折，上面的数字已达到6位数了。

败家子笑像个他土老帽：“开个卡就可以了，为什么要开存折？”

阿东说，看着上面的数字，会有成就感，突然间觉得自己是有钱人了。

从此，他“土豪东”的外号就在华强北叫开了。

还是那间20来平方米的“罗厘头”，还是那个一言不发的老父亲，还是那个黑黑实实的傻大个。唯一变了的，是那位眉飞色舞的母亲。母亲依然麻溜地做着事情，嘴里不停地念叨。阿东并没有告诉母亲，这8个月来，自己在华强北赚了多少钱，只是在回家的时候，拿了1万块钱现金给母亲，把母亲高兴得，差点要杀猪请全乡里呢！

东父还是比较镇定，依然在那儿抽着烟。一家人吃饭时，也比较安静，当然，除了兴奋的母亲。阿东的妹妹，是一个16岁的姑娘，并不知道她的家要发生翻天覆地的变化，只是觉得，哥哥买回来的电子手表，非常闪亮，她非常喜欢。

晚饭过后，东父叫上儿子，到村头的池塘边走走。

父子二人，一前一后，脚步声打破了这个小村庄的宁静。

阿东拿出了那本招商银行的存折。

“爸，这里有8万块。明年上半年的柜台租金，我交好了，住的房子，也交了三个月房租。这钱，给你吧！”

东父一愣，他是知道儿子挣了钱了，但是，这钱比他想象中的要多一点。

昏暗的灯光下，看了看存折上面的数字，又看了看儿子那张黑得像炭头一样的脸，东父终于露出了难得的笑容。

“钱，我不拿了。家里这一亩三分地可以养活我们一家。这个家，现在并不需要钱。倒是你在外面做生意，有本钱在手，就比别人多了一个机会。不管你以后发展成什么样子，你一定要记住，你是这个小村子走出去的，别忘本。”

“知道了，爸。明年，我要在这个存折上多加一个0才回家。”

东父只是笑笑，没有表示多大的兴趣。他脸色沉了沉，抽了几口烟后，说：

“把你妹也带出去吧！”

“妹妹？”

“是的，把你妹妹也带到深圳去，给你帮忙。”

“爸，妹妹才16岁，现在才上初二，怎么可以就不读书了呢？我那里可以请工人的，我还要供妹妹上大学呢。”

“你妹妹不是块读书的料。以现在的成绩，估计上个普高都是困难的事情。再说了，女孩子，读那么多书有什么用？始终还是要嫁人，是别人家的。”

“爸，没文化是很可怕的一件事。我自己做生意后，才知道自己的不足，现在每周都在补习英语，还有上一些营销课。就是因为我读书太少了，先天不足，才会觉得这么累。你怎么能让妹妹也跟我一样呢？”

这是阿东这辈子第一次顶撞自己的父亲。在大城市待过，他才慢慢地发现自己跟其他人的差距。就像隔壁柜台那小子，阿东永远都学不到他的气质，还有修养。

刚开始他以为只要赚了钱就行，但是，良好的素质，是需要良好的教育才能成就的。他那帮潮汕老乡，大多数人学历不高。也许好多人觉得，读书真的没用，能够看懂“柴称星”（称的刻度）、能够算数，知道数钞票就行了。然而，这些都是大部分人对潮汕人这个群体的误解。

那些成功的潮汕商人，虽然学历都非常低，但是他们后面的学习和恶补知识，是一刻都没有停过的。比如李嘉诚先生，他高中都没有毕业，讲粤语时还带着不咸不淡的潮汕口音，但是，他懂英语、法语、德语、阿拉伯语，基本上能对答如流。当年他请补习老师给自己补德语的时候，说：“我不要学什么语法，更不用学怎么样去写作，这些，有秘书会干。我要你教的，就是能听、能说、能把生意谈下来。”

一切都从实战出发，这就是潮汕人的特性。并非这个群体文化素质低，而是，他们的起点，给人造成了误解。真正的知识，来源于生活中的实战，商海中的实操，如此才能成就潮商的传奇。

最后的结果，是阿东向父亲妥协，答应过完年后，就带上妹妹去深圳，两兄妹一起干。

16岁的妹妹，倒是对此非常兴奋，同村的小姐妹，许多都一早去珠三角闯荡了。也许她也知道自己并不是读书的料，所以，对父亲的这个决定，表现得很兴奋。

阿东则是一言不发，因为他知道，如果辍学外出，妹妹的人生，就是另一种结果。但是，父亲的决定，他也只能照听了。

大年初七，两兄妹踏上了开往深圳的大巴。

住，是一个很大的问题。以前阿东一个人，10平方米的楼梯间，倒是没什么，现在多了一个妹妹，变得非常不方便了。虽然手上有8万块，但是，阿东确实不忍心都交给房东。因为这钱，是自己事业发展的一颗炮弹，只有一炮打响了，自己才能有资格去享受生活。出于无奈，他让妹妹寄住在一个老乡家里。白天上班，晚上帮老乡做做家务、带带小孩子。当年的华强北，潮汕老乡，基本就是这种家庭模式。

令他的妹妹怀疑人生的，并不是“寄住”这一件事情。毕竟是苦孩子出身，在家里做习惯了，也没有什么接受不了。令她不解的是，来深圳的第二天，哥哥就抱回来一大堆学习资料，都是关于英语、电脑、会计电算化、工商管理、营销方面的，把这个只有16岁的小姑娘吓到了。她这刚从校园逃离，以为后面的日子就跟书本告别了，哪曾想，刚到深圳，就又看到这堆令人头疼的东西。

阿东很坚决地对妹妹说：“我在山木帮你报了电脑班，从最基本的学起。也报了商务英语班，也是从最基础的学起。每周各3节课，你在阿姨那里忙完后，晚上8点就去上海宾馆上课。”

他的话，让这个16岁的小女孩，无所适从……

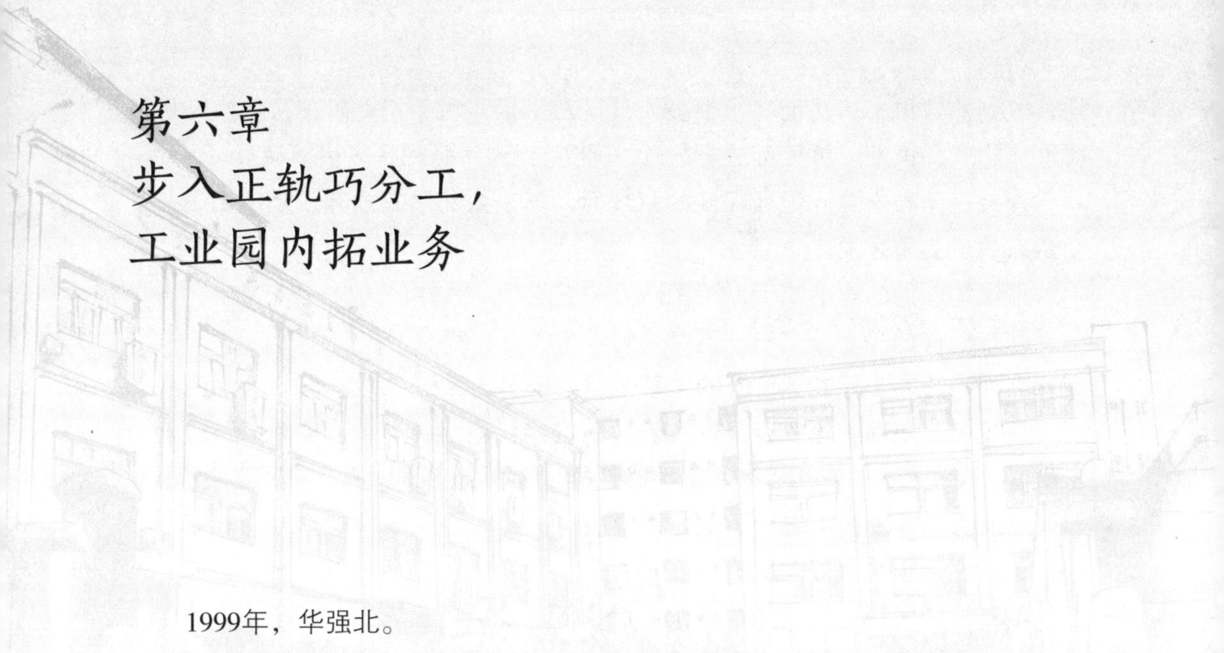

第六章
步入正轨巧分工，工业园内拓业务

1999年，华强北。

华强电子世界二号楼，在这一年开始营业。

阿东兄妹两个终于告别了跟别人合租一柜的日子，在华强电子世界二号楼，拥有了属于自己的1.2米柜台。年仅16岁的东妹，无论是做家务，还是做生意，都得心应手。如果不说破，客户怎么也不会相信，这个每天跟他们周旋、谈价格、送样打样的精干妹子，居然只有16岁。

有了妹妹的坐镇，阿东往华强北外面跑的时间就多了。他总觉得，生意，并不是在这一个柜台里面守出来的，一定要主动，只有主动才能赢得更多的机会。然而，当年互联网还没有兴起，信息不对称的情况，非常普遍。

阿东去中国电信买了一本厚厚的《深圳黄页》，他每天的工作，就是对着这本厚厚的书，一个电话一个电话地打，但是收效甚小。一则，黄页上面留的，多数是公司前台电话，想通过前台找到老板或是采购员，并不是一件简单的事情。再则，就是有一些电话信息更新不及时，除了一些大企业外，很多小企业都改了电话信息。

阿东看着这本100块大洋买来的大部头，有点哭笑不得了。

在打了几天电话而没有任何结果之后，阿东又想到了一个只有老实人才能想到的办法——“洗工业园区”。也就是拿一大堆名片和公司的单页，到深圳关外的各大工业园区派发。当然，是有针对性地派发。至于怎么做到具有针对性呢？这个傻小子认定了：穿白衬衣的，一定是高管，再不济也是一个头。如果运气好碰到一个采购经理，那就发财了。不过，这个方法，还真的是笨方法，收到的效果，可想而知。很多人，是左手接，右手扔。阿东又像捡宝贝一样地捡起来，再发。单页可是要8分钱一张呢！这每张都是人民币啊！

在经过无数次工业园区保安的驱赶后，阿东依然没有放弃，坚持每周在几个定点的工业园区发传单。

慢慢地，他的电话响了，有客户上门询问了。

阿东兴奋地蹦上公交车，迅速来到客户的办公室。

名片一递，工厂的这位采购主管见到后乐了。

只见名片后面，密密麻麻地写着一大堆字：电阻，电容，电感，二极管，三极管，IC、LED、PCB板等。只要跟元器件有关的名词，阿东都写在上面。

采购主管看着眼前这个小伙子，说了句："你是摆摊的吧。"

这话让阿东觉得好尴尬。

倒不是因为说他摆地摊的这个身份，而是他突然意识到，自己没有把专业做好。这样的名片，怎能让人信服？

工厂的采购主管倒是没有再说什么，反而觉得：现在是样品需求阶段，这个小伙子看起来还是比较勤快可靠的，如果真的什么都能配的话，自己会少了很多麻烦。想到这儿，他很"大方"地给了阿东一张BOM表。

我的乖乖，上面足足有400~500个型号。

采购主管说："这上面的东西，试样阶段要配10套样品，你能配好吗？"

"可以，没问题！"阿东爽快地答应了。他接过单子，看了上面的东西，脸上流露出难色。

采购主管看到他这种表情，就问："怎么了，配不了吧？行，我也不勉强。你做不了，我就找别人做吧。"

"不是配不了，只是上面有些主控芯片，价格有点贵。我在电话中跟你说过，样品是不用收费的，可是，这个价格真的太高了，没办法帮你免费啊！"

"10套样品，也没多少钱啊？没关系，收费就收费，我们也不会骗你的样品。"

"这样吧，配好货后，我开张收据给你，你把这张收据保留好，等你们量产了，要跟我大批量拿货时，我再把这个样品的费用退给你，你看好不好？"

"你这小子，还真有点特别啊！行啊，我就保留着收据，等着找你退钱。你几天能配好货啊？"

“明天帮你送过来！”阿东信心十足地说。

“明天？这上面可有好多型号啊，你真的有这么万能吗？”

“我们华强北无所不能！”阿东又一次亮出了自己的招牌。

于是，样品单就这样成交了。

还别说，光是10套样品，就有2000来块钱。

货品分门别类，每10只装一个封口袋，上面清清楚楚地写着型号。看到这些，采购主管开心地说：“不错啊！小伙子，一看你这个大老粗的样子，工作也能做得这么细致。就冲这一点，以后我们量产了，就跟你拿货。”

后来，这家公司还真的实现量产了。在接下来的十几年里，这家公司成了阿东最稳定的客户。只是没有人知道，这第一单的样品费，最后到底退了没有？

随着样品越送越多，阿东的业务也越来越多了。

不过，新的问题也出现了。

阿东接到许多工厂的订单，都是说要账期。因为局势不明朗，阿东也只有选择性地允许一些客户欠账。但对多数客户，还是以现金方式交易。

当年的华强北，虽然声名在外，可是有很多所谓的大厂，还是看不起在华强北摆摊的这些小柜台。

有一次，阿东接到了金地工业区里的一个订单，对方口气很大，要求也比较高，需要他提供企业三证、发票等。阿东在和他确认了是货到付款、收现金之后，才决定送货。

阿东来到工厂，对方那种气势，还真把这个没见过什么世面的小伙子镇住了。

阿东扛着“高压”把所有的货清点完毕，结收货款的时候，事儿来了。

对方那个自称什么总的人，说了句：“你把发票留下吧，我月底帮你把款打过去。”

“不是，老板，说好是现金付款的，怎么成月底打款了啊？”

“你这才多少钱，五六千块的东西，搞得跟发工资一样，我们这么大的厂，会跑你这点小钱？”

“话不是这么说，我没说你们会跑。只是，我们事先谈好是收现金我才送货的。”

这个老总一下子火了，拿起发票看了看，然后扔一边，说：“你这个是什么发票啊？我要的是17点的增值税发票，你给我开这个！什么东西？”

“17点，没听说过啊，我们市场统一的发票，是3个点啊，这发票是从市场部开来的，没有什么问题啊。”

“什么啊，市场部？华强北啊？搞半天，你摆地摊的啊。潮汕人吧，那谁谁谁，你怎么找了这样的供应商啊？整一个卖菜的，卖菜时是不是还给人家搭两根葱啊？”

“老板，不管是卖菜的，还是卖电子的，我觉得做生意，就是说一是一。大家说好了，货到付款，我现在送过来了，发票也开了，你又说要月底打款，这生意不是这么做的。”

“你们啊，就是一班摆地摊的倒爷。懂得什么做生意，你们潮汕人，在菜市场上卖菜还差不多，学人家卖什么电子啊。”

“好，货不要没关系，税金我这个卖菜的也贴得起，货我拉回去了。”

阿东来了脾气，就要把货打包拉走。

那个老总还是一副高高在上的样子，他手下的一个“小眼镜”却慌了，马上来到老总边对他耳语：“陈总，这货不能拉走，晚上要上机了。现在7点了，他一拉走，我们的交期就麻烦了。”

“你怎么不早说啊？”

“这是临时的加单，时间比较紧。试了几次样后，发现他们提供的货都不错，所以才决定跟他们采购的。”

“小伙子，你等一下，这货不能拉走。这样吧，我开张支票给你，几千块钱，你应该信得过吧！”

“不行，我要收现金，不收支票！”阿东这下子真的来脾气了，心想：宁愿这生意不做，也要为“卖菜”的老乡争口气。

这个老总是真的没法子了，问了一下财务，回答说没有现金。

当年不像现在，有手机银行、微信、支付宝，那时连网银都没有普及，如果拿卡去取现金，要到工业区外。

阿东这时候可不愿意等，拉着货就往外走。

“小眼镜”更加慌了，拦住阿东不让他走。

老总也拿这个看起来笨笨的小伙子没辙了。

“算啦，算啦，你们谁身上有现金，先拿出来给这个小伙子。”

办公室有十几个人，所有人的现金凑起来，依然不够给阿东的货款，还差

150块钱，老总这下子尴尬了。

阿东看着他们实在是凑不够钱了，很大方地说：“算了，这150块钱就不用了，我是个卖菜的，少点零头也无所谓。你们是大企业，我这个卖菜的，总不能把你们的钱包都掏空，让你们下班没钱买菜吧？”

我就是卖菜的，怎么了？哈！哈！

阿东一把接过钱，离开了那个在夜色中脸上不断变色的老总。

第七章
有人敲打我心扉

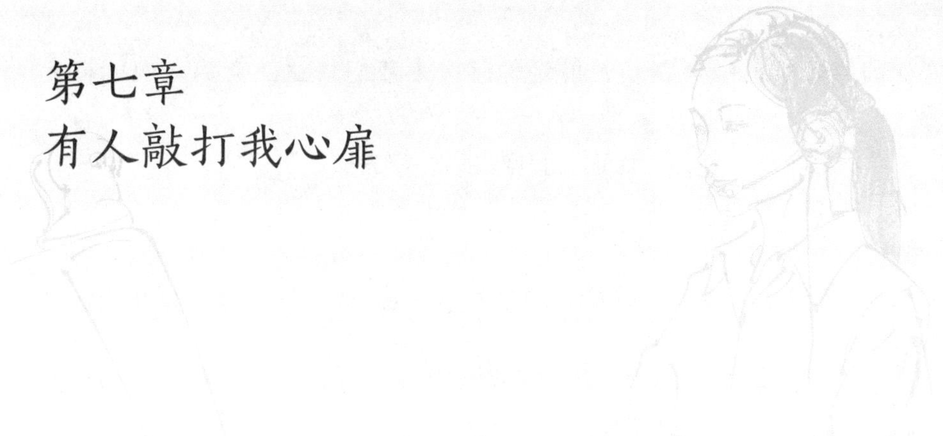

两年的时间，在华强北的阿东，一切都做得水到渠成、顺风顺水。在每天忙碌的工作中，20岁的他，似乎心里起了一些不一样的涟漪。如果说潮汕人普遍比较早熟的话，那阿东则是一个比同龄人更早熟的家伙。

CALL台的一个小女生，意外地闯入了这个20岁小伙子的心扉。

那个时候，BB机已经快要过时了，可是阿东还是保留这个比较省钱的通信工具。虽然以他目前的条件，他可以吃一餐饭花好几百块钱，但是手机的双向收费，还是让他保留着BB机。

现在看起来，那个年代的BB机还真的是一个好东西，想回电就回电，不想回就不回。哪像手机，来电话了，你不接都不行。

阿东知道，这个BB机是用不了多久了，所以，他交费的时候，都是一个月一个月地交。

刚开始，那个清远的BB机收费小妹，好烦这个黑大个，不就30块钱一个月吗，至于每个月都来交一次吗？

慢慢地，当这个黑大个没来交费的时候，她反倒有点不习惯了。

因为，这个五大三粗、二十出头的大男人，还会脸红。

终于有一个月，过了交费期几天了，黑大个还是没来交费。清远小妹着急了，居然鬼使神差地CALL了他。

阿东看到有点熟悉的电话号码，马上回了。

双方的第一次通电话，非常官方：

“你好，请问你是××先生吗？”

“是的。”

"你的寻呼机已经欠费了，麻烦你赶快来我们营业部交费，逾期将会停机。"

"实在不好意思，我不在深圳，我回去后一定去交。"

"哦，你不在深圳啊！那这样，我先帮你交了吧。"

"啊！你交？"

深圳当年的人均工资在500～800元之间，一碗河粉才3元钱，这30元钱可以吃一桌了。

小伙子，竟无言以对了。

挂了电话后，CALL台的清远小妹，就帮他交了一个月的BB机费用。

阿东回到深圳后，第一时间赶到营业部，把费用还给了这个热心助人的小妹。因为怕自己会尴尬，所以，他叫了隔壁柜台的小伙子壮胆。哪知道这个小子满嘴跑火车，居然把清远小妹忽悠得答应和他们一起吃晚饭。时间是晚上8点，地点是潮泰牛肉店。

阿东有点兴奋，又有点担心。深圳的潮泰牛肉店，对于华强北人来说，那是高级餐厅啊。一餐牛肉火锅下来，要花大几百块钱，一个月的生活费呢。

幸福的时刻，总是来得这么突然。

清远小妹换下工衣后，像变了一个人，一身运动装束，清纯可人。隔壁柜台的小伙子，咽了八次口水后，开始了夸张的表演：天文地理，外星怪兽，孔老夫子……反正就是没有边地吹着牛。

阿东呢？他这一辈子第一次跟陌生女生吃饭，坐在那里，像一块木头一样，只是傻傻地烫着牛肉、夹着菜。清远小妹的碗都满了，他又重新拿了一个碗。把服务员都看傻了，只能提醒他：潮汕牛肉，要即烫即吃。

隔壁柜台的小伙子吹得差不多了，应该说，也吃得差不多了，看着这两个人，很识趣地走了。

饭后，阿东很有风度地提出送清远小妹回家。清远小妹住在福田南路，跟阿东比较近。两个人，中间隔着一条汽车道的距离，慢慢地走回家。从通天地后面的潮泰，走到了福田南路。

在接下来的几个月，这条路成了阿东下班的必经之路。两个人中间那条汽车道的距离，也变成了自行车车道。但是，两个人始终有那么一点点的尴尬。虽然两个人并没有确认男女朋友关系，但是，彼此的那种感觉，已经是路人皆知了。

中秋节回家的时候，阿东跟老父亲提起了这事。

“外省的啊？”

“不是外省的！”

“什么不是外省的，不会说潮汕话，就是外省的。”

“她是广东的，我们同个省的。”

“孩子，你得好好想想，不能娶外省的。你现在生意也起步了，算是能改变我们家里的穷命了，我刚看到了希望，你就要娶个外省老婆。这打击也太大了，我不同意啊。”

两父子不欢而散。

之后母亲的上阵，更让阿东飞一般地逃离了家乡。

外省老婆，就真的那么可怕吗？这大概是20年前，潮汕地区人们特有的认知吧！

阿东默默地回到了深圳。每次给家里打电话，父亲总是聊这个话题，并且让东妹做起了“无间道”。但是这个重情的小伙子，虽然和清远小妹没有确认关系，但始终不愿意放手，依然保持中间那条自行车车道的距离。

父亲见事情已经这样子了，他了解儿子的性格，也不知道说什么了，只是很淡然地说：“我们潮汕人，相信风水八字，你这么坚持，那就把那女孩子的八字报来，我找三老叔算一下。也别说我没有给你们机会，如果行，还可以想一下，八字不合，你就不用再提这事情了。”

八字报过之后，阿东觉得自己像是在医院等待体检结果的病人。

然而，结果总是那么的残酷。三老叔很不给面子，把清远小妹的八字批得一文不值。当然，东父是实在人，没有做假的成分。还真的是这样的一个结果。

东父没有过多的言语，淡淡地说：“这就是结果，如果你执意要的话，我也是没办法。你们在一起后，我们二老有什么三长两短，也就是我们的命啊，不怪谁。”

阿东犹豫了。

传统潮汕习俗中，确实有带“阳山”（克死家公）“阳星”（克死家婆）的说法。如果真的因为自己的任性，让父母英年早逝，那是他没办法接受的。

最后，阿东选择了另外一条下班的路。福华路每天的那道风景，没有了。

阿东的初恋，没有开始，就已经结束了。原因呢？和车、房、丈母娘、钱没有什么关系。这段情，卒于《潮汕婚姻法》的头条：“八字不合”！

第八章
钽电容的人生升级

徐志摩说：“一生至少该有一次，为了某个人而忘了自己，不求结果，不求同行，不求曾经拥有，甚至不求你爱我，只求在我最美的年华里，遇到你。”

20岁初中毕业证都没有的阿东，当然并不认识什么徐志摩，但他却在最美好的年华里，遇到了清远小妹。然而，这份尚未成形的爱情，如昙花一现，永远消失在华强北的众多故事里。

1999年9月21日，当人们还在讨论千年虫，讨论千禧年，讨论跨世纪的节点快到来时，台湾地区发生地震了！

“9·21”大地震，让整个台湾地区，陷入无限的悲痛与恐慌中。而当年的华强北电子业，和台湾的关系千丝万缕，有着外界人难以弄清的关系。

在台湾地区地震发生后，阿东悄悄地来到陈店粤东电子城。

如果说上次的到来，自己是一个“小白”只能任人摆布，那么，这次的阿东，可谓一只“老鸟”。

华强北的电子元器件大学城，并非浪得虚名。它简直就是一个速成器，电子科技大学教授都有自叹不如的感觉。

这次阿东并不着急，慢慢地在那里转了一天，然后在南钟天酒店开个房间住了下来。躺下来后，他脑子飞速地转动：以现在的国际形势，电子元器件肯定要大涨。可是，到底是哪一块会涨得快呢？这是一个未知数。如果是主动元器件的主控芯片，正常的工厂，应都备有半年的货。而且，这些多数是欧美品牌，影响不至于太大。阻容，倒是台湾地区的一个主要输出产品，也是自己这几年做得最多的产品。但是，阻容货值太低，深圳的仓储成本太高了，而且市场的库存在半年内应不会有什么大的影响。

阿东一夜未眠。

在天亮的时候，阿东终于想到了该买什么货：那就是钽电容，SMD钽电容。虽然这些产品不是在台湾生产的，可是，钽电容绝大多数的代理商都是台湾的。如果这些代理线全部停下来，那事情就大了，因为市场的库存，并不足以应付一个季度的消耗。

下定决心后，阿东就在陈店一处处地转悠，专收钽电容。钽电容价格还算可以，就是货值有点高，以阿东现在的财力，也没有办法收太多原装整盘的钽电容。

阿东一直在问："有没有便宜点的，再便宜点的。"搞得陈店的老乡都发火了。

当他在一家店询问的时候，一个老乡很大声地喊："你又要漂亮，又要便宜，哪有这样的货色啊？要便宜的有，后楼梯那一堆，按斤给你好不好？算了，也不按斤了，那几麻袋，你给一千块直接拉走好了。"

阿东来到后楼梯，看到的是一大堆垃圾。里面钽电容倒是有，全部都是散的，一包一包的，没有任何载带。最上面那包，"米奇"先生在上面安了家，散发出一阵阵的恶臭。

老板说："别看了，都是散料的垃圾，'锤铜'（潮汕方言，意思是废品回炉）都没人要。"

阿东还是耐心地看了好久，最里面的那两包，居然还有真空包装，里面也是一些钽电容，一包一包地摆得还算整齐。他拆了一包看看，脚位什么的，都还是新的。

一时间阿东来了兴趣：这些东西这么新，不可能是失效的，最多也是B级品，电性也应是没什么问题的。

思考再三后，阿东用一千块钱，买下了这一堆"垃圾"。

人生，总是那么的相似。第一次的阿东，花六千多块钱买了一大堆垃圾回深圳，这次又用了一千块钱，拉回了这些貌似更加不堪的"垃圾"。

老板看到这傻小子真的要这些货，也爽快，跟他说："我让人帮你送到车站。"

满满的五六麻袋呢。

老板数着那一千元，乐得不行。阿东倒是面无表情，交接完后，将五六个麻袋直接运回了深圳。

他将麻袋放回了刚来深圳创业时的栖身地、那个楼梯间小屋，现在，已变成他的库房了。

没有人知道，这个小子，扛回这几麻袋玩意儿想干吗。

这两年，通过和工厂工程师还有一些专业人士的接触，阿东对电子元器件的电性有了比较深入的理解，特别是在阻容方面。

这些玩意儿拿回来后，他就拿了一把出来，用电桥先测了一下电性，意外地发现，所有的参数，一致性非常的好，并不像是坏料的样子。后来在几个专业工程师的帮助下，阿东终于可以确定：这些东西，不是垃圾，是宝啊！

只不过，当时散料是没有人要的，不整盘很难出手，市场上基本没有人会拆开来卖。

这些连编带都没有的货，要怎么样出手呢？

阿东想到了自己编带。因为当年很多的散新集成电路，都可以自己编带。只是电容体积有点小，货值不高，没人愿意去干这事。

那时候，马云爸爸的淘宝王国还没有成形。在信息不对称的情况下，阿东确实很难找到合适的载带，还有包装。努力了一个多月，还是没有什么结果。

但是，10月底时，外面的钽电容行情发生了很大的变化。

严重的缺货潮即将到来。

这时的阿东，急了。

库房里面的那几麻袋货，也只有这一个机会可以变现，如果错过了，就可能永远没有机会了。可是，包装的问题一直没有得到解决。买的旧盘子、旧载带，根本没办法应付那个数量。

开模！自己开模具，也许是唯一的出路。

揭阳曾经是塑料之乡，当年的胶膜在国内有点名气。可是，人家是做脸盆和大红桶的，干不了这个啊。他在找了几家后，都失败了，钱倒是没有少花，要的东西，却做不出来。

于是，20来岁的小伙子，独自一人，他来到浙江金华，为这些散料钽电容寻找包装工厂。

工厂找到了，费用却不便宜。一整套包装的模具算下来，差不多8万块。并且量产后，费用不退。

这8万块钱，就是当年阿东能够调集的所有现金了。

在思考了一天后，阿东决定：干了！

说干就干，在15天内，第一批包装顺利运到了深圳。

包装有了，货有了，阿东又发愁了。

麻袋里面的货，绝大部分是各个工厂的名牌产品。如果包装好后，贴上他自己的牌子，那就是做假货。父亲交代过他，犯法的事情不能干。但如果不贴标签，又怎么卖货呢？

经过几天的思考后，一个伟大的产品名词在华强北被发明出来了："中性包装"。

所谓的"中性"，其实就是什么都没有，只有一个型号和数量，上面没有任何品牌。虽然那些货有牌子，但是却不能印上去。至于客户拿了货，想贴什么牌子，那就是客户的事情。

在那个中国电子元器件自主品牌还没有出现的时代，一些特别的方法，总让现在的新一代电子人难以理解。

分拣—筛选—电性测试—包装。一套完整流程下来，"中性"的钽电容就诞生了。

也许在今天，这属于三无产品。但是，对于阿东来说，品控他是认真在做的，能确保每一个编进去的料都没有问题。从去外面工厂蹭检测设备，到租设备，再到买设备，一切流程他都认真对待。

深圳的人工成本太高，分拣环节在深圳很难完成。阿东突发奇想，把两麻袋的东西发回老家，让人加工。家里的老叔老婶，下午没事干，就帮这小子挑电容。一样大小的放一堆，再从这一样大小的里面，挑一样印字的，按斤算钱。老家废弃的乡里公社，突然间变得热闹起来，有点像当年潮绣兴起时的情形。

千禧年的清明节前后，钽电容价格终于爆发了！30~50倍的涨价幅度，让所有的加工厂始料不及。

而在春节前，初尝甜头的阿东，却已经把这些散料收尽，拉回了家乡。

阿东真正的人生第一桶金，就这样赚来了。

到目前为止，谁都不知，阿东当年赚了多少钱。连他隔壁柜台的败家子也不清楚，阿东到底赚了多少钱。

红色的百元大钞，那时候刚刚有，很漂亮的色彩。有一天晚上，败家子跟阿东说，他有点事，需要现金，阿东于是带着2万块钱给他。

然后，在一间小小的酒吧里，人们就看到了满天飞扬的红色纸币。

阿东淡淡地说："别玩太疯了，你再这样，就要你还钱了。"

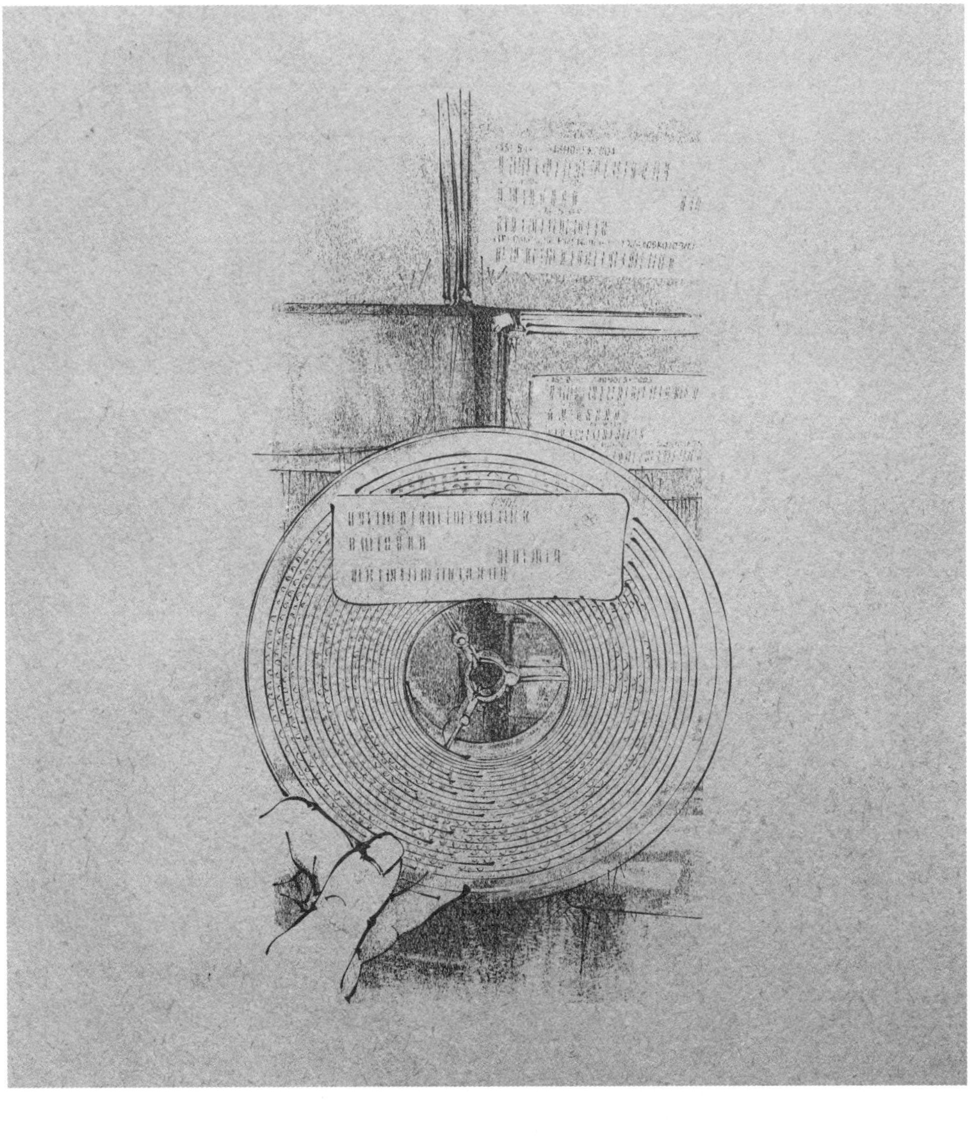

第九章
醉生梦死，阴沟翻船

在钽电容上一战成名，少年得志，让阿东“土豪东”的形象更为清晰。一时之间，“土豪东”的威名，响遍罗湖、福田两区。所谓，“学好三年，学坏三天”，应该是那时阿东最好的写照吧。

孟母三迁，就是为了不要误交损友。而一直跟在阿东身边的，那个隔壁柜台的小子，就是一个标准的败家子。在阿东成了“土豪东”之后，他的败家本性暴露无疑。

21世纪初的鹏城，到处充满了机遇，也到处充满了诱惑。

20来岁的阿东，一个新生的“土豪”，一个从贫穷线上挣脱出来，用潮汕俗语来说，就是“裤脚田土没洗白”的人，面对这样的世界，迷失了……

一夜暴富的经历，让这个从潮汕农村来的小伙子，变得行事张扬。

群星，DJ，龙胜吧，圣保罗……在这些华强北附近的娱乐场所，阿东成了常客。

在败家子损友的怂恿下，阿东买了一辆SUV，在华强北招摇过市。

他还嫌弃福星路的那个农民房，而在福田的一个小区另外租了公寓，过着传说中富家少爷的生活。

市二医院对面的那个夜色酒吧，成了当年这群在华强北初富的潮汕少年玩乐的根据地。阿东每次去那里都会充值3万块钱。而当年华强花园的房价，是6000元一个平方。

然后，他养成了昼夜颠倒的作息习惯。在福田玩得没意思了，就跑罗湖去玩。一时之间，阿东的朋友多了起来。在当年深圳的电子圈里，阿东是一个红过刘德华的人物。各种专业马屁精横空出世，各种夜场小姐姐悄然来戏。不管任何时候，只要说喝酒，不到半小时，包房里就会有二三十号人陪着阿东，度过一个狂欢的夜。

做了“无间道”的东妹，实在看不下去了。每天都没有见到哥哥的人影，自己则忙着柜台上的业务，还要顾及仓库的检测线、老家的收接货。一时之间，错漏百出。每次她打电话给哥哥，阿东不是在睡觉，就是在喝酒。她终于忍不住，给老父亲打了电话。

早上10点多，阿东的电话响起。

阿东挣扎着起来，本来想要按掉，突然看到，是上个月给老家装的电话的号码。一惊，扇了自己两个嘴巴子，然后故作淡定地接起电话。

“喂！爸。”

“你收拾一下，回家一趟。”

“不是，爸，我忙着呢。生意这么忙，我怎么能回去呢。”

“晚上见吧。”

父亲非常简洁地表达了自己的要求，阿东一下子慌了神。

其实，对这大半年来的生活，他也是非常恐慌的。每当挥金如土的时候，他总会想起家里那间“罗里头”的模样，然后下决心：明天好好经营生意，不要去酒吧，不要去喝酒，不要去瞎混。

可当夜色来临，电话一响的时候，这个血气正旺的少年，便又蠢蠢欲动，架不住那些朋友的怂恿，流连在各大夜场。

高科德电子市场，当年还叫“东宫”夜总会，那一年的平安夜，阿东如约来到这里，过所谓的洋节。那个年代，是深圳一房难求的年代。那个平安夜，消费贵得吓死人，是平常价格的5倍以上。但是，这群张扬的潮汕少年，还是不惜一切，跑到夜场去消费。

阿东，作为新金主，更是众多兄弟争抢的对象。

东宫，一个有着传奇色彩的夜场。

那天阿东要了一间最大的包房，可以坐三十几个人。

夜，来临了。他，“土豪东”，如一个成功人士一样，受到房间里众人热烈的追捧，有“君临天下”的感觉。

结果是，在晚上11点左右，这间只能容纳三十几个人的房间竟然坐了六十多个人。一时间，包房如一个香火鼎盛的“老爷宫”，六七个服务员，拿酒都没有停过。百威“口服液”，如练江之水滔滔不绝，疯狂地流入了这些少年的胃中。当然，更多的是流进了阿东的胃中。

这一天，他醉了个实实在在。

天快亮的时候，阿东醒了过来。但是，酒局并没有结束。

他张望了一下，以为自己走错房间了。里面还有二十几个人在拼酒，可是，这些人他一个都不认识。同样的，房间里的人，也没有一个认识阿东的。

阿东知道自己走错房间了，摇晃着身子想离开。

这时候，订房部部长出现了：

“东哥，你醒了啊，我给你倒杯水吧，喝点热水。”

“没事，我走了。”

“等等，东哥，单还没买呢。”

“啊，我不是买了二十打酒了吗？还有房费，都给你了啊！”

“东哥，你是不知道啊，你的朋友可真多，这一波一波的，像赶集一样。你看看，现在房间里面的，已经是第五波人了。”

“什么？！我一个都不认识。”

“不能吧，都是你们潮汕人啊。我看都是你朋友的朋友，打电话后一波一波地过来，吓死人了，我以为是要打架呢。”

“好了，别说了，埋单吧！”

“好的，东哥，这一共消费7.3万多元，零头我去掉了，就收7.3万，我送了近十打酒，还有十几包中华呢！”

“多少？”

“7.3万，你看看单，都在这里了。你那些朋友，还想乱点小吃什么的，我都没让点，这就是酒钱。哦，对了，有一个人点了4瓶洋酒，不过好像没喝，你看一下，还在不在房间里。”

“你看看，拿出来退了，6斤的酒啊！”

旁边服务员说，4瓶酒让人给带走了。

“这不是抢吗？我不认啊！”

“东哥，你说笑话了，因为今天都是你的朋友，我也不能让你没面子，你进门的时候，不是说什么都是你包吗？连服务费都不让你朋友掏，今晚你是‘全包东’啊！”

“刷卡吧……”

这一次的经历，并没有让阿东远离夜场，只是让他变得更加小心而已。

大SUV再一次驶入这个潮汕的小村子。

这个村子，目前，有小车的人家还不到5户。而阿东家，以前一直都活在贫穷线以下的，现在却一夜暴富，也让村子里面的人，对这个小伙子指指点点。就好像，阿东不是搞枪支的就是卖白粉的一样。

依然是在那间“罗里头”里面，虽然家电、家具都换过新的了。但是，房子依然是那样的令人憋屈。

老父亲，依然在那里大口地抽着烟。

母亲一反常态地沉默着，一点动静都没有。

这个家，安静得让人可怕。

“当初给你3万块钱，你用3年的时间，往家里拿了差不多30万块，还不包括屋后的那块地皮。我知道，我儿子是赚了钱了。但是不知为什么，我总感觉我这个儿子，就快没有了一样。”

“爸，说什么呢？赚钱不好吗？屋后那块地，明年就动工，建成小别墅。我们家，也算是可以光宗耀祖了。”

“光宗耀祖？！我怕是家门不幸啊！”

“爸，这话说的！我们家有钱，什么事都能干。”

“钱，钱，钱，你有多少钱！打江山容易，守江山难啊。孩子，在深圳这个地方，如果你一不小心，就会跟个‘出世仔’一样。天晴要想落雨天。我知道，你有出息，我非常欣慰，你改变了我们家世代人的穷命。可是，从零开始容易，从百到千就难了。如果一不小心，又回到原点，你能不能扛过去，就不好说了。”

“爸，什么回到原点啊？不会的，我马上要在深圳买房子了，到时候一家人，都到深圳去住。”

“孩子，你得成家了。潮汕人说，成家立业，你没有成个家，永远立不了业的。”

“爸，这个以后再说，我这几年没时间，生意忙着呢！”

“我跟三老叔说了，你表姐介绍的一个女孩，也是在深圳电子厂上班的，和你的八字合了。电话在这里，你回深圳后，约人家出来见见。”

“这个，以后再说吧。”

“不要说以后，年底，就得把婚事办了。”

一席谈话，有点不欢而散的感觉。

阿东回深圳，车还没有进深圳，约酒的电话纷纷而至。虽然阿东再三拒绝，最后还是抵挡不住这种灯红酒绿的诱惑。阿东又喝到天亮。

对于现在的阿东来说，钱来得太容易了。仓库里面的那几台检测仪器，还有编带设备，就是一堆印钞票的机器。虽然电容行情已经回落，但这个产线已经得到了市场的认可。虽然是编带料，但是能够保证质量。虽然后期因为阿东的放任不管，有些搞错型号的事情发生，但每天依然销得红火。

香港电影有一句台词“出来混，迟早要还！”，在阿东还在醉生梦死的时候，事情来了。

一天，因为用电量过度，导致“城中村”的变压器被烧毁，从而牵出了阿东在居民屋私设小工厂的事情。

他的检测设备，全部被没收。十几个小弟，也全部“进去”了。

电话打来的时候，阿东还没有醉醒。

机器没了，这比什么醒酒药都好。毕竟年少不更事啊，他一下子慌了，他根本就不敢出面，怕自己也“进去”了。

这时候，他想起了这大半年来，和他称兄道弟、把酒言欢的朋友。电话一个接一个地打，得到的回应，竟然都是：无能为力。打到晚上，有些人根本不接他的电话，直接按掉。

当年的华强北，是不是有一个大婶，拿着“大声公”喊“号外，号外，‘土豪东’出事了，‘土豪东’出事了……”，不得而知。

所谓的世态炎凉，让阿东尽皆尝到。到了晚上，他第一时间想到的，就是跑路、回家。

这些年和他混在一起的老友败家子，还算有点义气，他说：“回什么家啊？又不是杀人放火。我去问问，该怎么搞就怎么搞，又不是什么大事。”

事情的最后是，几十万块钱的仪器，全部被没收。工人按人头罚款，事主也接受了罚款。

阿东又一次站在了深南路华强北的那座铁桥上。这次的挫折，虽然不至于让他一无所有，但是面对这种巨大的反差，让阿东长久地沉默……

败家子再次出现：“走，喝青岛大优去，一瓶2块钱，我请你。”

“喝什么啊，还喝……”

笑谈中，两个一米八几的大个子，身影渐渐被福星路的霓虹灯吞噬了……

第十章
慌乱中的突围

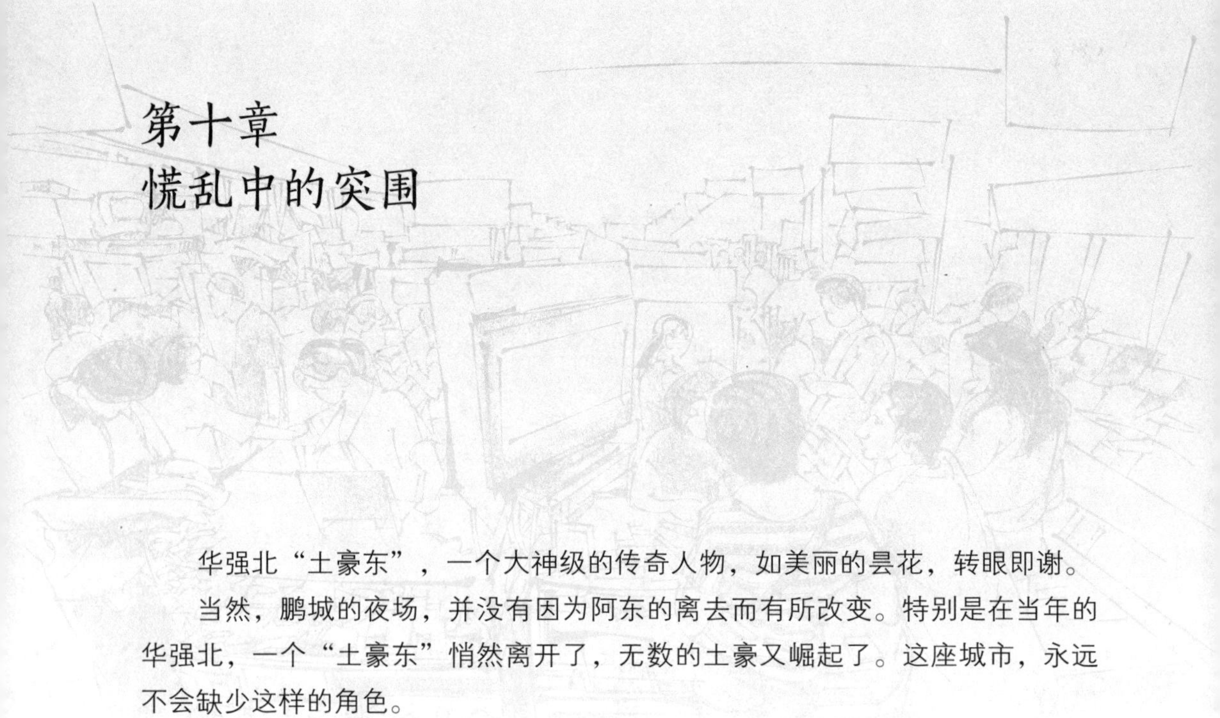

华强北“土豪东”，一个大神级的传奇人物，如美丽的昙花，转眼即谢。

当然，鹏城的夜场，并没有因为阿东的离去而有所改变。特别是在当年的华强北，一个“土豪东”悄然离开了，无数的土豪又崛起了。这座城市，永远不会缺少这样的角色。

夜场依然灯红酒绿，夜场中人，也会很快地把你遗忘。

可悲的是，华强北不会这么容易忘记。也许是因为阿东的风头太盛、名声太噪，也许……没有太多的也许了。这时候，要债的人上门了。

这个社会，永远不缺锦上添花的人。当然，更不缺的，是那些落井下石的人。

阿东的一时失利，被人传成了“破产”，甚至可能要被关上几年。东妹的门市，一时之间挤满了要债的人。任凭东妹怎么解释，都无济于事，要债人说：反正，今天不给钱，我就不走了。

按正常的收款流程，市场同行之间的调货要么是一周一结，要么是一月一结。

阿东在市场的信誉，还算是不错的。经营这些年来，他还没有碰到过被债主破门的情况。

这完全是一起“挤兑”事件啊！

这一场风波，把这个曾经张扬的潮汕少年，逼到了墙角。

一向深谙此道的损友，那个败家子，此刻颇有些义气。在这个时候，他没有像其他人一样，一走了之，而是在阿东的身边充当谋士。

阿东此刻已经乱了方寸。他在自己的公寓一躺就是两三天，手机关机，什么事情也不管。这时的阿东，太脆弱了，仅存的一些现金，不足以支撑要付的货款。而市场同行向他拿货的欠款，也有人因为各种理由不肯支付给他。

三天的时间里，阿东的现金流断了。

败家子二话不说，一脚踢开阿东家的门，给他灌输各种“心灵鸡汤”。突然之间，阿东对这个损友还真的是刮目相看。以前，总认为败家子只会些风花雪月的事情，吃饱没事干，尽找开心事，如今看来，他还是有点智慧的。

在败家子的说服下，阿东来到了市场，直面那些债主。

当然，装备是必不可少的：黄金大链子，劳力士大金表，最新款摩托罗拉手机，再加一个财主范儿的拉风手提包。至于金链子是不是真的、下雨时会不会掉色，劳力士手表的针会不会弹出来，拉风手提包里面到底有没有钱，到现在，都没人知道。

阿东的出现，打破了他“进局子”的流言。

债主们的情绪明显稳定了一些，但是立场很坚决：不给钱不行。

阿东说尽了好话，用自己的人格，发了一次又一次的誓言。债主们都是潮汕老乡，当初也都和阿东一样，只带个“八字”就来华强北闯世界。看到这个小伙子，如此坚定，加上平时也没有发生过拖欠货款的事情，大部分的人，也就“算了”。

为了增强客户对自己的信心，阿东以类似游街的方式，拿包大中华，到每一个市场，到每一个有交易的客户那边，坐坐、喝喝茶、找点存在感。

在败家子的调停下，一部分债主总算是给了阿东一点点的信任，但还是有一部分的债主不肯妥协，坚持要在最短的时间内收到货款。

当阿东拿起手机，向那些昔日的“朋友”借钱的时候，结果可想而知。无奈之下，他只能以货抵款。

然而，现实是残酷的，钽电容风光一时的好行情，已经一去不复返了。彼时可以卖上万块一盘的货，如今只能当几百块去抵款。

阿东一时间陷入了迷茫。

在经过一天又一天的深思熟虑后，阿东做了一个惊人的决定：转让柜台！

当年的华强北，可谓一柜难求。华强电子世界的房间转让费，直逼80万元，一个1米的柜台，也要25万元的转让费。

阿东有两个连在一起、“7”字形隔档的柜台，最后以45万元的价格转让了出去。

他自己则搬上都会电子城四楼，以月租金3000元租下了一个小房间，员工也所剩无几了，他也非常识趣地搬回岗边村那个五楼的农民房。

一切，好像就这样地归于平静了。

虽然没有了柜台，但是靠着前几年的积累，阿东还是有一些客户的。而他也隐隐觉得，这种柜台揽客模式不会长久，也许自己可以开始更正规更有前景的运作。

没有酒精的烧撩，没有一些“风云人物”的吹捧，没有灯红酒绿的喧嚣，那个曾经沉着冷静的阿东，又回来了。

只有成立正规公司，以一般纳税人的身份去和大的终端工厂对接，才能赢得新机会。这是阿东当时的想法。

因为，每每和一些大一点的工厂签订购销合同的时候，对方总是会对他用的那个公章不满：居然是“××市场×××电子经营部”，一查资质，居然是一个个人经营部，注册资金只有3万元。而这个，是当年华强北柜台最为标准的商事单位公章。

初中都没有毕业的阿东，躲在都会电子城四楼的小房间里，做着他的大企业梦。

然而，当年的商事主体注册，可谓困难重重。硬件有了，跑所有的“婆婆”单位，一次一次地会让你累死。阿东在看了一些材料后，跑了一个多月，却始终没有看到梦寐以求的“有限公司”的影子。

一个曾经挥金如土的张狂少年，虽然已经冷静下来，但是，错综复杂的现实里，自己前路在何方？自己又该何去何从呢？

老父亲的话，多少次在他耳边回响：“3万块钱拿去，成了就成了，不成，就回来。家里这几亩薄田，也能够养活我们一家人……”

SSD
SON
PS

第十一章
初识信息化世界

注册一家属于自己的“有限公司”，是潜伏在都会电子城四楼的阿东心里最迫切的梦想。

当年的华强北，当年的商铺，当年那些小柜台，只要有一个地方可以摆样品，那么，一天的营业额就能有上万元。单卖样品，都能让一个人在深圳活得非常滋润。因为，华强北“中国电子第一街”的名声，当时已传遍全世界。

一次失利，让阿东心里百感交集：失败，并不可怕，农民的孩子嘛，实在活不下去了，就回老家。我们还有地，有地就有粮。勤快些就不至于饿死。

此刻，这个少年老成又经历了风雨的少年，仿佛意识到了什么。

在深圳，失去方向感，才是最可怕的事情。

就算是再租一个柜台，再拿一个位置更好的门面，也只能获得短时间的盈利。这种近乎摆摊的模式，根本无法打入大的终端工厂。也许，这就是所谓的“华强北阴影”吧。

以当年的实际情况，要想拥有一家名号堂堂的“有限公司”，有着无数的困难。而且，在柜台日进斗金的时候，谁会傻到把自己关在办公室里、养着一班吃闲饭的人、等着天上掉馅饼呢？也许，这就是当年许多柜台人的想法吧。

阿东在都会电子城四楼，按以前的经营模式，主要送货给市场。可是，没有门前客的支撑，这样的生意，还是比较难做的。柜台间的欠账，也是一件让人非常痛苦的事情。你做市场，没有一定的资金，怎么能够生存下去？台湾商人发明的月结方式，在那个年代，华强北的电子人学得像模像样。

几经周折，阿东的公司终于注册了。只是注册的地址并不在华强北，而是在当时的关外龙华。

经过上次的风波，阿东知道了做任何事情都要遵纪守法。所以，他不像某些皮包公司那样，只买一个子虚乌有的地址就开工，而是正经八百地租了一个写字楼。然后，交了税、办了所有的手续。500万元的注册资金，就只能由代理公司去搞定了。

每月4000多元的写字楼租金，对阿东来讲，实在是有点浪费。现今如火如荼的“共享经济”，其实在那个时候，阿东已经在实行了：龙华的办公室，在经过工商等验收后，只保留一个小财务室，一个公司名。其他的地方，以低价租给一班做电脑维修的年轻人。

这种模式，有点像现在的“创客”，据说阿东是在“城中村”的住房中想出来的。

公司里摆了12个卡座，以一个座位150元一个月租出去；主办公室，则以500元一个月，租给了另外的两个人。

公司的注册领域，加入了多媒体电脑、方案开发、软件、研发等项目。一下子，这个“乌合之众”的公司火了起来，很像那么回事了。外聘的财务，每个月只来一次。东妹还是死守华强北，阿东则是两头跑的“机动部队”。

当年的龙华，电子厂林立。这家公司，倒成了阿东服务关外电子厂的第一个办事处。

然而，在信息尚欠发达的年代，这种守株待兔的方式，让业务没有什么大的发展。这时候，一本厚厚的书，引起了阿东的注意。这本书的名字叫《慧聪商情》。

在慧聪业务员的介绍下，阿东做了人生的第一次广告。一个版面，一个月一期，相当于他一个月的房租钱。

但他还是做了。

在接电话的时候，他让东妹做一个精准的记录。就是接电话时，先问对方：你是哪里的人，你在哪里看到公司的信息。然后以画“正”字的形式，记录下来广告引客的效果。

许多年以后，那个作为阿东死党的败家子才知道，他办公桌上那本用各种色彩的笔画出来的“正”字，就是现在流行的大数据的原形。

在慧聪的杂志上尝到甜头，公司业务有了效果之后，阿东的广告投入一发不可收。这些广告，都是针对终端工厂的精准投放。

在接电话的时候，接线员用不同颜色的笔，记录引流的客户类别以及客户需要的配料，然后根据这些更为精准地设计下一期的投放内容。

一个初中没有毕业的潮汕少年，经过商海的洗礼后，在广告投放上，摸索出了一条自己的路，这不得不让那些所谓的大学毕业的高材生们刮目相看。

在那个互联网还没有普及的年代，对这种大数据的精准统计，使得阿东的业务量节节攀升。前来咨询的电话，越来越多。很明显，东妹已经忙不过来了。因为这种原始的数据统计方法，非常费时。

一天，阿东把一台笨重的电脑，那种带显像管显示器和大机箱的电脑，搬到了都会电子城。他对东妹说，以后的数据，用电脑做，所有的单据，也都输入电脑。东妹一下子晕圈了：这是多大的工作量啊!

在那个没有ERP的年代，东妹这个16岁就来深圳的小女生，经过几年的自学与进修，对电脑各种办公软件的操作比较熟练了。她用EXCEL这个最基本的办公软件，做了阿东公司的第一个“ERP”进销存管理软件。

有限公司，无限的梦想。

虽然经过一年多的转型，阿东公司业务量有了比较大的上升，但比起之前钽电容的年代，却根本不值一提。从云端跌回地面的阿东，现在小心翼翼地守着好不容易再一次建立起来的“小土包”。

华强北的地标建筑物——赛格广场，这时候已经全部投入使用了。

已经回归“抠门”行列的阿东，破天荒地花240块钱买来两张票，请死党败家子登上了赛格广场的观光层。

俯瞰着脚下的华强北，阿东对败家子说：“看到下面没有，总有一天，我要让你在这儿看见的大楼里面都有我的物业。”

败家子调侃道：“阿兄啊，有恐高你说啊，一望下去，你就说胡话了！”

第十二章 老父催婚，回家相亲

周星驰电影里有一句台词：做人如果没有梦想，和咸鱼有什么分别?

现在的阿东，就是一条有梦想的“咸鱼”。他心中的那个梦，是“失心疯”级别的。当年的陈安之，说“想成功，先发疯”，如今看来，是有点偏激了。疯可以，但是，一定要懂得自愈。冲动过后，要落地。一切伟大的梦想，都是实干出来的，不是空想出来的。

这时候的阿东，每天都很实在地干事。不知不觉，已近年关。沉静下来的阿东，似乎对这个年关，有点抗拒。他少年得志的那一年，已经在潮汕那个小山村，兴起了无边的大浪。现在，这条“蛟龙”已搁在浅滩上了。村头那棵大榕树下，已经好久没有人说起阿东的新闻了。这个让人遗忘的少年，心里也没有了过年的激动。

市场里胶纸的撕裂声，让这个不想回家的少年得不到一刻的安宁。

老父亲的电话，如期而至。

“孩子，什么时候回家啊？”

“这个，爸，今年不打算回去了。我要去布吉农批帮一个兄弟卖年货。”

“胡闹！收拾一下，回家！”

“哦！”

万般无奈，那辆SUV又缓缓地开进了这个潮汕小山村。乡亲们没有过多的反应，更没有指指点点，只是和他平常地招呼，这让阿东少了些许难堪。也许，大家的记性，都比较差吧。

还是那间“罗里头”。屋后的三层小楼，已经停工一年多了。

阿东到屋后看了看，沉默着走回了家。

今天家里不止有父母亲，还多了那个喜欢拿“大声公”的老二婶，三老叔也仙风道骨般地坐在屋里抽着烟。

看这阵势，就差在老二婶脸上贴颗媒婆痣了。

“把你叫回家，就是为了这事。你现在二十好几了，要成个家了。”

“啊？”

“你老二婶这里有几个女孩子的相片，你先看一下。”

“啊！”

“时日（生辰八字），都念过来了。这几个都是合的，但人家合不合你，就另外说了。”

“啊！”

“潮汕习俗，正月不看亲。今天是年二十七，离年三十还有三天。这几天的时间，你把她们约来见一见吧。”

“啊！”

“啊、啊、啊，你只会这一句啊！听到没有？相片在老二婶这里，看看吧。”

“好的，好的。”

于是，一场节奏紧密的潮式相亲大戏就这样拉开了序幕。

第一天，大SUV如约而至。阿东一身白衬衣，一米八几的黑大个，说真的，论颜值，有待商榷，论气势，还真是不输他人。

一时半会的等待后，女主角在两个姐妹的拥簇下出场了。

女孩子长得不错，标准潮汕女孩子的长相，感觉略带稚嫩。

按潮式相亲的风俗，男方是要给女方红包的。而且，和女方一起来的小姐妹，男方也要给红包。不过，给红包，是有讲究的。一般，会准备一个大红包，若干个小红包。如果男方看中意了，就先把普通的小红包给一起来的小姐妹，然后把大红包交给女方。女方如果爽快地接下来了，那就是双方有意。女方如果不接，说不用了，就说明没戏了。当然，也有女方不好意思推拒，先收下红包，事后让介绍人归还的。如果男方不中意女方，就全部人都给小红包。姑娘回家一拆红包，便会明白了。

阿东这家伙，虽然生意做得不错，但相亲还真的是头一回。一坐下来，他二话不说，先把红包派了。一个一个地发，连和他一起去的败家子，他也给了一个红包，这让相亲气氛尴尬起来了。这种不按套路出牌的方式，一下子把人们给惊呆了。还好，败家子久经沙场，忙打了个圆场。天南地北地胡吹一顿之后，阿东的第一场相亲，就这样结束了。

第二天，戏剧般的第二场相亲开始了。

这次败家子一再提醒：不要一见面就发红包，在夜总会里给小费，还要等喝完酒呢，你这么急干吗。

翩翩少女，如约而至。

今天这个，看起来就更小了。一问，才18岁半，19岁都不到。然后，就是聊一些有的没的话题。女孩问阿东平时有什么爱好。阿东说，也没什么，上班，看电视，上培训班这些吧。

“看电视啊。我跟你说，我也很喜欢看电视。我最喜欢看《还珠格格》。尔康好帅啊！但是，我还是喜欢五阿哥。因为他们都说，我像小燕子。”

突然，女孩打开了语匣子，那么多的话，让陪同相亲的败家子都接不上了。败家子踢了阿东无数次，让他快点发红包。可是，阿东明显收不到败家子的暗示。

终于，在“你是风儿，我是沙……”的歌声中，结束了这场相亲。

第三天，阿东明显有点心神不定了。明天就是年三十，这样的相亲节奏，自己明显跟不上啊。可是，父命在此，也只能去看看了。

这次相亲的女孩，年纪比阿东大一点点。两人一个年头，一个年尾。一起来看亲的，据说是女孩的姐姐，但是两人看着明显不是一个辈分的。阿东有点拘谨。一番客套话之后，这个姐姐，终于进入了正题。

“你是在深圳打工，还是自己做生意啊？”

“自己做。”

“做什么生意啊？请了多少人？”

“我在华强北。跟妹妹一起做，请了三个人。”

“哦，做多久了？在深圳买房了没有？”

“做了几年了，没有买房。”

“一个月赚多少钱？”

“这个不一定，看出摊运气。”

“出摊？你在摆地摊啊！”

“是的。”

“还说是做什么大生意的，原来是摆地摊的啊！”

一轮对话后，败家子都坐不住了，打了个手势：给红包，给红包。

这个姐姐倒是实在人，红包一收就起身走人，毫不拖泥带水，像是专业看亲人士。

大年三十。

白萝卜炖排骨的味道，弥漫在这间小小的“罗里头”里。无儿无女的三老叔，也和阿东家一起过年。

一切，好像没有什么变化。这间老屋，还是当年的那间老屋，和阿东没出去做生意时一个样子。虽然屋里的电器增加了，但父亲的那根老烟枪，依然冒着难闻的土烟味。

三老叔突然来了一句：“今年没有大中华，好像没了年味了。”

阿东的父亲接过话：“等孩子的亲事定下来了，大中华给你两条。屋后那四头猪看到没？为什么今年没卖，就是等过了三月，给孩子娶老婆用的！”

阿东只是傻傻地笑着，吃着这标准的过年菜。他突然觉得，当年在鹏城被称为“土豪东”的时候吃的那些东西，没有一道菜，能胜得过这道“白萝卜炖排骨”。

父亲说：“这叫‘一片冰心存腹内！’”

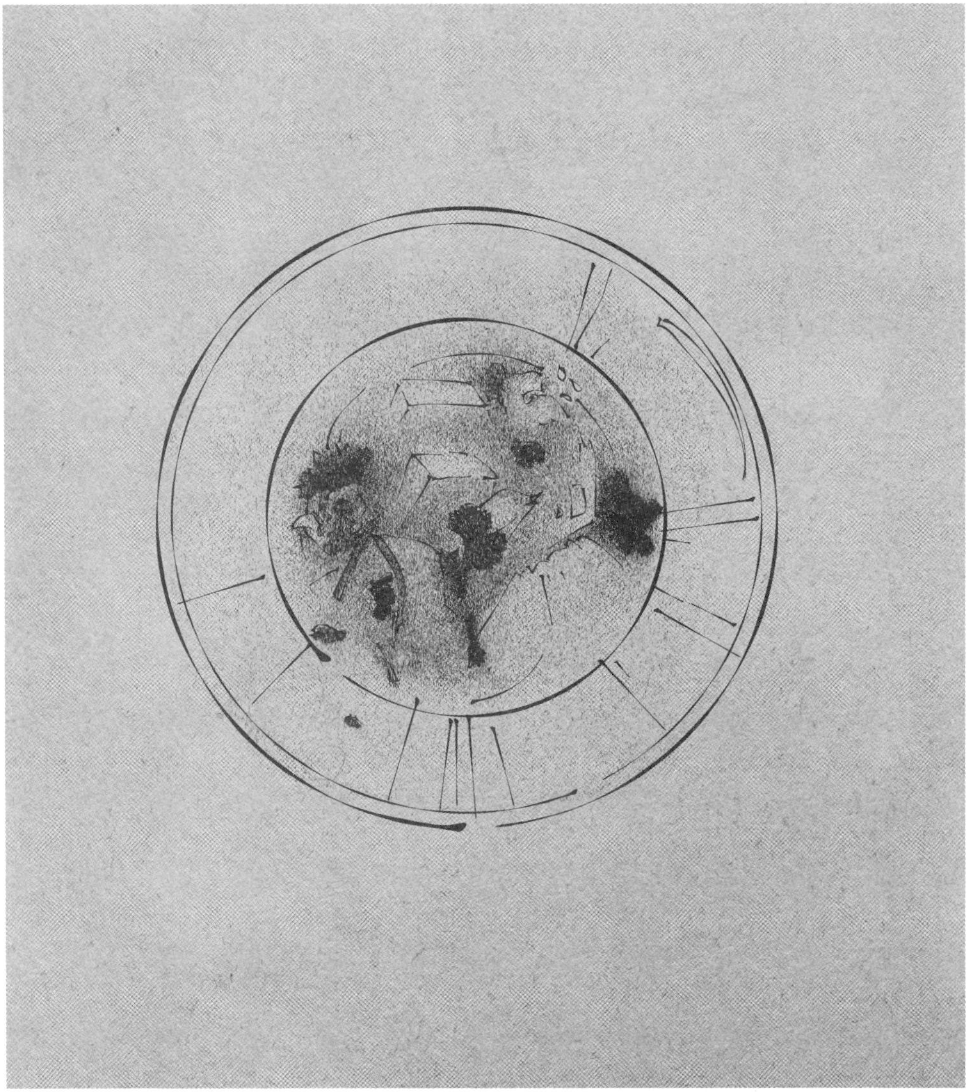

第十三章 初识林妹妹，选对了料号

潮汕的春节习俗，是在传统文化上保留得最为完整的。英歌狮舞，游神赛会，灯谜烟火，应有尽有。更少不了潮汕大锣鼓的助兴。

可是，这一切的热闹，在阿东看来，总觉得有那么一点点的喧闹。

他心不在焉地附和着来往的亲戚朋友。而今年来走访的亲戚，好像少了许多。夹杂在这支亲戚队伍里的，多了像老二婶那样的角色。

潮汕人常讲的，成家立业。看来，老父亲已经非常正式地把阿东的亲事排上日程了。

初五，拜完祖先，“迎老爷”的队伍还没经过门口，阿东就“逃离”了这个潮汕小村子。

大SUV，不再显得抢眼，阿东灰溜溜地回到了深圳。

年初八才开工，可现在才初五啊！

阿东百无聊赖地在深南路上游荡。似乎身不由己地，又走到了清远小妹那个BB机代理店。只是，店还是那个店，清远小妹早已消失在茫茫人海中。

阿东抬头看到那间店的时候，心里“咯噔”了一下：怎么又来这里了呢？然后，傻傻地摸了摸头，往福星路的“城中村”走去。

年初六，父亲的电话打来：“同村的姐姐有一个表妹，在深圳一个电子厂上班。我要了她的联系方式，她现在也在深圳。你看一下，跟她联系一下。也别说相亲了，就当认识多一个朋友吧。”

“爸，这年初六的，不太好吧。”

“没什么不好的，人家是实在人，农村的，条件还不错，你们就当普通朋友相处一下吧。”

“爸，那你让她找我吧。”

“什么话？你是男人，就应有男人的样子，要主动约人家见见面。”

“爸，那要不要给红包啊？”

“……这个，你自己想吧。”

父亲给他留下了一个手机号码。

阿东默默地看着这个主人叫林妹妹的手机号，却始终没有打出去。

年初八，市场正式开市。

沉睡半个月的狮子，又醒了。一切还是那么的忙碌，在华强北打拼的电子人，好像一下子忘记了春节这样一个节日。

依然是车水马龙，客似云来，货如轮转。

市场门口，拉板车的阿姨，还是那样的干练利索。

阿东在都会电子城四楼的房间，不停地开着单、发着货。

今年开始，阿东的发货单，全部采用针式打印机打印。那个声音，到现在为止，阿东都觉得是悦耳的音乐。

他说，他的人生里最动听的两个声音，一是针式打印机的打单声，一是包装胶带的撕裂声。只有听到这两种声音，他在华强北才过得踏实。

一天无暇地忙碌下来，阿东忘记了林妹妹的存在。

快下班的时候，父亲的电话又来了：

“有跟人家妹仔联系吗？”

“爸，没有，这两天有点忙。”

“是忙，还是不想联系呢？”

“爸，真的是忙。”

“我不管怎么样，反正你得正儿八经地谈一个潮汕姿娘做亩（潮汕方言，意思是老婆），如果娶外省的，你就不要回来了。”

“爸，我没说要娶外省的。”

“那就跟人家联系。”

“好的，好的。”

第二天，阿东觉得父命难违，有点无奈地拨了那个手机号码。

呵，呵，挂掉了……

这让阿东莫名其妙：好不容易自己迈出第一步，这林妹妹倒好，一句话没说，直接挂掉电话。这不按套路出牌啊！

过了一会儿，一个固定电话打了过来。

一个温柔的潮汕女声，从阿东的手机里传了出来。

这浓厚的揭西口音，让阿东听起来，身子先酥了一半。

“你好，请问哪位打我手机？”

“哦，是我，我是你表姐介绍的，我叫阿东。”

“你好，不好意思，手机接听要钱的，我才用座机打给你。”

哇，这林妹妹好会过日子啊！阿东对她好感倍增。

在经历了多次失败之后，阿东像被毒蛇咬过一样，看到草绳都会发怵。对于女孩子，特别是那些“总前总后，哥前哥后”的美女，他更是敬而远之。

而今天这个林妹妹，倒是非常对阿东的胃口。

电话聊天，还在无休止地进行着，到底聊了一些什么，估计男女主角，现在都忘记了。

一向不善言辞的阿东，第一次发现自己这么能聊。从孔老二聊到刘德华，居然没有任何不和谐的感觉。直到诺基亚手机烫手了，两人才依依惜别。

从阿东燥热的脸庞，可以看出，这黑小子，又恋爱了。

林妹妹在梅林一家电子厂上班，阿东约了她第二天晚上在荔枝公园见面。

不知是阿东故意的，还是当时没有想太多。他没有提出要去接林妹妹，也没有和她说自己有辆大SUV，只约了在公园门口等，他自己也是坐公交车前往。

月上柳梢头，人约黄昏后。

荔枝公园前门，一个身高一米八五的黑大个，身着亮白色的衬衣，直直地杵在那里，等待他的“林妹妹”从天而降。

林妹妹倒是准时，没有让阿东等得望穿秋水。只是因为紧张，他多喝了两瓶矿泉水。

两个人一见面，相视而笑。

林妹妹，长相普通，身材普通，衣着普通，感觉没有一丝亮点。当然，也不是“从天下掉下林妹妹，脸先着地”的那种。

用多年后阿东的话来讲，就是一眼看上去，她就是能好好过一辈子的那种女人，娶回家，没有贼惦记的那种类型。

就这样，一个一米八五的大汉，带着一个一米五八的娇小潮汕姿娘仔，走进了荔枝公园的小树林。特别的是，两个人中间，竟然没有一条行车道的距离。虽说两人没有手牵手，却是肩并肩。

虽然电话里，两人聊得非常快乐，但是一见面，却是没什么好聊了，只是简单地问一些对方的情况。

林妹妹来自揭西一个贫困镇，家里有一个哥哥，几亩薄田。自己中专毕业后，就从学校直招进了华强三洋电子。工资嘛，普普通通，每月一千多块。也就是说，她的收入、背景，也是非常的普通。和阿东损友败家子介绍的那些千金小姐相比，还真的是差距非常大。

败家子喜欢对女孩手机号码加备注，名字后面，总是多一些数字：5、10、15、20、100，这些奇怪的数字，曾让阿东非常不理解。后来才知道，败家子那个备注，指的是年份。比如5，就是娶了她，可以少奋斗5年；10，就是少奋斗10年。这让阿东笑得前俯后仰，问："这100，就是少奋斗100年啊！这是谁家的姑娘啊，这么'浪险'（潮汕方言，"厉害"的意思），娶上她就可以100年不用奋斗啊！"

"哦，这个你看错啦，这个是黑车司机的号码，跑一次东莞，要100块。"

阿东当场笑晕了。

第十四章 心灵共鸣者，领证订终身

想要忘记一段感情，最好是用一段新的感情去填补。

许多年以后，阿东在酒后，也许还会念念不忘清远小妹的点点滴滴。而在和林妹妹热恋中的阿东，已忘了清远小妹是何许人物。

如果不是上辈子有所相欠，那定是这辈子自己犯贱。

爱情，不像华强北的电子生意，一就是一、二就是二，原装就是原装、国产就是国产。

阿东的爱情观是模糊的。他所付出感情的方式，是内敛的，虽然内心炽热。

当年的电子市场，根本就没有周日这一说，生意非常忙。在阿东看来，只要市场一开，他就要上第一线战斗。然而林妹妹在华强三洋电子上班，周日，是休息的。

又是荔枝公园，又是那片见证他们爱情的小树林。虽然有许多歌唱爱好者在那里搭棚做戏，曲音缭绕，但始终没有影响到这两个年轻人的流程式恋爱。

“我家条件不好，暂时没有房子，一家人挤在一间十几平方的‘罗里头’里。”

“我知道！”

“我在深圳的生意出了个小风波，现在除了那辆车之外，没有什么财产。”

“我知道！”

“我的那个公司，在里面办公的，不全是我的员工，我只是把办公室租给了他们。”

“我知道！”

这时的林妹妹，好像成了复读机一般，不管阿东说什么，都说“我知道”。

阿东是个急性子，当然林妹妹也不是一盏省油的灯。这种自报家底的表白方式，确实让现在的年轻人难以理解。而在林妹妹看来，这个傻大个，太磨叽了，有话就说出口嘛，这样子自报家底，算是什么操作？林妹妹实在忍不下去了。

“你到底想要说什么，直接点。”

“我……”

“是不是觉得我们不合适啊？”

“我……”

“还是觉得我们家也穷，你想找有钱的。”

“这个……”

“真是太费劲了，直接点！我们是成还是不成，你一句话说了算。”

“我……”

林妹妹瞬间有崩溃的感觉：难道，这个看似很有想法的大高个，是一个间歇性人格分裂者，一阵子聪明，一阵子如白痴一般？

林妹妹尚未反应过来，阿东说：“走，我带你去我家。”

“啊！”现在轮到林妹妹招架不住了。

不过，去就去，都是邻村人，他也不敢把自己怎么样吧。

少女的思维，总是如此奇妙，约会的时候，总是怕他不来，等到他来了，又怕他乱来。

阿东当时到底有没有乱来，这个无从得知。至少在今天来看，这个难得的周末，阿东要进行一个潮汕式的表白。而据说这种表白的操作，在如今这个年代，是属于自杀式的。

公交车摇摇晃晃，终于来到福星路。

当年岗边村的风景，总是让人想入非非。406绿皮中巴，在福星路口放下了阿东和林妹妹。

阿东领着林妹妹往“城中村”的深处走去。

时值三月，深圳的气候渐渐闷热。

而在狭小的小巷子里，抬头一望，却是另外一个风景。当时，香港一部非常有名的电影《天水围的日与夜》，其中的几个镜头，据说就出自这些风景独特的深圳“城中村”。

阿东默默地走在林妹妹的旁边，手轻轻地放在离林妹妹的头顶一个拳头的位置。这样的动作，是为了帮林妹妹挡住上面衣服的滴水。长50米左右的小巷子，两个人走得有点费劲。

终于，他们到了那间10平方米的楼梯间，也是阿东来深圳的第一个栖身之所。当然，它现在是阿东的一个小仓库。只是，现在里面还有一张小小的铁架床。

“我以前就住在这里，现在这里的租金一个月700块。”

“哦，环境还不错，价格也算合理吧。”

阿东一下子笑出声来。这样的环境，居然还能用“不错”来形容。

林妹妹在华强三洋电子的宿舍，阿东是去过的。在梅林彩管厂那块儿，环境优美，虽然是四人一间，但干净整洁。而这里，相比之下就是一个“猪寮”（潮汕方言，意思是猪窝），潮湿阴暗。

“我们现在潮汕的家，跟这个环境差不多。”

“哦，我们不都是这样的吗？”

林妹妹像是铁了心要跟这个黑大个天荒地老。

待水清鱼定之后，阿东第一次去林妹妹家。他才知道，人家已经住了十几年的三层小洋楼，其父亲是那个镇远近闻名的山药大王。

当然，那是后话。

经过了一条更窄的小路，阿东说：

“看到没有，从这里上去，五楼，就是我住的地方，一个月租金1500块，两房一厅，我跟我妹妹，还有两个工人住。”

“那上去看看吧。”

踏上“城中村”的楼梯，感觉如鬼屋探险。这是败家子常调侃阿东的话。楼梯灯时亮时不亮，增添了许多恐怖的气氛。因为楼与楼之间，人们是可以把手伸出来握手的。在这种间距下，采光，是一件奢侈的事情。

终于，两人顺利到达五楼。

四十来平方米的两房一厅，在白天不开灯的情况下，可谓“伸手不见五指”。

阿东在那里，有的没的说了许多。林妹妹呢，就这里看看，那里看看，倒是表现得比较轻松自然。

阿东先开口：“目前我的环境就是这样，如果你愿意，我们就跟家里人说一下，把证办了。如果你不愿意，那我们也做个普通朋友。”

“你这是在求婚吗？”

“求婚是什么？”

“你不看电视的吗？”

“哦，我看啊，但是不看《还珠格格》。”

“都不知道你在说什么！很晚了，我回去了。”

林妹妹没有给阿东一个准信，就匆匆走了。

阿东要送林妹妹，她突然来了一句：“不用送了，以后我经常来，自己多走走，才能熟门熟路。”

阿东居然没有听懂林妹妹的言下之意，送林妹妹到楼下期间，还两次问了林妹妹的答案。

林妹妹回去了，留下一头雾水的阿东。

情事不决问损友。阿东打通了败家子的电话，败家子说：“成了，你去准备婚事吧！”

阿东，更是云里雾里。

林妹妹回去后，把自己的决定告诉了林爸爸。

就这样，三老叔又开始忙活了起来。

第十五章 人生大事，共结连理

那一年的春天，阿东收获了爱情。

林妹妹如败家子所料的那样，跟父亲说明了自己的想法。表姐也很称职地充当了媒姨的角色，向阿东父亲说明了一切，并让三老叔选一个好日子。当然，潮汕的所有礼节，还是要一步一步来的。三老叔选的，可不是结婚的日子，而是一个讨亲的日子，在当日男方要向女方家提亲并且商定婚期。

东父的电话，又打过来了。

“爸，你找我啊？”

“下个月初三，你得回家一趟。”

“啊！干吗？”

“你不是已经跟林妹妹谈好了吗？得回来提亲了。”

“不是吧，她也没有怎么说啊。”

“傻孩子，你要人家女孩子自己上门说你娶我吗？快回来吧！”

“好的，好的，我初一就回去。”

阿东感到意外：怎么就成了呢？从那天林妹妹走后，两人也经常相约一起，但是，聊天内容都是些有的没的，也没有提到婚姻这个话题啊。不行，自己得问一下她。

傻小子又打电话给林妹妹。

“喂，听我爸说我们要结婚了，是吗？”

“……”

“你倒是说话啊！是不是？”

“怎么，你不愿意啊？！”

“愿意，愿意，当然愿意！就是那天问你，你不是还没答应吗？”

“婚事，还是父母做主为好，你就按家里人的意思来吧。”

“好的，好的！”

这感觉，还真的是“天上掉下个林妹妹”！

虽然林妹妹非常普通，但阿东觉得跟她在一起非常的舒服，没有什么压力，更重要的是，林妹妹会省钱。

曾经做过南柯一梦的阿东，现在对金钱看得非常的重。他当年的挥金如土，与今日的惜财如命，都到了让人难以置信的程度。

有一次林妹妹到阿东的出租屋，推门进来，看到阿东在补袜子。可惜当年手机拍照尚未普及，不然这个画面应成为经典之作。想想看，一个一米八几的黑大个，捏着缝衣针，在“城中村”的出租屋里，认认真真地补着袜子，还让自己的女朋友给看见了。

阿东感到难为情，忙将东西藏在身后，一时着急，手竟让针给狠狠地扎了一下。虽说他是一个铁骨铮铮的大汉，但是十指连心啊，也难免抽搐了一下。

林妹妹不客气地说：“补什么呢？给我看一下。”

“没什么，没事玩玩。”

“玩什么啊，你一个大男人，玩针线啊。”

“真没什么啊，别看了。”

“拿出来。”

没办法，一针、一线、一双破洞袜子出现在林妹妹的面前。林妹妹没说什么，一手接过来，针上还残留着阿东的血迹。林妹妹熟练地补了起来，补完后，一本正经地跟阿东说：“还有没有要补的？”

“没有，没有了，我看着袜子还那么新，才穿了一两次，扔了怪可惜的，所以才补一下。”

“嗯！知道了。”

“你看你的脚指甲这么长，肯定会戳破袜子的。拿个指甲剪来，我帮你剪。”

“不，不，不，不用了，我自己剪就好，现在马上剪，马上剪。”

傻小子倒是麻利地把自己的脚指甲剪得秃秃的。紧张，激动，因为有林妹妹在一旁看着，这小子，脚趾又剪出血了。

林妹妹实在看不下去，拿来“双飞人”药水说给他消消毒。

新伤口，加“双飞人”，任谁也受不了啊。

看着阿东疼得一脸扭曲，还有在眼眶里打转的眼泪，还要装作若无其事地说“不痛，不痛”，林妹妹笑得前俯后仰。

那年，那月，那个初三的日子。阿东驾着大SUV，带上败家子，买了一箱水果，来到林妹妹家所在的村子。

林爸爸是个非常实在的农民伯伯，也不管什么礼数不礼数的，早早地就等在村口接人。

当来到林妹妹家那栋别墅式的小洋房前时，阿东停住了脚步，心里有点不是滋味。见到林妹妹的那一刻，抽风式地跟林妹妹说了一句：“对不起，我不知道你们家这么有钱！”好在，这句话林妹妹的家人没有听到。

对这个黑黑实实的大个子，林家还是非常满意的。潮汕人说的“人青”（“体格”的意思），和颜值的关系并不是很大，当然，阿东也并非长得太难看。

古往今来，潮汕人看女婿，主要还是看“人青”，一句话，就是高大威猛。对这一点，阿东倒是相当自信。

一番客套话说完之后，总算切入正题。

阿东毕恭毕敬地，把三老叔写的那个时日帖子，双手捧上，呈给未来老丈人。

依传统礼节，这时，女方家人要有几个人出来从中作梗，说一些“申面公”话，就是“我们女儿还小，不想这么快让女儿嫁出去”，诸如此类的托词。这个就是潮汕习俗的“讨亲”。实际上，就是一次谈判的过程，在这期间，要商量金饰、礼金、应亲红包等烦琐之事。

败家子陪着阿东一起来，也是为了应付这些“三姑六婆”的。

本来阿东父亲也得来，但是，这初三的日子，刚好和东父的生肖相冲。两位大人沟通之后，觉得这些礼节能省就省，现在已经是新社会了，不用太讲究。

当败家子把三寸不烂之舌练习完毕，准备“应战”的时候，林爸爸直接表态了：

“我们也没什么要求，看你也是个老实人，有些礼节能免就免了。礼金什么的，倒是无所谓，你们那边安排就好。说实话，你们办多少过来，我们也要当嫁妆随过去，你们随意就好了。”

林妈妈毕竟心疼女儿，还是有点唠叨：

“你们家连房子都没有，这结婚之后，怎么住啊？”

“难道一家人，挤那间‘罗里头’啊？”

败家子拍胸口表态，说结婚后一年内，老屋后面那栋小洋房一定会建起来。而且两人婚后大部分时间是在深圳住，阿东已经在深圳看好房子，年底就可以交房了。

这满嘴跑火车的家伙，倒是把事情说得好像很容易似的。那栋小洋房，就只建了一个壳，好多年后才能完工；深圳的房子，更是没影子的事情。

讨亲这一环节，还是有惊无险地过了。

婚期和完聘，都定在下一个月。

返回的路上，阿东沉默了。他那个样子，并不是一个讨亲成功的胜利者，倒像是失败者。

败家子打趣他说：“你这是婚前恐惧症，还是舍不得那些‘敏敏、芳芳、丽丽’啊？做新郎有很大压力吗？”

阿东心里觉得不是个滋味：林妹妹家境如此好，再看看自己的情况。虽然华强北的生意每天都有增长，但并不十分稳定。以现在的收入，自己买房还早着呢。自己家里那个情况，结婚了，住哪里啊？所谓的婚房，到底在哪里？难道还要学九十年代流行的那样，办一个所谓的旅行结婚吗？那也太对不起林妹妹了。她是一个实实在在的女孩子，自己这辈子就认定她了，她虽然脾气有点爆，但还是很有性格的。还是回家跟老父亲商量一下吧。

经过商议，父亲说那间“罗里头”的小阁楼，就暂定为阿东的婚房。他们二老，还是住在楼下。妹妹嘛，就睡那张可折叠的沙发床，反正她一年中也不会在家住几天。

一切安排妥当，潮式传统婚礼如期举行。阿东终于把林妹妹娶回了家。

热热闹闹的婚礼后，夜幕降临，所谓洞房花烛夜，金榜题名时。看着如此娇艳的林妹妹，阿东热血沸腾。然而，老式潮汕“罗里头”，二楼只有一层薄薄的木板。更要命的是，为了让楼下透光，在中间，还有一个天窗式的镂空设计。也就是说，楼上人翻一个身，楼下人都能听到动静，而且一清二楚。

如此洞房花烛夜，让阿东非常纠结……

败家子第二天做了一首打油诗调侃阿东：

洞房花烛美娇娘，
春宵一刻情欲强。
无奈东家少堵墙，
翻身一动吓到娘。

阿东，用了潮式万字真言，和败家子聊了许久的人生……

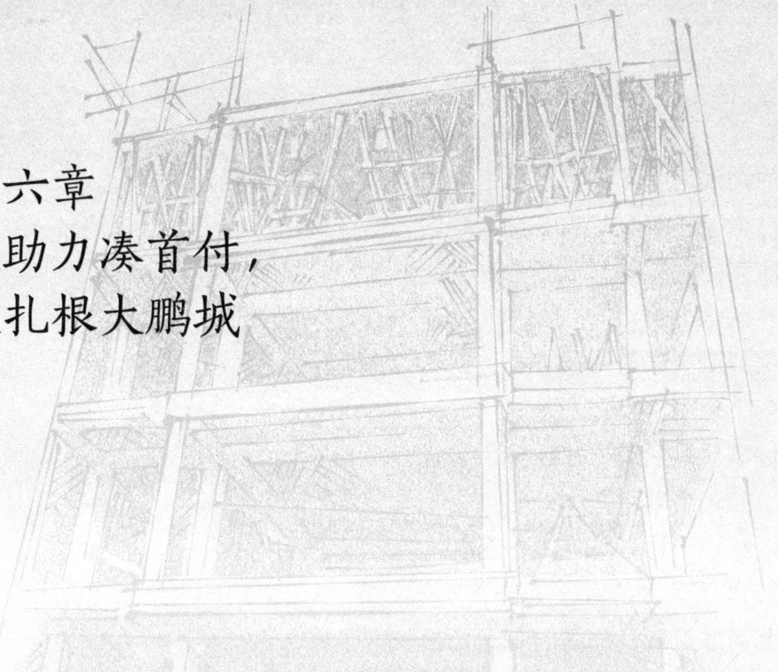

第十六章
东父助力凑首付，意欲扎根大鹏城

潮汕人所讲的“成家立业”，成家后的阿东，非常全面地诠释了这四个字。

婚后的阿东，变成了一部一心赚钱的机器。不管何时何处，都想着如何赚钱。败家子实在看不下去了，总想用各种方式让他放轻松一点。然而，林妹妹家那三层小洋房，像一根细细的针，死死地扎在这个只有二十出头的潮汕小伙子的心里。

一定要让林妹妹过上好日子。

特别是当林妹妹有孕在身后，每天下班后，挺着个大肚子，在窄小凌乱的巷子穿梭，然后还要爬上五层楼。在阿东眼里，这都是一个个刺眼的画面。

阿东曾无数次想过搬家，至少换个有电梯的楼房，而林妹妹坚持要住下去，说：“按潮汕的风俗，有了身孕后，床都不能动，家里更是不能钉一颗钉子，你就不要提什么搬家了，还是等孩子生出来后，我们自己买房吧。”

林妹妹将这一切都掩盖得这样的自然，只有阿东深深地明白，她是不想伤自己的自尊。少年得志的阿东，那种挥金如土的日子，如昙花一现，而真正留给他的，是如山的债务。他虽然对林妹妹有所保留，但林家妹子，是何等的冰雪聪明，单就他补袜子的行为，就能猜出家里的情形。

终于，在阿东的纠结中，属于他们的爱情结晶：一个八斤二两的大胖小子，降临了。

一向平静的东父，听说自己做爷爷了，显得那样的手足无措。蓝色人字拖，格子“液布”（潮汕方言，意思是洗澡的毛巾），发黄的的确良衬衣，一身标准的潮汕老爷子的装扮，他急忙登上了开往深圳的大巴。

这是老爷子第一次离开潮汕地区，前往大都市。

跟随其后的东妈，嘴里尽是埋怨：

“鸡怎么办啊？”

“猪都没有喂好。”

“门不锁啊？”

“你拿几只活鸡人家让你上车吗？”

“小心鸡蛋啊！”

二老终于到达了深圳福田医院。

看着自己的大胖孙子，父亲一改往日不苟言笑的样子，对着孙子一顿逗乐，脸上满是天真，深邃的褶子像是一下子展开了。

然而，回到阿东住处，东父的脸色一下子沉了下来。

看着眼前这个环境，说真的，还不如老家那间“罗里头”呢！然后看看儿子，质问道：

“你意气风发了这么些年，就让老婆孩子住这样的地方？”

“爸，我会马上买房子的，你放心好了。”

“行了，你的底子如何，我心里有数。你妈就留在这里‘企月’（潮汕方言，意思是照顾儿媳妇坐月子），我晚上就先坐车回去了。”

“爸，住一晚上再走吧。”

“你看看，这里有我睡的地方吗？”

“这，爸……”

父亲来去如风，新月如钩的夏夜，父亲回到了那个潮汕小村庄。

他并没有直接回那间“罗里头”，而是转到老屋后面，望着那三层半洋房，大口大口地抽着烟。这是三间潮式小洋房，原计划建三层半，每层差不多一百四十平方米，最上面那层是半层，带一个大大的阳台。

阿东第一次发迹时，给了东父十几万元，东父开始动工；地皮是祖上留下来的，如果一切顺利，现在本应完工了。然而，因为阿东的年少轻狂，让这个梦想的家园，让这个三代人可以昂首从村头大榕树下淡然走过的工程，变成了村里唯一的烂尾楼。

黑暗中的潮汕小村庄，东父的旱烟微弱的火光，此刻显得如此的明亮。

三天后，阿东的大胖小子越发可爱了，林妹妹也可以出院回家了。败家子更是忙前忙后，开着自己的小轿车充当专职司机，用他的话说，就是阿东那辆SUV太臭，对小孩子不好。车子平时用来拉货，确实气味有点让人难受。

把林妹妹送到家的楼下，面对五楼的楼道，阿东发呆了。关键时刻，阿东的小宇宙爆发，以公主抱的姿势抱着林妹妹，一步一步地往上走，东妈抱着大胖小子，乐呵呵地跟在后面，嘴里念叨着：

“这男人啊，还是要有点力量啊！这些年的白萝卜炖排骨，儿子你还真没有白吃，吃得你壮壮实实的，是个男人！”

在阿东怀里的林妹妹，面若桃花，娇羞如上花轿的新娘子。

许多年以后，这个情景，还是让林妹妹难以忘怀。

阿东曾无数次傻傻地问林妹妹，当年，她到底是看上他哪一点。林妹妹总是说，看上他傻。可能真正的原因，是看中了他的这种力量吧！

大孙子就快满月了，潮汕小村庄的烂尾楼附近，近一个月来，晚上总有一点点的星光、忽明忽暗。走近一看，是一个看起来有点沧桑的老头子抽着烟。

阿东奶奶一共生了九个儿女，东父排行第四。东父家曾经一贫如洗，到了七十年代末才有所好转。而这时东父的兄弟姐妹，已九失有三。经过协商，阿东家分得“罗里头”小平房一间，还有屋后面的两分薄田。八十年代，改革的春风吹醒了潮汕大地，这两分的自留地便成了正经的宅基地，手续完备，只欠银子。东父穷其一身本事，始终无法改变这两分田的样子。二十多年了，依然是自己家种菜的地。阿东创业成功，平地建起了三层半小楼，地基打好，柱子也立了起来，每一根柱子，在东父的眼里，都是一杆成功的旗帜；而后阿东意外失利，如今的小楼也只剩一个框架在那里。尽管如此，东父的希望一直存在，相信总有一天，儿子会发展起来，这栋小洋房，就是祖孙三代的乐土。

烟，旱烟！

非常难闻的旱烟！

一刻都没有停过！

东父终于拿起了电话，给阿东的舅舅打了过去。

“喂，兄啊，你看看有没有人要村里的地皮，我准备把后面的地出手。”

“疯了吧？那是祖业啊！”

“阿东生了个胖儿子，一家几口住在‘城中村’，环境非常差。我们父子俩受苦没关系，不能让第三代也跟着受穷啊。我那孙子，看面相，有将相之才，我要给他一个好的环境。”

“你会看什么相啊！别过两年，两父子又回来种地。你那孙子，也是我们村有名的劳动力。”

“这不可能。你就帮我问问吧，共两分田，已打好三层半的地基，梁柱也已建好。”

“你可要想清楚了，这是你们家最后的家当。”

“我就一个儿子，没什么可想的。哥，我这辈子没本事，欠你们家太多了；我不想自己儿子也跟我一样，辜负林家妹子。”

“好吧，你决定了就好。”

阿东的舅舅办事利落，三天内就把这事办好了，只是价格有点出人意料：地皮加地基，只卖了15万元。那些基建，也差不多投入了这么多钱，相当于地皮是白送的。然而东父心意已决，问清楚了深圳当时的房价，寻思着，自己差不多有20万元在手，也能够凑得上首付了。

“喂，爸，你找我啊。”

“东啊，我让你舅舅往你卡里转了20.5万。”

“啊！你哪来的这么多钱？”

“我把家里的地皮卖了。”

“爸，你疯了吧！那是我们的祖业啊！”

“这孩子，怎么说话呢？没大没小。”

“不是，爸，地皮卖了，你一辈子的希望就没有了。”

“爸一辈子的希望，就是你；有你，我们家就有希望！”

第十七章
落地生根，终得小天地

2003年的深圳，福华路的一个楼盘开盘。

没有人熬夜排队，也没有人疯狂抢签。一切，都是那样的平静；舞龙舞狮，免费吃喝，一幅正常的售楼处应有的景像。

阿东身揣“巨款”，带着林妹妹、败家子，一行三人来到福华路的这个楼盘售楼处。

也许是阿东当时藏得比较深，也许是当年的售楼小姐姐阅历不够，也许是败家子的气势比较足，不然怎么会出现这个场景：阿东站在角落，败家子身边围了许多售楼小姐姐，她们在七嘴八舌地介绍楼盘户型，又是咖啡又是奶茶的，端给败家子品尝。败家子建议买个两房就好了，毕竟阿东还年轻，先买个小房，压力不大，到时候也有理由不跟父母同住。但是，阿东坚持要买三房。理由很简单，他要把父母接到深圳来一起住。

两房一厅，69.8平方米，开价45.8万元；三房一厅，96.8平方米，开价71.8万元。定金3万元，建行提供基准利率打六折的最长30年房贷。如果开盘前三天下定，还可获赠一年的物业管理费。如果介绍朋友购买，可获赠两年的物业管理费。

败家子问明阿东的需求后，在“花丛”中穿梭了两个多小时，把售楼处的港式小甜点吃得差不多的时候，一改六畜无害的表情，变身福田街市买菜阿婆，开启了讲价模式。结果，这个家伙，活生生地说哭了三个售楼小姐姐，气走了一个胖经理，最后在副总的协调下，终于成交了一套三房一厅。

副总如释重负地松了口气：“老板，你先把3万元定金交了吧。”

“哦，不，我不买房。”败家子淡淡地说。

就在副总要叫保安把这个捣乱者赶走的时候，阿东出现了。

“他是帮我讲价的，哪里交定金？我买。”

此言一出，售楼处一阵哗然。

这个看上去像是来捡汽水瓶、蹭空调的黑大个，居然是准业主？售楼处工作人员一直以为，门口那辆三轮车是他的，他是在售楼处蹭空调呢。

还是副总表现自然，忙说：“好的，老板，按刚才这位先生所说的，96.8平方米，三室一厅，68万元整数全包，送两年管理费。你是一次性交款，还是办理按揭呀？”

“按揭吧。”

“好的，按揭请往这边来。建行在这边设了点，为准业主提供便捷服务。”

“按揭30年吧。”阿东说。

“30年？”败家子尖叫起来，“你没毛病吧，几十万的房子，你按30年干吗？房子没供完，你已经在灵山做天王了。”

“能按30年，就按30年。我问你，10年前的猪肉多少钱一斤？”

“不知道，10年前我家从来不用买肉。”

“那我告诉你，10年前，猪肉是两块钱一斤，排骨是三块五一斤。”

“然后呢？”

“现在猪肉一斤多少钱？”

“这个我知道啊，现在猪肉七块钱，排骨九块。”

“如果十年前，我拿10万块买肉，可以买5万斤，放在今天，是不是只能买1万多斤呢？供房子也是一样的，现在40万块供30年，算下来，总数差不多要付36万多块的利息，也就是本息一共76万块。那么你想一想，以中国，以深圳现在的发展速度，30年后，这76万块还是钱吗？”

“晕死！”败家子气急败坏地说，“你说了这么多，不就是想说通货膨胀吗。这个我上学的时候学过的。”

阿东不好意思地笑笑：“我书读得少，不懂得什么专业名词，我只知道猪肉一斤多少钱，我拉一箱电阻可以赚多少斤肉、多少斤米。”

“北字掠无磨蜞”（潮汕方言，意思是认识字的赚不到钱）。

这便是潮商世代传下来的，无法用专业名词去解答的商业操作。

不管怎么说，阿东在深圳的第一套房子，终于在父亲变卖家产后，完成了首付认购。一切，都是上天最好的安排，阿东总算是完成了人生三件大事：娶妻，养儿，买房。

一个月两千来块的房贷，对节俭的阿东来说，没有什么压力。当年欠下的债务，也都是和债主协商好的，按之前的约定，按时还款。

阿东买房的事情，虽然他一句没提，但可怕的华强北专业狗仔队，还是把这个消息传开了。

也许，又是那个卖油柑、橄榄的潮汕老婶，拿着“大声公”，从华强北的街头喊到街尾。好在世界有名的华强北路，全长只有943米，所以，老婶的工作量，并不是很大。

但买房的消息传扬开了，却也让阿东为难了。因为他还欠着市场供应商的钱啊！

买房的首付，是父亲卖了祖业换来的，直接一点说，就是父亲为了他的孙子，把一辈子的宝都押在了深圳。

然而，阿东几年前欠下的债，却也是不争的事实。现在阿东有钱买房子却不还债，那些被欠钱的人，肯定是不愿意的。

当时有签订协议，这两年来，阿东也是按协议的金额每月准时还款，从来不曾拖欠过一天。每个月，尽管再忙再累，阿东都会亲自带着现金上门还给人家。出门后，阿东会在自己欠款的小本上，打上一个“×”。

那个本子上有他独特的记账方式，每一个“×”，都是他对自己荒唐岁月的修正。只有当本子上那些刺眼的数字全部让“×”盖住时，阿东才能完成人生的另一个蜕变。

该来的，总是要来的。

办完购房手续的第二天，阿东在都会电子城四楼房间忙活，一对债主夫妇上门来了。

阿东心里一阵紧张，又是泡茶，又是敬烟，手忙脚乱，像一个做错事的孩子，眼睛都不敢正抬一下。

“听说，你在福华路买房子了。”

“是啊，阿兄，阿嫂，买房子的钱，是我父亲卖了祖上的地皮交的首付。”

“你这傻小子，你不要紧张啊！我们又不是来跟你要债的。”

这一对潮汕兄嫂，还真的不是来向他要债的，从进门起，都是脸带微笑。

然而，阿东却如“假童乩坐钉床”（潮汕俗语，童乩是指神上身的人，他们会坐在全是钉子的轿子上，被人抬着出游而毫发无损。而假装神上身的人，他们坐在钉床上，就会比较心虚），步步惊心。

“阿东啊，听说你买了房子，我们是来替你高兴的。我们是同乡，你能在这边发展得好，也是我们乡的光荣。更重要的是，我们认可你的为人。”

“钱我一定会还给你们的。”

“你怎么老是说钱啊！没把我们当哥嫂看了吗？你当初出事时，我们都以为你会像其他人一样，收拾东西跑了。我们是同乡，你跟四老叔的为人，我们都非常清楚。你嫂子还说，如果你跑了，就算了，不要找你们了，怕把四老叔逼死。我们毕竟都是同一个村的。”

“谢谢，阿兄！我心里明白的，无论如何，我是不会跑的。不管是欠老乡的钱，还是欠外省人的钱，我都会一一还清。”

“这个我知道，这两年多来，你从来没有拖欠过一期，都是准时还上。我就知道，你是一个非常讲信用的人。

不仅如此，你还是一个懂得感恩的人，这两年逢年过节，你都会买些小礼物上门来，这也让我们两个很感动。现在你买房子了，在深圳有个稳定的点了，以后还是要好好干啊，我们看好你。

我今天来，也没别的，这张名片给你。这是我的一位好朋友，做建材的，房子要装修吧，建材去他那里拉，要拉多少拉多少，给你赊账！就说你是我弟。”

“这……阿兄！谢谢。”

一米八几的大个子，鼻头的酸楚一时难忍。当然，最后还是忍了下来。

潮商的信用，是潮汕人世代相传的天条，只要诚信在，生意的灵魂就在。

败家子的奶奶常说，只要诚信在，总有出头天。当你的信用得到别人认可的时候，就一定会有人借钱给你起家。

当然，他奶奶还强调了一句，“白粉赌仔帮一时，种下祸害几十年”（潮汕俗语，意思是借钱给吸毒者跟赌徒，会害了他们一生）。

行正道，才是潮商的宗旨所在！

第十八章
扩充产品线，进军功率电感

阿东的房子，一锤定音了；装修，也如期进行。

同乡的那位阿兄，果然没有食言。装修材料费，全部赊账，阿东只需要付工人的工钱就可以了。施工工头，也是潮汕老乡，他在其他地方听到过阿东的传奇经历，从进场开工，一个月过去了，他没有向阿东要过一分工钱。

整个施工过程中，阿东只是零星买了一些小配料，基本上没花什么钱。当然，为了省钱，他也充当了一个不错的劳动力加专业司机。那辆大SUV，就成了一部实用的货车了。

就在阿东忙着装修房子的时候，东妹却发现最近市场发生了一些变化。大功率电感的销量一下子多了起来，而且大部分的销售都来自中电电子市场。

第二天一大早，阿东来到中电电子市场。阿东发现，基本上所有柜台都摆有MP3产品，而且，大部分都是半成品。他到了几个跟他拿过电感样品的柜台，它们都是在以这种模式经营。

基本上，所有的MP3模具，都是公开统一的，行内话叫“公模”。有区别的，可能就是内存的大小，还有电池材料的不同。差价非常大，销量也并不是很理想。

阿东在市场晃了一整天。看，听，问，认真了解这部分产品的来龙去脉，以致快下班的时候，有两个可爱的保安，目送着阿东离开：因为他们觉得阿东的行为异常，在市场转一天，也不买东西，如果阿东不是说潮汕话的，一早就被问话了。

当年的电子卖场，小偷天天来光顾，不管是手机、电脑，还是饭盒、打火机，丢东西的事情时常发生，像阿东这种晃悠法，还真是有点可疑！

又是一天的开始，这个黑大个又来到了中电电子市场。

两个可爱的小保安，从他一进门起就紧盯着他。当然，当阿东从大背包里拿出一堆功率电感的样品后，两个小保安才转移了视线。

阿东找到四五家在市场做得比较大的店，拿着自己从外面买来的OEM（贴牌）MP3板子，跟店里的老乡交谈了起来。

“老板，你看，这板子上的电感一般分为两种：CD32和CD43。但是，我买来的这些板子，对比市场的这些板子，这些电感，在品质、外观上都是不一样的，非常的杂乱。我们就是做这个电感的，如果我们能提供一致性的产品，是不是可以省了你们许多的麻烦？”

“这些公模的板子，都是这样子的。外加工OEM的板子，只要能用就行。反正东西能响，就会有人要，谁会拆开里面看啊？”

“老板，不能这么说啊。现在你们自己组装来卖，一天最多也就一百来部的数量，如果能够自己生产主板，再请专业的拼装厂拼装，这个产量就上去了。如果你们愿意这么干的话，以这电感为例，我可以无条件提供样品给你，除了音频功放、电源模块、内存芯片外，上面其他的配件，我也可以免费为你提供样品。”

“这个嘛，我得好好想一下。毕竟我没有这么大的量，如果自己采用SMT（表面贴装技术）的话，一个板子下来，投入也是不少的。”

“没关系的！你认真想一下，你看，现在整个市场也就是那几个款式的东西。所有的东西，就像积木一样，买来就能装成一部机子。

现在量少没问题，慢慢地，人们就会有对款式的需求。这些消费类的电子产品，更新换代非常快，靠这几个公模是做不了多久的。

如果自己采用SMT、自己设计方案的话，那就成了有自己特色的私模。只要有一个爆款，你就发财了。”

“你说的有道理。现在市场量少，利润也还可以，反正在华强北就是这样子，拿货、卖货。自己弄，怕是不行吧？”

“那你再好好考虑一下吧。”

阿东花了一天的时间，最后终于说服了两个老板，愿意自己生产板子。他们也和阿东达成了协议，除了主控芯片外，其他的被动元器件，在开发期间由阿东免费提供样品。这对剪样品出身的阿东来说，就是一件小事情，除了送

SMT工厂的时候会花点时间，其他方面没有增加什么成本。

在样品的配送过程中，阿东隐隐意识到，这个产品可能会爆。

当年的内存价格非常高，以阿东当时的实力，没办法涉及这方面的运作，他有自知之明。其他的呢，就是阻容和电感。阻容，国内是风华一家独大，市场代理有几家。其他的，就是陈店过来的一些水货，台系、韩系的阻容，还没有在华强北市场大量流通。在这其中，自己有能力去碰的，也就是这些大功率的电感了。

SMD（表面贴装器件）大功率电感，生产工艺简单，一个小型加工厂就可以完成对它的生产。而且，它的材料结构也简单。并且，当年有许多台系的磁材废料会通过一些小渠道流出来。这些虽然说是B级品，但是电性比较稳定，如果有专业的机器检测，还是有一定的用处的。这就和当年的钽电容一样的操作模式，这对阿东来说，已是轻车熟路了。

在送样品期间，阿东同时要找专业生产SMD大功率电感的合作工厂，并且以集零为整的方式，收购一些功率电感的原材料。

他和败家子开着车，在关外的那些台资厂门口转悠。只要看到有三轮车出厂，他们就会急忙跟上，跟到了废品站，他们又会厚着脸皮地上去打招呼，说要买一些废品。

刚开始人家非常不待见他们，觉得这两个一米八几的大个子，一看就不是什么好人。所以，有好几次，他们都让人赶出了废品站。

但是，他们仍然厚着脸皮去跟、去蹭，几经努力，终于得到了一个姓张的废品站老板的认可。经过几次漫无边际的闲聊，还有败家子的酒桌胡吹之后，这个老张成了两个人的朋友，三个人称兄道弟了起来。

酒至微醺时，老张忍不住开口了：

“你们两个小子，我一眼就看出不是我们废品站的行内人。刚开始我把你们赶走，是怕你们是对手，是来找麻烦的。你们也知道，在布吉这一带，并不是谁支个摊就能收废品的。”

“知道，知道。富哥是这一片的老大，我们两兄弟清楚的。”

“清楚了还敢天天来！说实话吧，你们到底要干吗？看你们两个，一个满嘴跑火车、天天逗乐，一个半天不响却满肚子小九九。我老张是个爽快人，有话说话，整完了喝酒，别总是憋个屁在肚子里，难受。”

“那我们就直说了吧！我们注意到，这一片台资厂的废料，不管谁收的，最终都得拉到你这个站里来。我们就是想，如果你有磁材的废料，能不能卖给我们？”

“搞了半天，你们两个要跟我做生意啊，这好说啊！要什么样的磁材，你们到仓库去看。有需要的，我按正常的市场价给你，不多收你们的。搞半天，还以为你们两个小子想认我做老大呢？！”

“认啊，干吗不认，从今天开始，富哥就是我们的老大。以后生意，就全靠您了！”

败家子突然表现出来的狗腿子奴才相，还真让阿东始料不及。

见阿东嘲笑自己，败家子不爽地说：“你懂什么？做生意就像是谈恋爱，你把客户当小情人来对待，不管是供应商，还是客户，一切会变得容易多了。”

“好吧，好吧，你认真地跟老张谈一场恋爱吧！他那两百多斤的身材，适合你的重口味！”

败家子忍住了心中的潮汕万字真言，淡淡地说：

“走，拉材料去！”

第十九章
被飞来的巨额订单砸晕

台资厂出来的磁材废品，经过阿东的检测，发现除了有些外观破损外，电性没有大问题，绝对可以作为新产品的原料。只要经过严格的筛选，品质是没有任何问题的。

阿东兴奋地把一小部分的材料送到小加工厂生产。

这个电感厂规模不大，也就二十来号人，标准的小作坊工厂，不过胜在证照齐全。老板杨工是一个很执着的人，他从国营厂出来单干，辗转几年，算是把自己的小工厂给稳定下来了。虽然工厂人员不是很多，但应付日常的生产是没有问题的。

阿东选择跟杨工合作，也是因为他的这一份执着。以做样品为例，他会严格控制好每一个步骤，并且出厂的产品会附带规格书。比较有意思的是，规格书居然是杨工自己手写的。虽然技术参数真实，但是阿东总觉得手写的不太正规。他让杨工写好后发给东妹，东妹用电脑打印出来，再找杨工签名。后来，在杨工的授意下，所有的规格书都以阿东公司的名字作为抬头。一切，都在规范的路上前行。

看着小工厂的产量，还有杨工吹毛求疵的生产工艺，阿东有点担心。因为在他看来，当MP3等消费类产品处于井喷期的时候，这个小工厂没办法应付得了他的产能需求。然而，杨工对品质的严格管控，又让他不舍得放弃这样一个能让自己放心的合作伙伴。因为品质，是第一要素。

阿东的内心深处，一个想法萌发了：入股杨工的工厂。

然而，凭他手头的资金，别说入股了，就连货款都时常欠着杨工的。房子装修的钱，还是林妹妹瞒着阿东，偷偷从娘家借了3万块钱才给支付完。这时候的阿东，一心都在中电电子市场上，装修的事也只能让林妹妹接手打理。

杨工一直不肯给工厂引进全自动设备，理由颇为奇特。杨工觉得，工厂这班人是从国营厂跟着自己出来干的，跟了自己十几年了，如果引进全自动设备，这班人多数会失业。特别是那些绕线工，要经历十来年的磨炼，才会有今天这个水平。而这全自动化设备只需一个按键，就完全代替了这个工人的活，并且比人工精准、不良率低。他心里也知道，工厂长期的发展是需要自动化流水线的。只是工厂现在的销售额和产能，基本上可以持平，他也就没有想过要进一步扩张。

但是阿东的到来，这个像疯了一样的小伙子，却给老杨注入了一股很大的动力。虽然这一两个月，阿东给他的都是一些小单，大部分产品都是样品。但看得出来，这个小伙子心中有一团火，正待爆发。

阿东常常把自己对市场的分析，毫无保留地和杨工交流。在阿东的执意坚持下，一向只喜欢躲在工厂搞生产的杨工，也来到了中电电子市场。

他看到，对比市场上的产品，自己工厂生产的可以算是高端品质。如果自己的工厂引进自动化生产线，在短时间内占领这个刚刚兴起的MP3功率电感市场，完全没有问题。而中电电子市场，后面是整个亚洲市场。物美价廉的中国消费类电子产品，渐渐得到全世界的认可，发展前景乐观。

在中电电子市场泡了近三个月，阿东不仅得到了商户们的信任，也清晰地看到了这种消费类产品的未来。

杨工在阿东的诱导下，也不那么坚持本意了，答应去看一看自动化生产线。

经过一周的考察，杨工决定入手一条台资工厂退下来的二手生产线，他问阿东想不想入股。阿东很无奈，自己就是一个穷小子，如果不是老父亲卖掉家产，现在还要住在那暗无天日的“城中村”。虽然他内心非常想入股，但确实没有这个实力，也就只能作罢了。

杨工看出了阿东的心思，心想：这个股东的席位，会替阿东保留。因为他看出了这个小伙子的能力。在这几个月的接触中，他总能有一些意外的收获。比如，当阿东要他加工那些磁材的时候，他还非常不乐意，觉得会降低利润；而当最后结算时，发现比自己想象的赚得多。他是个商人，尽管是搞技术出身的，但也要食人间烟火，既然是双赢的结果，他乐得照做。

深夜，阿东跟林妹妹在自己的新家搞卫生。

历时三个多月的装修总算完工，接下来，就是入伙。

突然，阿东的手机响起来。

阿东有点吃惊，因为婚后这些时日，晚上11点过后，自己的手机基本没有响过。

“嗨！阿东吗？我是老吴啊，中电老吴。”

“哦，吴老板，怎么啦？打牌让老婆赶出家门了啊。”

“不是，不是，阿东啊，我跟你说，我接了个10万套的单子。”

“多少？10万套？！”

“是啊，是啊，10万套。而且对方指定板子上的电感要你家那种，上面有个蓝点的。”

“我算算，你一块板用6只电感，10万套的量，就是60万的量啊？”

“是的，是的，我先在口头上跟你说，明天早上再正式下单给你。你们产能没问题吧？”

“没问题，明天回复你准确的交期。”

突然之间，一张60万只电感的单子，就这样砸在阿东的头上，他看看时间：凌晨2点。

手机刚放下，不到5分钟，又响了……

“老陈，你又喝多了想跟我唱国歌啊！”

“阿东，唱什么啊，我在香港呢，没有喝酒！”

“哦，那还真难得啊！”

“是这样子的，我在香港秋季电子展上认识了一个老外，他今晚跟我下了一个20万套的单。”

“20万套？什么产品啊？”

“就是你让我开的那个私模MP3，你小子，还真是神仙啊。你几个月前，总是让我自己开模自己做板子，这次的香港秋季电子展上，我们几个有新产品的全部接到了大单，老吴也接了10万套。”

“是吗？那太好了，20万套，可是超大单子啊！”

“是啊，我一直不相信这是真的，做了几年，都是几千套就了不得了，现在一下子接到这么多，我还以为对方是骗子呢。不过对方说先付定金，估计是认真的。对了，对方还说，元器件要跟样品一致，你的产量行不行啊？上面那电感，量可不少哦。”

“我知道，20万套、120万只电感。”

“知道就好，不说了，回深圳请你跟败家子喝花酒，费用全包。”

老陈在电话里说得太大声，招来了林妹妹的一个白眼。

天还没有亮，中电电子市场的几个老板把阿东的手机打爆了，硬是要约阿东喝早茶。阿东睡了4个小时不到，没办法不应约，最后约在福星路的聚福酒家。

这几个老板也是双眼布满血丝，不知道的人，还以为他们是“过大海”刚回来的呢。还真的是“过大海”，不过是香港不是澳门，他们都是从香港秋季电子展回来的。虽然展会没有结束，但是，大单已经把他们砸晕了：四个人一共接了85万套MP3，按当年的正常销量计算，是中电电子市场一年的销售量总和。

最令人不解的是，所有的客户都要求，电感上面要有那个蓝色小点，也就是指定要阿东的电感。

看到几个老板兴奋的模样，阿东突然有点担心，这近500万只电感，该怎样生产出来？那条二手的自动化生产线，月产量最多200万只，剩下的，该怎么办？真是三年不开张，开张吓死人啊！

阿东已听不清四个老板在说什么了，他的心，早已飞到了工厂车间。

第二十章
急赴西安寻供应商

布吉的一个小工厂，二十多号人在忙碌着，虽然有一条自动化生产线在运作，但工人们纯手工操作的绕线机，也一刻没有停过。

阿东脸色凝重，杨工在纸上落笔如飞，不知道在写些什么。

中午，阿东盘点了自己的库存原料，只有100多万只。按老张那边最新的月出库废料量，在一个月内最多只能生产出300万只。这个数量，远远不够中电这班老板的需求。这类产品，至少会在这一两年内发展势头非常好，它不比手机，更新换代太快，这类产品还是有比较长的生命期。现在订单就在自己面前，但是产能、材料却远远跟不上客户的要求。

阿东其实一直都在做准备，只是，这次的行情井喷发生得太突然了。

不仅是阿东，就连在深圳做了十来年电子生意的老板们，也不知道这个市场是什么样的情况。华强北的各个电子市场，一时风起云涌。

凭着阿东这几年结下的人脉，阻容类的产品难不倒他。只要提前一周，跟几个相熟的代理打个招呼，就可以了，还可以赊账。但是，这次的功率电感，该怎么解决呢?

没有原料，没有产能。如果这时候再找另外的工厂生产，不管是价格，还是品质，都很难得到保证。这是阿东最不愿意干的事情。

杨工也提出了类似的方法，说去找找之前国营厂的老同事，他们中有几个也像他一样出来单干生产电感，在短期内可以让他们帮忙加工生产。只是，原材料没这么多。

阿东没有同意，因为他不想在太多的工厂生产，这样会影响产品的一致性。

困境，让这一老一少一筹莫展。

杨工五十出头，抱孙子有两年多了，以他这个年纪，很多人都在考虑退休了。他在国营单位混了那么些年，还算可以，在深圳也有一套房子。这个小工厂，也是当年自己买下来的地皮。如果这样稳定生产下去，干到退休，也就是一方静水，无惊无险。但如果陪着这小子“闹”下去，有可能“晚节不保”，把之前赚的亏掉，可能会连棺材本都赔了。这小子本来就一无所有，只有毅力和时间，自己何必跟他一起疯呢？

杨工心里一时翻江倒海。

时间过得很快，两个人沉默地度过了一天。

在这一天里，阿东把4家的订单全部接下来。他没有想过要怎么办，只是觉得单子摆在那里，如果不接，自己以后会后悔。并且，那几位老板也是坚持要阿东的货。电感上面的蓝色小点，已经成为一个标志，也是一个值得信赖的“品牌”。

败家子说要去找富哥，让他从台资厂那里搞多一些材料出来。

可是，人家台资厂出的是废料，不会要多少有多少。搞不好，还会引发一些犯法的事情。阿东经历过一次，已经不敢造次了。有家，有老婆，有孩子，他处事变得小心翼翼起来。

再三思考下，阿东决定去拜访一下那家有名的台资厂。

在废品站老张的引荐下，阿东和败家子顺利见到那家台资厂的销售员。他也算是销售的高层。他的一口台湾腔听起来让人十分舒服，听他说话，阿东觉得自己像是在看台湾偶像剧。

然而，听着，听着，败家子突然想用潮汕话“问候”他了。销售员态度非常不错，只是，想从他们那里买货，不可能！

“我们不出货给华强北的贸易商！要我们的产品，可以，通过代理买货。而像你们这样的数量，只能通过厦门总代理出货。价格嘛，你们去跟总代理谈，我们工厂无权给贸易商定价格。”

阿东一下子蒙了。

客户在深圳，工厂在深圳，你却让我们去厦门买货！真是天下奇事。

交谈无果，阿东只能打电话给厦门的这家代理商。几经周折，找到了他们深圳办事处的工作人员。

阿东以为事情会有转机，马上赶到这家代理的深圳办事处。这次接待他的，不是台湾腔了，是一个湖北妹子。妹子一报出价格，令阿东又一次怀疑人生了。这个价格，竟是自己产品卖出价的两倍！别说赚钱了，阿东把老婆卖了都不够这单生意赔的。而且对方要求很多，说到底，就是：他们只卖自己品牌的东西，像阿东这个华强北的小贸易商，还能提什么要求？爱要不要！

看来，从这条路上想办法，是不可能了。

阿东想不明白，如此普通的产品，难道就只有日本能生产吗？因为他发现，这家台资厂的原材料，90%进口自日本。

阿东不知所以然，问了杨工。

杨工淡淡地说："国产原材料有，从90年代中期就开始生产了。"

"那为什么不用国产的，一定要用进口的呢？你的原材料也是进口的吗？"

"不是，我的磁材有一部分是国产的，是从当年国有企业的同事那里拿的。但是，他也是从其他地方拿的。因为我们用量都比较少，所以我们几个小工厂合在一起进货。"

阿东眼前一亮："从哪里进的货？我们也可以从那里去进货啊！"

"这个嘛，工厂在西安，目前还是国营的。想从那里进货，没有认识的人，估计有点难。"

"你以前不是也在国营企业混过吗？不认识人吗？"

"我是搞技术的，那一套我实在接受不了才办了内退、出来单干的。"

"把地址给我，我去一趟西安，有厂名就行。"

拿到了杨工给的厂名和地址，阿东乘上了飞往西安的飞机。

到了机场，他才发现自己什么都不懂，因为自己是第一次坐飞机。好在败家子陪着他，一路小跑地办理了登机手续，又叫在机场上班的同学把阿东送到了登机口，然后告诉他：注意听广播，人家叫你上，你就上！

阿东顺利来到西安这家国营厂的门口。

好家伙！这厂门，跟当年的深圳市政府大门有得一比。连门口的保安，其精神面貌都像极了武警，让人望而生畏。

阿东顺利地进了厂门，听说是从深圳过来谈生意的，门卫小哥倒也热情，把阿东带到销售部。

主管销售部的，是一位非常富态的大妈。

阿东开门见山，说明来意，当然还是吹了一下牛，把自己要采买的磁材数量放大了10倍，也就是要差不多5000万只的数量。不过不是一次性拿，而是一年的总需求量。这个数字，对于国营厂来说，倒不是什么天大的数字。

非常巧的是，这家国营厂，正处于股改的敏感时期。工厂员工人心惶惶，不知自己何去何从，销售工作也基本上停下来。他们的仓库里积压了很多成品，生产还在进行。

销售部主管是看在眼里，急在心里。难怪，从阿东进门以后，主管大妈看他的眼神就不太对，有点丈母娘看女婿的味道。现在细想，这就是把他当财神爷看了啊！把库存清了，正好完成股改，交一盘漂漂亮亮的账，自己可以功成身退。所以，主管大妈对阿东的态度非常亲切，让他感到温暖。

阿东心想：以前都说这些大厂店大欺客，现在看来，是自己对他们误解了，这主管大妈就很热情嘛，嘴巴比福星路卖肠粉的肥姨都甜。

在确认了价格、交期，还有付款方式后，阿东提出了先试样品、做规格承认书的要求。这些都是正常的程序，这家国营厂相当配合，把样品分门别类，不管是阿东要的，还是不要的，都拿了一些，并且附上精美的资料，让阿东带回深圳。而这所有流程的完成，仅用了一个下午的时间，效率之高，让阿东自叹不如。

主管大妈把阿东送到机场，那种惜别依依的情景，让阿东至今难以忘怀。

这哪里是送客户啊，严格上来说，这还不是客户，因为没有成交啊。这简直就是三娘送情郎啊！

君去一日，奴如一年；君去一月，奴度三春……

我的英雄，待君胜利归来，吾亦可光荣身退，将军把我的库存清掉可好！

第二十一章
风风火火把单接，负债新增生产线

深圳宝安国际机场。

阿东从飞机上看到了美丽的鹏城：北环大道、滨河大道、深南大道，三条主干道灯火通明；从空中看，居然有点像海神波赛冬手上的那根三叉戟。

宝安机场附近，依然是黑暗一片。

凌晨一点，布吉的小工厂。

杨工并没有休息，而是从办公室的窗口，呆呆地看着工人们工作的情景。

阿东已经告诉他了，原材料已经搞定，等样品到手、测试合格后，马上可以生产。

但是看着这个生产车间，杨工沉默了。

他想着，当初自己出来单干，是因为受不了单位的官僚主义风气。自己是搞技术的，只想有一方安静的天地，做出一些属于自己的产品，而不是让人一听到“Made in China”，就觉得是垃圾产品的代名词，特别是电子产品方面。再想一想宝岛台湾，这么一个小小的地方，为什么能在这么短的时间内成为电子元器件的亚洲之冠？为什么我们大陆就不行呢？

他知道，不是不行，而是还没有人愿意去尝试。也许，众多从事这个行业的人还没有意识到自己身上这份使命感，作为新一代中国电子人的使命感。就如华强北，人心是浮躁的，赚钱是容易的，每天在家里躺着都能赚钱。只需要把元器件放在手上倒来倒去，就能成为千万富翁，哪还有人会去在意产品品质、产品是不是“Made in China”呢？

华强北的井喷期，就在眼前了。而华强北的电子人，能不能把握这一个机会，强化自己的内心，抵挡住诱惑，放缓脚步，用更好的品质去建立自己的品牌呢？

平时不怎么抽烟的杨工，不觉中已把三天的存量给抽完了。记得一个旧同事曾对他说：工厂要先生存，才能够去谈梦想，才能够去谈品牌；连饭都没得吃了，还追求什么质量？工厂都倒闭关门了，还谈什么自主品牌、民族品质？

但杨工始终明白，品质，才是中国电子元器件的未来。如果为了自己的生存，而影响了整个中国电子行业的口碑，这样的企业，终究会让行内人唾弃。真正的工匠精神，是熬出来的。一时的暴富，并不能代表你已经在这个行业站住了脚，总有一天，秋后算账会来临。

那个年代的市场，是燥热的；那个时候的人心，是狂野的；那个时候的百年企业梦，是不存在的……

在杨工的神魂将飞至天宫和玉帝老儿畅谈理想的时候，阿东推门走了进来。

“杨工，干吗呢？想钱啊。”

“哦，这么晚了，你还过来干吗呢？从机场直接过来的啊？”

“是啊，反正回家也睡不着，把样品拿过来测一下，心里有底。”

“你小子，真是‘拼命东’啊！来，开始吧！”

西安的样品，电性测试全部通过。如果说和日本进口的材料有什么区别的话，那就是外观。日本生产的，比较细腻，有厚实感；国产的，看起来有点像“土炮”。

天，已经亮了。

经过一夜的测试，阿东带回来的样品全部是合格的，可以投入生产。

事业像打怪升级一样，阿东又打完了一头BOSS、过了一个小关。

接下来做什么呢？一老一少一宿没睡，但难掩兴奋，接下来要做的，就是提高产能了。

“阿东，你老实跟我说，这4位老板的订单如果全部交付完成，你能赚多少钱？”

“这个嘛，我还没有算呢。”

“你小子，少在这里跟我装。你从接单的那一刻，就已经把成本算好了吧！来我这里交的5块钱停车费，怕是都被你算在里面了。”

“呵呵，那倒没有。我给了楼下保安200块钱，然后就可以自由出入了。”

“这样？！我在这里办厂快10年了，都是老老实实地交停车费。我不得不重新审视你小子的人品。”

“放心，我是值得信赖的合作者。”

“你也放心，我也是。我不会自己杀猪，又跑去市场卖猪肉的。说吧，这一单，能赚多少钱？”

“如果按照西安给的价格，我能赚40万到50万块。”

“你小子，两个月就能赚一套房子啊！”

“见笑，见笑！小单，小单！”

这小子，居然脸红了。还好他脸黑，不管脸多红，别人都看不出来。

倒是杨工觉得有点意外：自己工厂养了一班人，每个月的灯油火蜡、柴米油盐，扣下来后也就赚个3万到5万块钱。这小子倒好，几单生意赚的足够自己干一年了。不过话说回来，做实业也有做实业的优势，我还是认真地杀猪吧，就别管人家卖猪头送猪尾了。

“阿东啊，你知道，以工厂现在的产能，是没办法应付你的订单的。”

“我知道。去西安的时候，我又接了两单，现在总数是800万只。”

“你小子，想钱想疯了吧，我们能生产出来吗？误了交期，我们以后就别想在中电混了。”

“我算过了，要完成这批单，需要两个月的时间。”

“我也知道有两个月的生产时间，可是，我现在24小时两班倒，一个月的产能也就200万只，我还要应付其他的单子。这800万只，我们要4个月才能完成，到时候你拿什么交给人家？”

“杨工，我知道你的实力的。要不，你把房子押了，再上一条生产线吧。”

“你说什么？你有病吧！我们认识不到半年，你就打我房子的主意，给我滚！你小子，不仅脸黑，心都是黑的，走、走、走，你怕是想钱想疯了吧！”

“别生气嘛！杨叔，我又不是让你卖房。那天跟你去看设备的时候，我问了人家了，一条全新的德国产线只要180万块，可以先付一半，另外的一半，有房产作抵押，可以办分期付款。你那房子，不是有红本在手吗。我不是让你卖房，就是将你的房产证放在人家那里，3年而已！”

“你小子，比败家子还不是人。产线下来，你就保证有生意啊？3年后，这条线如果不生产，就是按斤算的废铁，我的老婆、孩子就要让人扫地出门。你呢，你就是带一个‘时日’（潮汕方言中指生辰八字）来跟我谈合作，什么都没有。你只要把柜台一撤，拍拍屁股就走人了，让我跟老婆、孩子睡大街啊！”

“杨叔，我不是这样的人。我不会说话，不知道怎么说。反正，我敢保证，你的产线下来后，至少5年时间，这产线都是24小时运作的。两年，哦，不用，一年内，你投下去的这条产线肯定能够回本。”

“说得容易，你小学没毕业吧，想得那么天真。你以为买产线像去商场买电视机一样简单啊，一扛回来，接上电就能看。要场地，要调试，要验收，没有一两个月，这条产线出不了产品。还有，你看一下，我这个工厂，哪里还有地方安装产线？”

“验收这些，我确实不了解。但是，杨叔，场地应该不是问题。我了解过了，你隔壁那家生产糖果、巧克力的工厂，估计快黄了，他们生产的东西，难吃得要命。现在除了关外那些小超市把他家的巧克力当零钱找钱之外，基本上没销路，我看他支持不了多久。前几天，我看他们拉走了一个设备，还挺大型的。”

“那又怎么样呢？老黄我认识的，本地仔，他在南岭有好几栋楼呢！根本就不在意这点钱。听说，这工厂是他那个小儿子为了追求什么女明星，才生产巧克力的；后面跟人家女明星吹了，工厂也不要了，老黄觉得可惜，才自己接手干的。女明星早黄了，工厂也要黄了。”

“啧啧，这才是真正的败家子啊！深圳本地土豪啊！我们的那位败家子跟他家的比，一条‘脚毛’都不算。这样更好，你去跟他谈一下，说不定能把厂子转让给你。他们的设备，绝对是300A以上的供电，这个就不用二次申请了。把围墙一推，二厂合一，在他那个工厂里安装3条线都没问题。”

“那工厂我也看过。但是，跟老黄租的话，他不知道愿不愿意。”

“不是，杨叔，不是租，你把它买下来，厂房可以首付两成。”

“买下来？我哪里有这么多钱啊，一成我也付不起啊！”

“你有的，你付得起的，杨叔。”

“我什么料你又不是不清楚，我能付个啥啊？”

“你自己这个厂，也是红本在手吧。你把这个厂的房产证抵押给银行，贷个300万块应该没问题，就可以做首付了。”

“你说什么？你再说一次！你这黑小子，先打我房子的主意，现在又想骗我的工厂。滚，你马上给我滚！你一个疯子，小小年纪，不学好，以后别进我的工厂！”

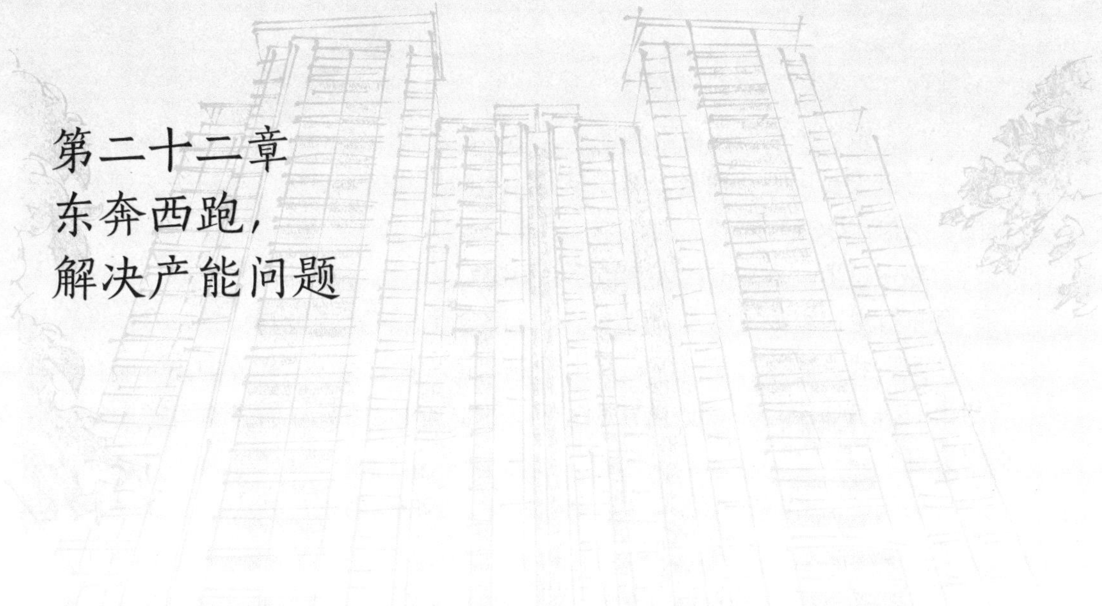

第二十二章 东奔西跑，解决产能问题

杨工一宿没睡，让这黑小子闹得一点心情都没有，差点高血压病发作。

把阿东赶走后，他没有一点睡意，还是看着自己的生产车间。

八年了，从自己、老婆还有小姨子三个人出来，从一台机子、两台机子，到现在二十多台机子，还有这条产线，自己用了八年的时间。以现在的产能，订单稳定的话，一个月能赚个10万块。这还是那个黑小子提议自己引进全自动生产线的结果。

53岁啦！自己从十几岁在工厂做学徒，到恢复高考后通过自学考上大学，然后到后来的单位保送自己去德国留学，再回到原单位。如果不是当年的高层太恶心，自己应该是老老实实地干到退休的，一辈子也就风平浪静了。

等到自己下海，又做回老本行，八年来的成绩，还是不错的。厂房是自己的，虽然不大；房子有了，虽然也小，但总算略有小成，也不枉自己当初放弃那个铁饭碗。以现在自己所拥有的，是不是要感谢上苍，不再去折腾了？孩子应该不会接手这份家业，自己都这个年纪了，还要不要拼上一拼呢？

烟抽完了，杨工心想：阿东那小子也真抠，来这么多次，一盒烟也不给我带！

带着这纷乱的思绪，杨工在办公室的沙发上渐渐进入了梦乡。

阿东并没有回家，而是径直来到门市，趴在桌上眯了一小会。24小时的奔波，他累了……

一觉醒来，已是中午。东妹在那边忙着。

“妹，败家子呢？还没看到他人。”

“可能没起床吧，他最近有点反常。有时候几天不见人，手机天天滴滴滴地响，短信比QQ还多。”

“都中午了，还是有钱人家孩子命好啊！”

阿东打电话给败家子：“败家子，天亮了，你人在哪里啊？”

“哦，我在高速公路上呢，马上到深圳了。你这么快从西安回来了啊！在飞机上有没有叫空姐开窗透透气啊？回来时，5升的牛奶，有没有当着安检的面喝完呀？”

“别贫了，出事了！我把老杨给得罪了，你快点回来想办法。”

“这么严重啊！好的，我马上到。”

两个一米八几的大个子，又聚在都会电子城了。

败家子是一脸的疲惫，不知道的人，还以为是他从西安飞回来呢。

“你现在能拿出多少钱？”阿东问。

“东总，查账啊？”

“正经点，我是问你现在能拿多少钱出来？”

“嘻嘻，不好意思，最近交了个女朋友，开支比较大，基本上没有多少钱。”

“你家里呢？能从家里拿多少钱出来？”

“嘻嘻，不好意思，最近交了一个女朋友，家里不肯给我钱。”

“我说，你酒没醒吧！交女朋友的后果有这么严重吗？”

“不是的，我那女朋友嘛，是外省的，家里人不喜欢，所以不让我跟她来往，我正跟家里闹着呢！”

“不是，外省的怎么了？再说了，我每个月分给你的钱，算起来也有几万块吧！”

“开支大，开支大！酒贵，酒贵！”

“人家叫败家子，你也叫败家子。浪得虚名！”

“好了，好了，不带这样人身攻击的，再说翻脸了，你个死黑鬼。”

“我想说服老杨头，把隔壁工厂盘下来，然后多上一条全自动化生产线。我们找点钱帮他把产线买下来，入股也好，什么都好。我们这样做纯贸易，是做不长久的，背后一定要有自己的工厂撑着，工厂就算不是自己的，也至少要是它的股东。”

“你想怎么干都听你的，反正，我这个合伙人就是一个摆设。什么都听你的，给我分钱就行。”

“摆你个头！现在是你发挥的时候了，搞定老杨头！扩大工厂，完成后面的订单。”

“不是，黑鬼哥，你是不是想得太天真了。你只带一个‘时日’跟人家谈合作，又让人家押工厂、卖房子的，换作是我，先打你一顿之后才把你扔出去。你以为你是谁啊？”

“这个我也知道。当时也没有想太多，但是，我又不是想害他。接下来的单子，会如雪花一样地飞过来的。他投这条线，一定能成功。”

“可是，为什么你不找别人，偏要找他呢？这几百万只的单，可以分给几个工厂做，生产完了，把我们的标签往上面一贴，收钱走人。何必想那么多呢？”

“大少爷，你不懂。没有属于自己的工厂，就是没有自己的技术支持，做不长久的。做纯贸易没有未来！”

“那我们可以找大厂合作啊，为什么非要找老杨呢？那家伙脾气真臭，比四老叔还火爆，我都怕哪一天他性子上来了，揍我们两个一顿。”

“杨工可是个人才啊！在德国留学了四年，主攻无线电管理这一块。别看他只是生产电感，他的专业知识之丰富是你想象不到的。有了杨工在背后，我们就可以放心地去搞大的终端工厂了。”

“这个我知道。可是，找别人也是一样啊！他那些同事，哪一个不是人才？”

“杨工为人正直，一心想为中国的电子业做一些贡献，是一个有情怀、能做大事的企业家。”

“好吧，好吧。万千少女我都拿下了，还怕这小老头，你想怎么做？”

“我算了一下，现在我们手上的单全部完成了，能赚80万块左右。我想把这一部分的利润投到他的工厂。”

“80万块，你拿80万块去算计人家800万块的工厂，还叫人家去买1000多万块的厂房加200万块的设备，你是不是想太多了？而且，这钱，还没到你手上呢，你就一个空手套白狼！”

“我们有订单在手，还怕没钱？”

“单个鬼，你是觉得你‘时日’稳重啊，还是觉得你帅过刘德华啊？然后，杨工把你招为东床、把工厂白送给你啊！得了吧，你就一黑鬼，而且还是一个穷黑鬼，连袜子都要自己补的黑鬼！”

“行了啊！不带人身攻击的啊！”

“收回，收回。我觉得吧，如果要让他扩厂，我们至少要付得起生产线的首付。加上安装调试的费用，我们至少得有100万块在手。”

“100万块？去哪里找100万块？你找你老爹拿啊！”

“以前嘛，倒是好说，现在嘛，难啰。他怕我让人招为女婿，家里香灯了了（潮汕方言，意思是没人传宗接代）。”

“你认真想一下，能搞多少钱？”

“这个嘛，我去找我奶奶要。但是，最多不超过30万块。”

“那行，你马上把钱落实了。下班前，给我报个数，我自己也想一想从哪里搞到钱。”

“100万块！就算拿到100万块，也不能全部给老杨啊。西安的原料，说好了要付现金的。”

阿东的大脑袋，又开始高速运转起来。

“嗨！老陈啊，我阿东。”

“哦，东哥啊！我那些料什么时候能交完？我跟你说啊，这只是第一单，接下来会再有单的，你可别给我耽误了！”

“这个不会，你放心，第一批一周内出货，我们分批交货。这个没问题的，只是货款方面，我想跟你商量一下。”

“货款啊，这个你放心啊！货到付款，现金交易。我老陈这些年在中电，你去打听打听，没人敢说半个不字！”

“知道陈老板你的为人，我是想说，你能不能先给货款？”

“什么？你说什么？先给货款！你是不是让败家子灌酒灌傻了。华强北的生意，你去问问，电阻、电容、电感，哪家不是月结的！就是现在行情好，也看你没什么钱，当初也是你提议让我改私模的，算是对我有恩，我才给你现款现货的。你去问问，内存、模块还有PCB（印制电路板），哪家我有跟他们结现金的？你小子，发神经找别人去！”

“不是，陈老板，先听我说完，别太激动。现在的行情，你是知道的，销量是突然爆发的。我也知道市场不止我一个人在做电感。但是，从一开始，我们的品控，我们的服务，还有我的为人，你是心里有数的。当然，也谢谢你这么信任我！”

“别说那些没用的，货没到就先给钱，如果你跑了，我找谁要去？你跑了，我钱没了，货没有，还要被老外罚款，我这不是神经病吗？而且还破坏了行规。”

“非常时期，要有非常做法。规矩不是法，是人定的，时机到了，就可以改。你听一下我的建议，然后再决定行不行。”

“那你说说看，你小子，鬼主意就是多。”

“你如果能预付货款，我们按一单一单独立结算。我给你让5个点的利，也就是说全单打95折，包括电阻、电容。还有，不管接下来供货有多紧张，价格有多高，我们保持原价不变，不涨价。不只是电感，电阻、电容也不涨价。还有，所有的排单，都是给你优先。更重要的一点是，我们工厂的杨工，就是你之前见过的胖子，是全能型的工程师，可以免费为你解决技术问题，就算不是元器件的问题，也帮你解决。”

这下倒好，阿东不仅算计老杨头的住房、厂房，现在连他的人也要卖出去了。这要让老杨知道了，得乱棍打死他吧！

“阿东啊，你小子还真是个人才啊！其实吧，三五十万块的，对我来说还真不是个事，就是没这个规矩。你提出来的条件，也还是可以接受的。”

“你认为可以就行了，我再向你保证一下，我厂出来的电感，也只供你们那几家。我跟老吴也说了我的想法，他也同意了预付货款。你也知道，上面那个蓝色的点点，现在是很多老外指定的产品。”

“哦，老吴答应你了？”

“差不多吧，他还没打钱过来呢。”

“这样啊？那，行吧！我先付货款，打95折，你要准时交货。如果你敢跑路，跑到天边我也能找到你。你不要跟我打哈哈！”

“跑什么路啊，我那么大的工厂在那里；还有，我福华路那套房子，也值100多万块呢，你还不放心啊？”

第二十三章
筹资金，扩产能

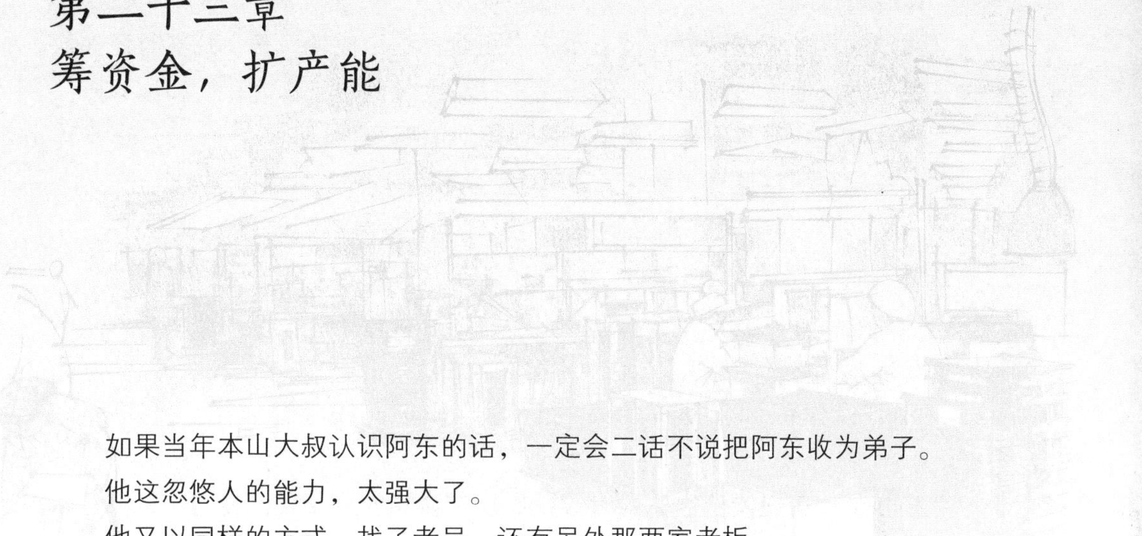

如果当年本山大叔认识阿东的话，一定会二话不说把阿东收为弟子。

他这忽悠人的能力，太强大了。

他又以同样的方式，找了老吴，还有另外那两家老板。

老吴听说老陈同意了，也很爽快地答应先付货款。可是其他两家老板，就没那么爽快，双方谈到诺基亚手机没电了，最终也只是答应先付一半的货款。

这样算下来，阿东能收到130万块的货款。可是，付了西安的材料费和给杨工的加工费，最多也只能挤出80万块来帮杨工买那条生产线。

败家子倒是爽快，从他奶奶那里拿到了25万块，听说是费了不少周折骗来的。

手里有105万块，还压着近500万块的订单。阿东现在的心情，却如背石上山，非常的沉重。

晚上，阿东带上败家子来到杨工的工厂。

败家子买了两条中华香烟和一盒高档茶叶。阿东心疼得要死，问道："为什么要花这个钱？"败家子说，这是敲门砖。

杨工黑沉着脸坐在那里，也不和阿东打招呼，只是和败家子有一搭没一搭地聊着，并且说明了，不和阿东谈任何生意。早上是跟他要厂房、要住房，这会儿，估计是来跟他要老婆了。

败家子一脸傻笑，跟杨工打着哈哈。

"杨叔啊，你也五十出头了吧，正是风华正茂的年纪哦。"

"五十出头还风华正茂？那你两个小子，是出生BB啊！"

"那不能这么说啊，以杨叔现在的成就，比我们诚叔当年还牛呢。"

“诚叔是谁啊？”

“我们的老乡李嘉诚啊！他五十来岁可没你这个成就，三十几岁时还在卖塑胶花呢，你比他成功多了。”

“李嘉诚是你诚叔，那老胡是不是你胡伯伯啊？”

“都是同乡嘛！这样叫亲切点，呵呵！”

“你们两个，说吧，这么晚来找我，有什么事？还是要我卖工厂、卖房子？”

“什么叫卖啊？我们可不敢。我是想让你买设备、扩厂房，把生意做成跟我们现在的诚叔这样子的。”

“我可没你们诚叔那样的命啊！再干几年，我就退休了，不想那么多了。”

“杨叔，你可还没到退休的时候，你是有梦想的企业家，我们小辈都是以你为方向标的啊！你不干了，中国电子就没有未来了。”

“你这小滑头，骗人骗到你叔这里来了。你不要戴高帽了，直接说，你跟黑鬼东这么晚来想找我干什么？”

“我能给你100万！”阿东蹦出了这句话。

“多少？100万？你们两个抢银行刚回来啊！还是败家子你又去家里骗钱啦？”

如果是败家子说出来，杨工可能不信。但是从阿东嘴里说的，杨工就知道，这俩小子还真的有100万块在手上了。

他感到非常意外，就一天的时间，这两个什么都没有的小子，居然能拿出100万块来，真是不能小看了他们。

败家子的家庭情况，他早有了解，短时间内家里根本不会给他这么多钱。如果他们真有100万块在手，杨工还真的有些想法。

败家子接着说：“是啊，杨叔，我们是有100万块在手，所以，你全自动生产线的首付是没有问题的，就是厂房这边现在没办法安装。”

“这个嘛，老黄那边，下午我跟他聊过。他真是太有钱了，根本不想卖这块地皮。”这个时候，杨工终于松口了。

这两个小伙子，让他感到很意外。虽然年轻人敢闯敢干，但是，也要有料才行。信口雌黄、红口白牙，就想让他押住房、押厂房，这是不可能的。但是如果他们真能提供100万块的资金，他非常愿意带着俩小子好好干一场。

“有这100万块，就可以付生产线的首付。我跟老黄谈过，租的话，肯定没有问题。跟他买，可能他不愿意卖。他那块地，现在市值1100多万块，他有红本在手，可以交易，使用性质是厂房。”

“杨叔，不要跟他租，要买下来。”阿东坚定地说。

“我也想买，但我手上没这么多钱啊！我算了一下，至少要拿350万块出来，才能拿下来，这还得是老黄愿意才行。你知道他不差钱，不愿意卖，也是没办法啊！”

“只要你想买，我就去和他谈。”这次到败家子下决心了。

“是啊，杨叔，以长远之计，这厂房得买下来。我们不是只上一条线，如果销售理想的话，可能不到年底就要再加一条线。厂房那边我看过了，就算是安装四条线，也没问题。”

杨工心头一惊：这小子，心不小啊，四条线！那些台资厂，做了这些年，最多也就两条线，而他一下子要整四条。看来，这黑小子不是池中之物啊！虽然电感接下来的行情肯定很好，但是，这样的投入也太冒险了。四条线一千来万块呢，如果市场淡下来，那就成废铁了。好吧。反正自己也才这个年纪，能跟年轻人干，自己也觉得变年轻了。还是把工厂和房子给抵押了，找老黄谈谈吧！

“好的，杨叔英明，杨叔有活力！”

“杨叔浪险（潮汕方言，意思是很厉害）！”

“先别拍马屁了，你们接下来的那些单子，可别砸在手里。你们以为产线调试有那么快吗？还有，抵押住房、抵押工厂、买厂房、入生产线、调试、验收，没有大半年，怎么搞得定？你们两个，别把事情想得那么简单。”

阿东和败家子相对一笑，说：“只要跟老黄不谈黄，一切就都不会黄。”

杨工又一次信了这两个小子。

第二天，杨工坐在隔壁老黄的办公室，败家子陪同。

“黄总，我们也算是老邻居了，平常虽然不经常走动，但也是低头不见抬头见的。我那个工厂想扩张，就是不知道，你这边有什么打算？”

“老杨啊，说实话，我这个厂是不想干了。你要的话，厂房租给你得了。”

“这个嘛，黄总，如果你真的不做了，我就接手干。只是，我那些设备，投入非常大，如果租厂房的话，恐怕到时候搬来搬去的会有点麻烦。所以想问问，你能不能把这厂房卖给我？”

“什么？你想买啊，我这里可要1000多万啊！再说了，我现在也不缺钱，卖工厂干吗？”

“黄老板当然不差钱啦！”败家子开始了他的表演。

“我叫你黄哥吧，你这么年轻，叫你黄叔就叫老了。我知道，你在南岭有好几栋房子。”

“14栋。”

“啊！14栋啊！那每个月收的租金，几辈子都不愁吃穿了。”

“也不能这么说，不过，说真的，我现在也不需要用钱，所以这厂房不卖。”

“黄哥，你听我说，我知道你不差钱，你这厂房可卖可不卖。但是黄哥，我看你每天对着这些刺鼻的玩意儿，何必呢？你又不差这个钱。”

“孩子不懂事，搞了这个摊子，又从别的厂挖了这班工人来，如果工厂结束了就要辞退他们，那不就太没人性了吗？我反正也无聊，就帮着儿子做起来，哪知道做食品会这么麻烦？”

“是挺麻烦的。黄哥，你说，你这厂子卖了，拿着1000多万，圣莫丽斯、星河那些联排别墅可以买两栋了。虽然你村里有的是房子，但毕竟是在村里，又没有红本，买卖也就是凭一纸空文。你如果买两栋别墅，自己住一栋、孩子住一栋，居住环境又安全又舒服，村里租金照收，何必在这里受累呢？你说，是不是？你一个大富豪，整天潜伏在这里做民工，也不是个事啊！”

“这个嘛，我倒是有想过。行吧，我考虑一下。”

“好的，那黄总你考虑一下，我们要扩厂房，也是比较急的。你看一下，明天能不能给我们答复？”杨工比较着急地问。

“行吧，我明天答复你。”

“好的，好的，那就等黄哥的好消息啦。那别墅真的不错，住上了，就是过神仙生活了。”

一夜无话，大家都在期待明天……

第二十四章
挖空心思买厂房

第二天一早，杨工打来电话，说老黄回信了，约他们去工厂谈谈。

一行三人来到老黄的办公室。

老黄开口说：

“这工厂，卖给你们也可以。反正我这辈子真的不想再干了，你们还年轻，就让你们来折腾吧！一口价，1200万块。”

三个人吃了一惊，这有点像是漫天要价呢。因为按现在的市价，这家工厂最多值1100万块。如果他们落地还钱的话，会不会被老黄扫地出门呢？毕竟老黄真的不是一个差钱的主。

老黄又说：“这个价格，是有一个附加条件的：就是我工厂那十来个员工，你们得一起带走，不能炒掉。”

啊！两个行业不同啊，要这十几个员工有什么用呢？

“你们商量一下吧，我出去转转。”

老黄很识趣地走开了，剩下一老二少三个人在屋里。

“1200万块！比市价高了100万块啊，这是打死狗讲价吗？”败家子有点恼火。

“这价格，也不是很离谱。”阿东慢悠悠地说，“现在市里在搞什么畅净宁工程，在清理违建的小士多，估计很快就会轮到厂房这一块了。如果有很多违法建筑被查封，这里就会升值。老黄这个厂，证照齐全，手续合法，败家子已经查过了，没有任何问题，连环评报告、卫生许可证，都是从省里直接批下来的。”

“话虽是这么说，可这一下子多出了100万块，我还是有点吃不准啊！”

杨工还是不放心。

“杨工，你说，你能拿出多少钱来？”

“差不多450万块吧，这还没个准呢，我的工厂不知道能贷多少钱出来。”

“这个你放心，败家子会搞定的，只要你下定决心。”

“那就干，我对这个地方的风水地理也有几分把握。这是一块不错的地皮，要不然，当年我也不会倾尽所有买了现在这个工厂的地皮。当时买工厂地皮才花了不到200万块，后面自己建厂房又花了几十万块。这里一下子要1200万块，有点吃不消啊！”

“是啊！难道就真的听他的，要1200万啊？那可不行。”败家子有点愤愤不平。

“你们两个别说话，等他进来了，我来跟他说。反正，你们不想花1200万块拿下，我就心里有底了。不能太便宜了老黄。”

不知不觉间，半个小时过去了，老黄准时准点地回来了。他对时间估算之准，真不愧是拥有数亿房产的商人：早进来，怕三人还没达成一致；晚进来，怕他们考虑得太多，30分钟刚好。这只深山老狐，果然名不虚传。

“黄哥，你的时间观念还真不错嘛！”阿东说。

“怎么样，你们商量得如何了？说真的，我这个厂，是可卖可不卖的，红本在手，没有一分钱的贷款。我就是给狗拉便便，也是没有压力的。”

“黄哥，我知道你是实力派。你不仅是个大富豪，还是个有良心的有钱人。你看，你都要关厂了，还在为你那十几个工人想后路，真是一个可敬的老板啊！”

“这个，我也没办法啊！我那小儿子不懂事，我这个老的，也不能害人吧。你看人家本来稳稳当当地做一份工作，我们去把人挖过来，干不到一年就不要人家了，从情理上说不过去吧。反正都是搞工厂的，他们几个也是数控方面的人才，年纪大的那几个是专业的包装工，都是有一技之长的。做工厂嘛，哪有什么专业人才，一学就会啦，开什么机器不是开啊，都是一样的，哪有那么多的讲究？”

三个人相视一笑，终于明白老黄的工厂为什么会这么快黄了。

败家子说：“黄哥，对于你的这种良心操作，我作为小辈，真的是佩服得五体投地。能从你这样人品的人手里买到这样的厂房，真的是我们三个的福气啊！你居然能为工人着想，你就肯定是一个有担当的人，从这一点上，你就是我们学习的榜样！你看这样吧，减50万块，我们就成交了。”

老黄同志被败家子马屁拍得正爽的时候，突然来个急转弯，一口茶差点喷出来，他不好意思直接吐出，又差一点被呛过去。

如果老黄同志真有个“三长两短”，这败家子可就罪过了。亿万富豪的西天路，竟是如此的戏剧性。

当然，老黄身经百战，还是福大命大的。

“你小子，拿我开涮呢？一口气减了50万！你以为是在东门买衣服啊？”

“黄哥，如果是在东门买衣服，我就一口价减你800万块了，这是有诚意的还价。”

“还你个头啊！你小子，一脸坏相，都不知道有没有钱买我的工厂，少在这里打哈哈。”

“黄哥，我们是带着现金来这里跟你谈判的。你说你的这些工人，是做食品的，我们是做电子的，能通用啊？黄哥，你是一个有良心的大富豪，不了解我们这些外地人做工厂的心酸啊！哪一步不要钱，哪一次的开支不是血啊？”

“不都是开机器的嘛，教教就会了，说得那么严重。”

“这完全是不一样的。不同行业，没有一年半载的培训，工人是不能用的。你这大半年在工厂待着，是不是也觉得工厂的活不是什么人都干的活啊！”

“那倒也是。我小儿子给我这个烂摊子，把我整到快吐血了。还好这班工人都不错，也听话，里面有几个好像是什么博士，你们就收了吧。”

“不管什么士，总要能干活啊。现在这么说吧，黄哥，你是出自好心，才让我们留下他们，就冲你这个为人，我们可不能坏了你的名声。你说，如果我们口头上答应，等工厂一过户，就把人赶走，你这班工人不还是会骂你呀！毕竟，我们跟他一毛钱关系都没有呀。”

“那你们可不能这样干。不然，就算工厂卖了，我也有办法收拾你们，你们以为我老黄是好欺负的吗？你去市里问问，哪个领导不认识我老黄的？”

“知道。我们是绝不会这么干的，也知道黄哥的实力。做人嘛，讲良心，讲诚信，也讲义气。我们在这里保证，这十几个人，除非他们自动辞工，不然我们不会炒他们，这是我们三个人的保证。”

“我就是希望这样，他们那班孩子也不容易啊！”

“我们知道黄哥你的为人，但我们是小本经营，一下子多了十几个人吃饭，还都是生手，我们实在有些困难。所以，你好人做到底，减个50万块，也算是对中国电子产业的支持吧。我们是要振兴中国电子业的，看你家里没有一部日本车，就知道你是爱国的。”

“没有日本车，那是因为日本车太便宜了，太轻、不安全，再加上开奔驰开习惯了。”

“不管如何，你就减了这50万吧！为什么都好，因为按现在的行情价，这个厂最多值1100万。”

“我里面那些设备，可以全部送给你们，多少也值些钱吧！”

“黄哥，你开玩笑吧！我们不能用你做巧克力的设备来生产电感吧。就1150万，如何？”

“这个嘛，这样吧，也不是说我不让，1180万。”

“我也不多说了，1160万，好意头。黄哥，如果以后我们工厂走向世界了，一定把你的名字写在我们的厂史中。”

“你小子，满嘴跑火车。算了，我也不在意这20万了，就1160万吧。但是，我们可说清楚了，那十几个人不能炒掉。”

“放心，潮汕人做事顶真的。说一是一，1160万，成交。东总！付定金。”

当看到阿东从一个红白蓝袋子里面拿出50万块现金时，两个老的都吃了一惊。

杨工想：这两个小子，后续的钱还没有着落，就敢背着50万块杀上来。这样的操作，也只有你们能干得出来。

老黄想：这两个小子，一动一静，配合默契。我那三个儿子，能有一个像他们就好了，自己也不用天天为这个头疼了。坐吃山空，再多的资产，也不能像他们这样败啊！

这单交易以1160万块成交，50万块的定金。签字画押后，就静等过户了。

老黄收现金后，也是开开心心地请大家吃饭。洋酒一喝下去，大家谈兴很浓，午饭在快乐中度过。

散席时，老黄同志硬要塞10万块给败家子，说要认他做干儿子，这是见面礼，搞得众人一头雾水。后来只能让他真的儿子过来，才把身怀巨款、醉言醉语的本地土豪给带回家。

第二十五章
工厂合伙分股权，拼命打怪终升级

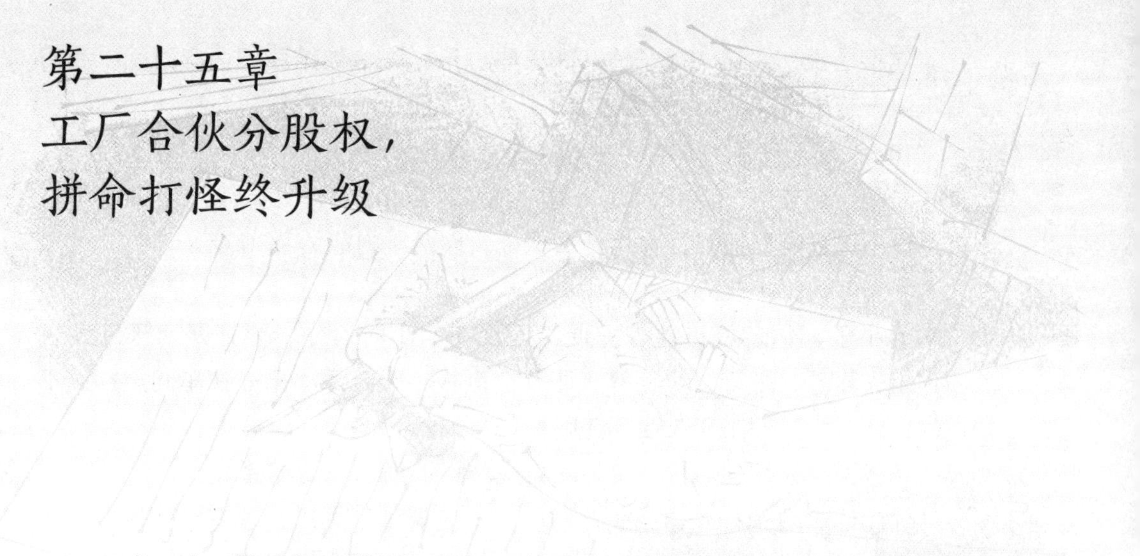

一老二少，聚在杨工的工厂里。

显然，败家子中午的酒气还没有散尽，不时地吟诗作对，像唱戏一样，闹个不停。

杨工也略有醉意，沉默不言。

阿东倒是比较正常，只是说话有点打结，明显也是喝了不少。

杨工的老婆又是红糖水，又是参茶的，侍候着这几个大傻子。

下午3点多。酒散去，人清醒……

杨工主持大局，他说：“现在工厂是盘下来了，定金也交了，我有点像在做梦。但是，还是要面对现实。你们两个说说，要怎么分配？”

“杨叔，你说说看，我们没有意见。本来我们就投入不大，一切按你的想法来。”

“这个嘛，那我就直接说了。厂房、设备、加上老黄那个厂房，厂房就值2000万左右；设备嘛，还没有去估计，也有500来万吧。如果加上一条全自动生产线和其他的，我这一个摊子，有3000万块的资产。你们拿来的100万，根本不够什么。”

“钱，我们可以追加。但是，我是希望能入股工厂的，不管股份有多少，都可以。这样的话，我们就不是纯贸易商的运作，可以有底气去接更多大厂的订单。而对于杨叔来说，你可以少建一个销售团队。我们有现成的公司，就是你最有力量的销售团队。”

“可是，也不能空口白牙啊！你就拿那100万来入股吗？”

“你不是说，你这一摊子值3000万吗，这样吧，你给我们两年时间，我们在两年内一起出资300万，然后占你工厂10%的股份，你看行吗？”

“10%，那厂房怎么算？”败家子是最后一个醒的。

“对啊，阿东啊，这厂房怎么算？我原来那个厂房，也要给你们10%吗？这有点说不过去啊！而且，你用什么保证，你两年内能给我300万？”

“我用我的订单来保证。”

“你小子，你还提订单，即便工厂现在24小时运作，也还是天天江湖告急。你出去看看，那陈、吴、李、张几个老板，天天派小弟守在车间。别人不知道的，还以为我们工厂欠债不还呢！”

“杨叔，这只是暂时的。等另一条生产线上了，一切都会好的。”

“你就这么有把握？这条生产线，从安装调试到生产，没有半年是出不了产品的。你这些单子，只有一个来月的时间了，到时你要怎么给人家交货？年轻人，太想当然了！”

“这个你放心！我有办法，哦，不是我，败家子有办法搞定。”

“先别说这个吧，你说这股份要怎么分？”

“这样吧，我们在两年内出资300万，占工厂10%的股份。你的旧厂房不算在内，但是，老黄那个厂房我们要占10%的业权。”

“这个嘛，倒也可以。但是，如果你们两年内没有300万到账，还有如果工厂亏损了，这账怎么算？”

“按正常的比例算，亏10我们负1。300万到不了账，我们按正常贷款利息算给你。”

“你们两个小子，就是带个‘时日’来唬我的。事到如今，也就这样干吧！问题是，这生产线怎么搞？你压的这些单，怎么弄？你不要把一切想得太简单了，要出得了产品，才能解决问题。”

“败家子，你跟杨工说说，要怎么搞？你酒醒了没？”阿东问。

败家子摸着下巴说：“看来，要动用我北京的关系了。”

一老一少，口中的红糖水直接喷了出来。看过装十三的，但是，这样子认真装十三的家伙，还真的是少见。“北京的关系”，他老子是北京的一个“部长”——中关村小卖部的部长。装得还真像！

“小子，认真点，事情都到这一步了，不要开玩笑了。说实话，我心里对你没什么底啊。”

“东总！北京中关村小卖部真不是我家的。别急啊，我说能成就成。”

“小子，你再装，我拿扫把扇你，快点说！”

“这俩还跟我急上了。现在是这样子的，杨叔你红本在手，用厂房去贷款，然后拿到钱，用新厂房拿去做分期付款。这不就搞定了吗？”

“谁不知道这样做啊，问题是时间啊！你如果拖个十天半个月的，阿东的订单早就黄了，我们还上什么生产线啊！你知道这一整套手续办下来，要多长时间吗？”

“一天。”

“一天？一你个鬼！你酒是不是没醒啊？一个月吧！你这小子，我怎么会信你呢，没点正经。”

“好了，好了，不说了，现在3点多，还有时间，我来处理。”败家子擦了擦口水，表情一下子认真起来，然后打起了电话。

“刘叔好，你老人家身体好吗？”

“好的。”

“哦，那婶婶她老人家身体好吗？”

“好的。”

“哦，那倩妹妹在美国好吗？”

“我说，小子，你少打哈哈。要钱找你婶子去，我在上班呢，没空听你唠叨。”

“刘叔，我要找你谈业务，这总行吧？”

“你有什么业务可以谈？你想押了你老爹的房产换路易十三喝吗？这业务不接。”

“不开玩笑啦，我就想问你一下：红本在手，做抵押贷款，再买下另一个红本，还是做抵押，要多长时间办下来？”

“这个嘛，这个需要一个评估过程，还有审核、放款、过户，所有手续办下来，差不多半个月吧！怎么，你要买房子啦？”

“半个月？我的天，我牛皮吹大了，太高估你的能力了。”

“怎么回事？你说清楚点。”

于是，败家子把前因后果和刘行长说了。

“胡闹啊！你以为银行不是你家开的就是我家开的啊？我们是有制度的！你这样子搞，是要出大事的。”

“刘叔，刘大行长！我们是合法买卖，两个厂房，都有红本在手，市场价也值那么多钱，我只是要你加快办理速度，没让你犯法。你们四大银行就是太散了，效率不高，我这一单，正好让你们练练手，如此才能配得上深圳速度呀！”

“唉，真拿你没有办法。好吧，我让小张现在过去了解清楚，一切从速处理。先说好，如果有任何违规的，我是不办理的！尽给我找麻烦！”

“哦，对了，刘叔，上次去你家吃饭，你那个同学，叫什么来着，好像在房产交易中心上班的，好像职位蛮高的。”

“哦，你说老张啊，他是在振兴路那里上班的，是一把手。”

“那正好，过户的事，也让他快速处理一下。”

“你小子，我以为你平时只会喝酒泡妞，怎么一下子就机灵了。”

“没办法啊，我就在工厂等你，你快让人过来吧，不然我们东总要在工厂自焚了。”

“好的，这就让人过去。”

半小时后，银行的工作人员到达现场；有资质的第三方评估公司，也派人过来了。

第二天，银行放款400万块，完成了第一步的操作流程。第二天下午，在老黄的配合下，完成了过户手续，并且在房产交易中心做了资金共管。等15天后红本出来，这个交易过程就算是完成了。

所有的手续，只用了两天半的时间。

老黄也相当洒脱，把工厂一扔，回归本地富豪生活去了。

这一系列操作下来，杨工，这个在体制里混了好些年的老技术人员，傻眼了。阿东对他说，这叫深圳速度。在深圳，一切都是有可能的，没有什么了不起。

老黄的工厂，阿东占了10%的业权。败家子说不用写上他的名字，反正阿东会分钱给他，也不怕他吞了自己这点业权。

杨工和阿东经过商量，还是坚持让败家子持股，让败家子做公司的股东。

第三天，一行三人飞车前往南海，准备接触那条自动化生产线。

等待他们的，又会是一个什么样的BOSS呢？

在打怪升级的路上，他们只是过了一个小小的站点而已。

第二十六章 花巨资聘请洋工程师，飞越万里组装生产线

广东南海，两个二十出头的小子和一个年过半百的老海归，风尘仆仆而来。

还真是巧，卖生产线的还是一位带着台湾腔的同胞，这哥们儿讲话时如偶像剧男主那般温柔，但是说的内容，却是句句能把人噎死。

台湾同胞看着这三个其貌不扬的家伙：一个全身上下行头加起来可能没有六十块人民币；一个一身工作服，一看就是工厂的技术人员；还有一个，虽然是全身名牌，但看样子不怎么懂事，说不定，这一身的名牌都是A货。

打量了一番之后，他便用那种公式化的态度招呼他们：不咸不淡，话里话外都透着丝丝的高高在上。

看他那个样子，败家子第一个觉得不爽。但同时也觉得，不用跟他一般见识。再说在设备上，他也不想参与太多，让老杨跟阿东去弄就行了，所以他躲到一边玩“贪食蛇”去了。

杨工跟阿东可不同，虽然对方态度有点像老丈人看穷女婿，但他们还是认真了解这条产线的细节。

还别说，这位台湾同胞，虽然开始摆出这副样子，但是，当问到一些产线的专业知识，还有技术层次的东西时，他便像换了一个人。说话的语速，像是按了“4×”的快播键，讲到激动处，更是动作夸张。

面对杨工越来越专业的提问，这台湾同胞激动得，普通话、台语、英语都冒出来了。

如果刚才他是老丈人嫌穷女婿，那现在是发现这个穷女婿的才华了，极力地推销着自己心目中最优秀的女儿——自动化生产线。

在宝岛这位仁兄的讲解下，阿东倒是更深刻地了解了生产流程和技术环节。杨工呢，内心深处也受到了莫大的震撼。

他感觉，差距太远、太远了，如果不是这次这俩傻小子的推动，他可能一辈子也接触不到这样先进的自动化生产线，虽然它还没达到“这边赶一头猪进去，那边火腿肠就出来了”的地步。

宝岛这位仁兄，还在拼命地解说着自动化生产线各种很牛的功能。讲到最后，有点得意忘形地“散哭父”（潮汕方言，意思是胡乱说话）了。当然，当他正准备“散哭父”的时候，阿东还是忍不住打断了他：

“我们来谈谈价格吧。”

“哦，价格啊！好的，好的。”

宝岛这位仁兄，这一脚油门下来，转速表都6000转了，突然让这黑小子一个拦停，心中有点不爽。

回过神来，才觉得不对。这三个家伙，可能啥都买不起，自己这样激动干吗？他一下子又回到最初那种态度。

“这条线嘛，价格可不便宜啊，要200来万人民币呢！”

“哦！还真是贵啊！”

杨工和阿东两个人会心一笑。这哥们儿，讲话温柔，内心黑过墨斗，标准的章鱼男。他们在上个月的展会上明明报价180万块，说，如果真的需要，还可以坐下来谈。好家伙，真的上门了，居然这样开价。

阿东这时也不和他客气了：“我上个月在深圳机械设备展的时候，看过你们代理的这条生产线。当时，你们的老板也在现场，他报价是180万块；说如果真的需要，还可以谈。”

“这个……180万……没错，但是，这只是硬件部分，软件调试的成本，加起来也要20来万吧。我们这是西门子最新的生产线，调试时要从德国原厂请工程师来做。”

这位宝岛哥，还是极力地让自己下台。

卖设备，不报调试价，是不合理的。

“兄弟，你不要跟我们开玩笑，你这条生产线，有现货的，是不是？”

“是啊，这么大的家伙摆在这里呢。”

“那好，如果我们今天付了款，安装调试要多长时间？”

“半个月吧。这可以……180万，哦……不，200多万。你们今天就付清款吗？”

“价格这一块儿，你也不用跟我争了，国内又不止你们这一家代理。行情价180万，我们是知道的，不和你多说，也不浪费你时间，就依行情价180万，包调试安装，带17点的正规增值税发票。行，合同就签，不行，我们就走人。这里是30万现金，我可以马上付定。”

这是什么操作啊！这家伙全身行头不足60块，居然从只值3块钱的红白蓝袋子中翻出了整整30万现金。不是台币，是人民币哦。

宝岛哥一下子坐不住了，脸上的表情都僵住了，心想：这个人怎么不按常理出牌啊！培训的时候，不是说看大陆人，要看光头、大金链、人字拖、大裤衩、白背心、金劳表吗？这家伙，只有人字拖和大裤衩，其他都没有啊！看来岛内信息有误，不能总听那些别有用心的人吹了。

“我请示一下我们老板，马上给二位回复。”

宝岛哥不愧是金马奖明日之星，马上调整好情绪，变得专业起来。

五分钟后，他带来了一位宝岛老爷子。介绍说，这就是老板。

一阵寒暄后，阿东还是直入正题。

“180万，包调试安装，可以，我们马上签约。但是，有一个附加条件，就是一周内要调试好，可以正常生产。”

“一周？7天？这不可能，办不到啊！实话说吧，这是最新的生产线，中国大陆目前只上了3条，有2条是让TDK买下了，安装在厦门湖里区那家工厂，还有1条在西安一家国有企业手里。这个调试，没有一个月是没办法出产品的，因为我们要从德国请工程师过来。”

“从德国请就从德国请，但是，请他们尽快过来，加班加点调试。”

“你开玩笑吧，德国人不加班的。”

“德国人不吃饭，德国人不喝酒，德国人不把妹的，是吗？只要是人，就有例外的时候。”败家子听到这里不爽了，一气之下顶撞了这位宝岛老爷子。

老爷子也算是修养到家。如果宝岛哥是男主角，那么，这位宝岛老爷子，绝对是导演级的人物了。

让败家子这么一说，他也没有生气，只是淡淡地说：“这样吧，我把你们的这个要求和德国那边确认一下，你们等一下。”

“稍等。我还加一点，你一起说。每天除了8小时的正常工作时间，每加班一小时，每个人补贴100美元。我们要求7天内完成调试生产，如果提前一天，我们额外补贴1000美元，提前两天，补贴2000美元。这笔钱，我们自己出，也就是说，这是德国工程师额外的收入。你跟对方说一下。”

阿东此言一出，众人都为之一震。

败家子想：我的天，东总败起家来，是我的10倍啊。

杨工心里苦啊：我怎么摊上这个黑疯子，这不是花钱，这是在烧钱啊！

宝岛爷俩乐了：呵，呵呵，这就一个种地发家的傻子吧，哪有这样操作的？

这条件，是相当吓人的。要知道，当年华强北看门市的小弟、小妹，包吃住一个月能拿个800~1000元，就已经是很不错的水平了。而当时的美元兑人民币可是1∶8.8。

也就是说，阿东用一个正常员工一年的工资，换来提前一天的生产。这操作，是败家没错，但是在当年先进制造设备全得进口、技术都掐在老外手里的情况下，这样的败家，也算是为中国的制造业而败吧。

电话沟通还算比较顺利，德国那边也同意加班的要求。至于能提前几天完成，也没有说实，说到现场再看。但是，时间安排可能没那么快。

败家子提出，让他们从德国飞巴黎，再从巴黎飞香港。这样的线路航班密一点，24小时后就能到深圳。至于签证，作为中国市场的销售工程师，肯定是没问题的。

再经过一轮的沟通，德国那边也答应明天启程来中国。

双方顺利签约，阿东付了30万元定金，待设备到后再付100万元。待调试完成、出产品后，最后付尾款50万元。

签约后，宝岛哥想请三位去洗桑拿，他这角色转换有点让人摸不着头脑。从一个店大欺客的大管家，到专业的销售工程师，再到最合格的销售服务人员，再到一个油滑的皮条客。这一切，只用了两个小时的时间来完成。

临走时，败家子还不忘怼这宝岛爷俩一下：

“我们这边的时间，跟德国差6小时。现在是上午11点多，德国那边应该是凌晨4点多吧。你这电话怎么打的？你不是说德国人不加班嘛，在你们台湾，凌晨4点是正常上班时间啊？”

尴尬，尴尬！

一老二少，奏凯而归！

广州入口
深圳入口

第二十七章
喜获四大金刚

华强北，MP3产品，正在向全世界招手。

短短的半年间，华强北突然成了全世界MP3产品的集中地。世界上每5部MP3，就有4部和华强北有直接的联系。连一直以随身听闻名于世的SONY公司，也感到了后怕。

一个成品的爆发，后面就是一堆元器件的生死大战。

在MP3销量的刺激下，华强北的片式元器件突破了常规的销量。DIP（双列直插封装）系列慢慢地日薄西山。

生产线虽然已经买下，但是，一天没有出产品，也是毫无作用的。

一老二少，马不停蹄地赶回深圳。

拆墙！

杨工的厂房和老黄的工厂只有一墙之隔。三个人经过商量，决定不全拆，只是开一道能出入的门。

说干就干！旧厂这边大锤小锤一起擂，很快就打出了一道门。

门的那一头，却是另外一道风景:满地的青岛大优啤酒瓶，空气中还透着一点二锅头的味道。初夏时节，十几个光着膀子的爷们，躺的躺，睡的睡，还有四个在打拖拉机。

显然，这哥几个也让这突如其来的围墙推倒声吓到了，一时都停下手上的动作，全部向这边看来：一老二少，一胖两瘦，都是一米八几的个子，从墙洞那边出现。

“你们在干什么？”杨工大声问。

这一声惊雷，把这帮人从错愕中惊醒。而他们之后的反应，居然是：打拖拉机的打拖拉机，喝二锅头的喝二锅头，全没有把这三个人放在眼里。

杨工的老婆悄悄地跟过来，对他们说："这就是老黄留下的人，这几天天天在厂区喝酒。连着好几天了，什么事也不干。"

一老二少的脸色，并不是那么的好看。

败家子颇为自在，拿起桌上一瓶小二锅头，一口气干了。

几个年纪大点的老酒鬼一看，乐了。二话不说，也一人一瓶干掉。一下子，厂房空气中都是二锅头的味道。几个小年轻就在那里起哄：高个的，不错嘛，东北人吧！这体格，这酒量，牛啊！

"一边去，老子潮汕人！来，深水弹炸来一个，谁不来谁孙子！"

"呵呵，这小子，还有点血性。炸毛了？有杯子吗？来，左手白的，右手啤的，一起搞，喝不完别放下！"

"搞就搞，谁不搞谁孙子！"

好家伙，败家子和他们十几个人，还真的是左白酒右啤酒的各喝了一瓶。结果，这十几人里吐了好几个，工厂里一片混乱。

杨工和阿东铁青着脸，但一时半会儿，又不知道该怎么应付。

败家子几两下肚，渐入佳境。他在那里装腔作势起来："我来介绍一下，我们三个，就是你们的新老板。不管你们以前是干什么的，我们跟老黄生产的东西是完全不一样的。老黄人好，说要留下你们，你们这十几口，如果什么都不会，就是我们的负担。我是答应老黄要养着你们，但是，不能白养，活得干，还得干得好！懂吗？"

这个败家子，气势不弱啊！只是，好像没有压得住这群人。

"小子，毛没长全吧！少在那里装十三！我们这班人心里有数，这几天，就是在这儿喝酒等你们的通知。

老黄有情有义，附加条件让你们收留我们。但是，老黄可太低估了我们的能力了。我们不是没有地方去，只是觉得人家老黄都做到这个份上了，我们也要给人家一个交代。工资那一部分，老黄补足了，不用你们担心。"

"呵呵，还真有脾气啊！那就好聚好散，都走了吧！我们也不留你们了。"杨工表明了自己的立场。这哪里是工人啊，这就是一班流子，留在厂里，也是祸害。

败家子却不干了，让人这样子怼，他心里顿时不爽。

"有志气啊！那你们倒说说，都有什么技能啊？看能不能带我打怪升级啊？”

打拖拉机的那几个，醉眼蒙眬地晃着走过来，说：

“小子，你听好了：哈尔滨工业大学本科，数控专业；大连理工大学，机械工程专业；华南理工大学本科，工业生产专业；华中科技大学硕士，德国科隆工业大学博士。”

听到这四个人自报家门，杨工被惊倒了：我的天！这老黄有病吧？开个糖果厂，需要请来这么高精尖的人才吗？如果这四个小子不是吹牛的话。

阿东心里一乐：哈哈！老黄居然留下来四个宝，这算是意外收获吗？

败家子心中忿忿不平，嘴上也没句好话：

“吹，吹，吹，你们就吹吧！我还告诉你们，我是老胡亲点的空军总司令、玉皇大帝亲表弟呢！吹牛，谁不会啊！”

四个人表情很木然，轻描淡写地说：“吹不吹，都跟你没关系了。我们喝完这几箱酒，就撤了，以后你爱听谁吹听谁吹去。喝！”

阿东这时紧张起来，心想：得问个清楚才好啊。

“我说，哥儿几个，几位都是数控专业里的高精尖人才，随便走出去，富士康、康佳、创维都会视若珍宝啊，为什么会跑来这里做卖不出去的巧克力呢？”

“也不怕你们笑话，我们是为了钱才来这里的。当初猎头去挖人，小黄总开出的条件确实非常好，好到让我们无法拒绝。虽然是生产巧克力，但是，你看这些生产线，都是从日本原装进口的设备。我们敢说，现在国内的糖果厂没有几家能有这样的设备。

唉！哪曾想，小黄总只有三分钟热度。投了好几千万开个厂，只是为了哄那个小明星开心。因为要合那个小姐姐的口味，小黄总把专业人士气走了，自己就胡搞瞎搞，终于用一流的生产线产出了九流的产品。

是啊，真可惜！但是，他们两父子对我们都不错。跟着小黄总，有酒，有妹，有车，有房，去哪里打工有这样的待遇啊！你们说说，你们如果有宝马，愿意借我们开吗？”

“别说啦，他们本田都没有，还宝马呢。一个开着东南SUV，一个开奇瑞；这小子从来没开车来过，估计是没有车。”

这四个人，说话一点都不留情面，像是谋定好后路了，就想在这儿怼一下这三个人一样。

杨工听到这里，也是一脸的无奈，开口说：

“你们四位，读了那么多的书，就是为了过上这样堕落的生活吗？你们都不到三十吧，有没有想过，让自己的人生有点儿价值。特别是科隆工业大学这位，一个博士，读了那么多书，在国外受了那么多苦，你就没有一点理想？我也是从德国留学回来的，我那一代人比你们苦、比你们累。当时，国内情况不好，我有好多同学就留在德国没有回来了，你现在能学成归来，就证明你是想有所作为的。你不觉得，这样是在浪费你们的生命，污辱你们的学历？”

“你可拉倒吧。这社会，有钱人才有抱负，有权人说话才是真理。我们只是一班穷学生，家里没有背景，没有地位，父母都是本本分分的农民，以为读书是唯一的出路，哪曾想会是这样的结果。”

“是啊，毕业后，本想找事业单位上班，我们东北有许多大工厂，很缺专业的数控人才，我去面试，人家不要我，原因也没说，我一个读职高的同学倒是让人给招进去了。听说，他阿姨是在那个国营厂饭堂打饭的，有后台啊！我可没有。我一个海归博士，干不过一个职高毕业的，你让我怎么有颜面留在家乡？

我来深圳闯，也好过在老家受气，这社会就是这个样子。你以为还像旧社会啊，寒窗苦读，高中了，就万事大吉，‘十年寒窗无人问，一举成名天下知’了，我们没那个命啊！”

“年轻人，我也是在体制下干了大半辈子，几年前才下海单练的。以前也有你们这种想法，怀才不遇这是常有的事情。但是，你们只要愿意跟着我干，我一定会让你们的人生有不一样的价值。”

阿东赶紧说：“是的，杨工说的没错。我阿东是个粗人，初中毕业而已，但是，我很敬重有知识有文化的人。四位，只要你们肯留下来，跟我们一起干，我保证，收入不会少，更重要的是，有你们四大金刚在，这个工厂就有希望。中国未来的电子事业，就是要有你们这些人才的参与，才会有出路。不要埋没了你们的才能，我跟杨工请你们加入！”

“这……”

“你们放心，我们虽然没有宝马给你们开，但是，能让你们几个自己买宝马。至于酒嘛，晚上下班后来华强北、群星、DJ，随便喝；喝不倒你们，我就不叫败家子。”

四个人相视了一眼，又看了看杨工他们三个。

“干就干，谁怕谁！”

传说中阿东门下的“四大金刚”，就这样诞生了。

第二十八章
“桃谷六仙”加盟

传说中的四大金刚，在阿东的坚持下，加入了这个全新的工厂。

其实，对他们几个来说，在哪里都可以找到一份不错的工作。只是，不善于在体制里面混的性格，让他们只想偏安一隅。

他们心想：这个黑小子，看着年纪不大，说话的声音像个小孩子，虽然长了一副中年人的模样，但感觉这黑小子会有所作为的，也许留下来，能找到自己人生的目标。

杨工内心暗自欢喜：如果他们不是吹牛，那么，这条生产线不出一周，就可以出产品。毕竟，科隆工业大学，是世界一流的数控人才输出地啊。这老黄有这几个宝，就是不知怎么用，好好的一个博士，却只是用来陪他儿子喝酒、泡明星，这真的是中国制造业的不幸啊！

“搞定”这四个才华横溢的家伙，败家子看了看那六个喝得有点人事不省的老头。这些老头还真是各有不同，细看一下表情，虽然醉了，但是脸上却表现出一副“我很牛”的表情。

如果说这四个牛气冲天的高材生让败家子还有点服气的话，对这六个酒鬼，他就看不顺眼了：搞得自己像洪七公一样，什么玩意？

“我说几位大爷，你们也是世外高人啊？有什么本事，也秀一下啊！”

“呵呵，小子，我们几个老头没本事，就是在包装车间干活的。不过，你喝酒的样子，我们倒是喜欢。”

“呵呵，喝酒也算是一门本事啊，如果你们是小姑娘的话，可以去红馆陪酒去，月入数万没问题。”

“小子啊，不要没大没小，我这岁数，做你爹都有多了，你这样说话，我现在就抽你。”

“好吧，几位老爷子，包装工就包装工，反正什么产品都得包装，你们也留下来吧。反正你们也不在意这点工资，就安心干吧，待遇和原来的一样。”

“呵，呵，这小子，还行，没那么坏。看着那笑容，还有喝酒那小样儿，我还是喜欢的。老大老二说了，我们就留下来跟你们干，反正哪里都是干。”

“同意，同意！”

六个老头倒也爽快，答应留下来。

阿东虽然觉得老头们的态度有问题，但是，既然败家子答应了，也得尊重他，毕竟他也是合伙人之一。

杨工看这几个老哥跟自己年纪差不多，心想反正现在工厂也要招人，用这现成的，也算是兑现对老黄的承诺。

老头们看了看这一老二少三个老板：这个喝酒的小子，倒是可爱；黑黑的这个，好像看不起我们；胖老头倒是没什么表情。这个时候，是不是得展现一下真正的技术啊。

几个老头相视了一眼，有点世外高人想露一手的感觉。

几人中的老五站出来了，说道：“小子，谢谢你陪我们喝酒，我们既然决定留下来干了，也不能让你们觉得我们是吃闲饭的。身上有烟吗？没开封的。”

好家伙，一开口就要烟，还要一整包，这脸皮也真厚。

败家子倒是无所谓，递过去一包硬盒中华，不爽地说：“大爷，好几十呢！这还没干呢，就要烟啊！”

“怎么不是软的啊？”

“你说什么？你个老小子，我忍你好久了，这是大中华，30块一包！”

“别气，别气，这烟不是用来抽的，我是觉得软的比较有挑战性。小子，看好了，你大爷让你知道，什么叫包装。”

这老头说完，也不管败家子气成啥样，直接把烟打开，不过，打开的方式有点特别，是从底部把外面的包装薄膜拆开，接着打开硬盒、金纸、香烟。把烟拿出来后，他把里面的烟丝抽出来。烟成了空管子，20根烟，很快全部抽完丝。然后，他把烟一根一根地放回盒子里，把之前的程序倒做了一遍。

在场所有人都傻眼了。因为当他将空烟盒拿给败家子的时候，如果不是重量变了，外人根本就看不出，这是一包做过手脚的烟，因为它和没拆封时一模一样。

“天呐，老头，你是做假烟的吧！”败家子惊呼。

“胡闹，小子，我们都是梅州卷烟二厂的老工人，国营单位，不做假的。”

杨工和阿东会心一笑。呵，这又是一群高手，这老黄到底怎么回事，本地土豪也不能这样糟蹋人才吧。

“怎么样？小子，我们几个够格留下来吧。我告诉你，烟包装，只是一个小伎俩，所有的包装材料，我都有研究，就你们的电感，我一眼就能看出来有什么毛病。怎么样？可以吧！”

“可以，可以，这手艺，都可以帮我在酒店偷东西了。”

“什么？不学好，我抽你小子。我虽然是工人，但是有两个女儿、一个儿子，可都是大学毕业的。一门三杰，懂吗？你小子还不坏，以后我好好教你，哈哈！”

“行啊，这没问题，老爷子，你把烟丝再装回去，我就叫你‘爹’！”

“这小子，是不是想让我们几个老头打你一顿，你才会爽啊？”

快乐地收下几个老包装工，阿东终于笑了。这几个人，都是人才啊，而且是目前最需要的。原以为老黄留下了一堆麻烦，想不到，他留下了这么多高人啊！

厂房里面还有两个人，一直不开口。一身肌肉，上面画有公仔，像是黑社会的人。

败家子也注意到这两个人，他们虽然个子不高，却全身是肌肉。刚才喝酒的时候，喝一瓶大的啤酒，只要6秒，败家子的记录则是8秒半。从一开始到现在，他俩一直表情淡定，好像眼前发生的一切和他们没关系一样。

“两位，想必也是世外高人吧。露两手吧，也让小弟长长眼。”

“对不起，小弟，我们什么都不会。”

“啊，不能够吧。我是看出来了，老黄手下没有弱将，您二位一看就是高人。出手吧，别这样藏着啊！”

“哦，一定要吗？好吧！”

肌肉兄非常淡定，轻描淡写地拿起一个啤酒瓶子。“砰！”的一声响，这哥们硬生生地把啤酒瓶子砸在了头上。

“快，快打120，打120，这是喝多了吧！”杨工吓得手足无措。

“他没事，不用紧张。”另外那个哥们很淡定，说这只是小伎俩。

肌肉兄扫了扫头上的玻璃，头一点事都没有。好像刚才那瓶子，是砸在别人的头上一样。

“哎哟，硬气功啊！哪条路子的啊？！”败家子看傻眼了。

“边防六支队。”

“边防六支队，自己人啊，你认识阿仁吗？”

“现在在指挥学校的那个吗？”

“是的，是的。”

“他打76式半自动步枪的第一颗子弹，就是我教他填的。”

“你是许班长啊！”

“怎么，你小子认识我啊？”

“全国武警大比武，移动靶150米速射全国总冠军。”

“呵呵，不错嘛，门儿清啊！”

“许班长，我跟阿仁是从穿开裆裤起一起长大的。他的入党申请书，都是我帮他写的。新兵连，也是我送他去的。但是，军官学校，就是你送他去的。如果不是你当初的教导，他也不能拿了冠军，加了50分，顺利进军校。”

“都是过去的事情了，都是自己家兄弟，那我们也直接点吧！”

“你说，你说，你有什么想法，都说出来。”

“我退伍一年多了，原来也安排了做经警，但是却不在广东。我家人都在这边，所以不想去外地，毕竟我在部队八年了，已经离开家人太久了。后面黄总找到我们，说让我们两个当仓库主管。我们心里都清楚，就是当小黄总的保镖。反正和平年代，我们这伙人也没什么事干，保小家跟保大家一样。他们对我们也不错，工资也很高。”

“很高是多高？”阿东还是在意钱的，不禁脱口而出。

“一个月包吃住3500块。”

阿东暗吃一惊：这可是高管的工资水平了，普工一个月也就1000多块，还要扣除伙食费。华强北的小弟小妹，也就每月800~1000块的水平。这做保安要3500块一个月，是不是有点过了？我们是合法经营，又不是有钱人，可不需要打手啊！

他有点为难地看了看败家子和杨工。

老杨倒是波澜不惊，没作明显的表态。

败家子可不乐意了，有点无赖地说：

“黑鬼东，你看我干吗？啥意思啊！我跟你说，许班长这两个得留下。别说3500块，就是5000块，我们也得留下他们。你不要问我为什么，最多从我的股份里面单独出工资。但是，人一定要留下！”

败家子又开始任性起来了，有点无理取闹。在这个节骨眼，阿东也不愿意内部人员产生分歧，也没怎么说，只是询问式地看了看杨工。两人对视，杨工轻轻地点了点头。

阿东会意，认真地说：“你个败家子，吵什么呢？我们答应老黄了，就要说到做到，12个人一个都不能少，待遇跟以前一样，如果有突出表现的，再涨工资。”

听他这么一说，败家子才消停了。他什么话也不说，看着剩下的几箱酒，说道：

“那就这样，兄弟们，今天我们就把这些酒搞定了。明天，我们认认真真地干。反正，兄弟在一起，有酒一起喝，有妹一起泡。不管这个工厂是姓黄还是姓杨，我们都是兄弟。”

“干了！”

“干！”

杨工看着这个活宝，也有点无可奈何，阿东早已见识过这家伙的神经质性格，也没什么大的反应。他和杨工一起走回旧厂，商量明天生产线的安装。

这边酒一灌下去，不是亲兄弟，就是亲舅子，连亲爷俩都出来了。

一切，尽在酒中了……

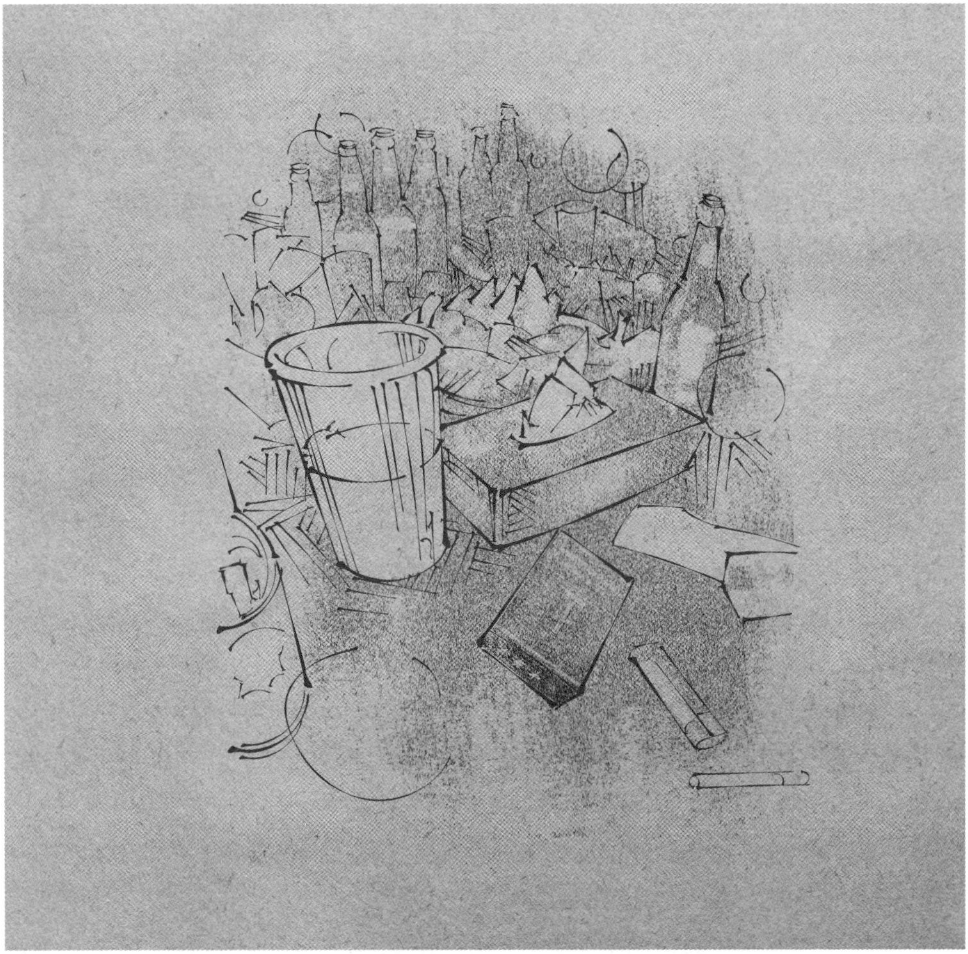

第二十九章 急速前进遇踢馆

酒后的第二天，一班人有点脱胎换骨的感觉；但是，绝对不是劫后重生。

当他们一身冲劲，跑到工厂，准备开拓另一个世界时，这个世界里的另一个声音总在他们耳边环绕，像极了可恶的夏蚊。

早上9点，老黄派来收废品的拖头，快速地清空了工厂里面的机器设备。听说那价格，只比废铁高一点点。

当设备装车的时候，四大金刚，眼里有些泪花闪动。这应是目前国内最先进的糖果生产设备了吧，只可惜啊，英雄无用武之地。

几个人相视苦笑了一下：我们几个，不也是如此光景吗？

当四大金刚在和他们心爱的机器告别时，那群烦人的“夏蚊”又嗡嗡嗡地飞来了。

一帮流里流气的家伙，冲进工厂的大门。许班长还没有反应过来，他们就已经站在院子里了，叫道：“你们老板呢？老板换人了是吧，叫你们老板出来一下！”

“我们老板没起床，你们谁啊？谁准你们这样大摇大摆进来的。”许班长喝道。

“呵，口气不小啊！小子，这附近的工厂，我们想进哪里就进哪里，还没有人敢拦我们。”

“今天你们是碰对人了。说，什么事？没事就请出去，我们老板现在没空。”

“没空？等他有空的时候，我们可就全没空了，你们可想好了！”

其实杨工一早就在工厂了，他觉得这几个人面熟，但对方没说有什么事，他也就不想出来搭理他们。他这是技术型自保，别人没惹到自己，自己就不理的那种。而事实却没办法让他躲避，他十分无奈地来到院子里。

“我就是这厂的新老板，几位有什么事吗？”

“哦，老板是吧。你别误会，我们不是来闹事的，我们是来提供上门服务的。”

“什么上门服务啊？”败家子和阿东这时候也来到院子里。

“又来了两位老板啊，听说你们是一老二少‘三剑客’啊！都在，那就好，省得麻烦了。”

“到底什么事？明说！”阿东看着他们，打心里面有点厌烦。

“我们就直说了，我们是做消防器材的，这里是你们这个厂房面积所需要的所有消防设备的报价单。你们看一下。”

“几个家伙，还真的是来做生意的，只是那语气、态度，怎么让人觉得不太对啊！”阿东心想。

他接过了报价单，专业的那些，他看不太懂，但是，“一个灭火器300块”这一条可看得真真切切。他无奈地递给了杨工，败家子伸手抢了过来。

“我倒要看看这是什么，疯了，抢钱啊！这灭火器我在华强北买才50块，还是大个的。”

“你小子，不要说得那么难听，我们是上门来为你们服务的。我们是正规的公司，企业三证都在这里，不是来抢劫的。说话小心点！”

“这个价格，说明你们绝对不是来抢劫的，因为抢劫的都没你们这么好赚。”

“你们爱要不要，反正我可把话说前头了，消防验收要想过，就得从我们公司买这些设备，不然，你们这个厂，永远别想开工。”

“哦，这话我到现在才听明白，你们就差搬几盆橘子上来了。”

“什么意思啊？”

“运桔，运桔！广东话、深圳本地话，懂吗？”

几个“上门服务”的人听败家子操一口流利的港腔白话，倒是听不明白了。

“就是说你们是来搞乱的，走，这里不欢迎你们。”许班长也忍无可忍了，直接赶人。

这帮人还算是客气，只是别有用心地说：“今天说到这样子了，那下次你们要买我们公司的器材，就得涨价一倍了；300块一个不买，我要让你们乖乖地买600块一个的。不要以为盘了老黄的工厂，就是神仙了。告诉你，你们跟老黄不一样，人家是本地人，你们这班潮州佬再团结，也得把这钱给我。”

“哦！知道我们是潮州佬，还敢这么狠，看来，也是有来头啊！谁是你们老大啊？”阿东直接问。

“黑小子，我老大是谁你不用知道。你只要知道，不买我们的器材，你们的消防验收就过不了！不跟你们浪费时间，报价上面有我的电话，明天前打电话给我，我还是这个价。到了明天，就不是这个价了。好好想想吧，潮州佬！”

这几个“上门服务”的看来也是后面有人的主，许班长差点就往前冲了；败家子也有点忍不住了。不过最终还是让他们走了，只剩下阿东这群人，傻站在原地。

“许班长，你去打听一下他们是什么来头。这机器没上门呢，瘟神倒是先来了。”阿东急切地说。

“好的，中午前给你们答复。”

杨工、阿东带着四大金刚进了车间。还别说，这个车间真的很大。拆机器那班废品佬，也真的很专业，把偌大的一个厂房，收拾得干干净净，就连电线，也剪到了电表那里。

杨工一看，有点哭笑不得：老黄这是搞什么呢？清道夫啊！一个螺丝都不留下，看这电线剪得，也太过分了吧！

他忙对身边的科隆博士说：“他们把线整成这个样子，我们的生产线过来了怎么搞啊？”

“这样更好。杨工，他们的机器跟我们机器的功率相差太多，对我们没用。现在都处理了，我们自己布线反而方便一点。”

“这样啊，等生产线过来后我们才布线，是吧？”

“不用，不是说等着出产品吗？时间急，你工厂有没有电工，叫一两个过来，我们四个指导他们做。老四干这个是专业，生产线的参数规格、电流、功率，我们都记下来了。我们保证用一天的时间把线布好。等生产线一送到，就可以用上。”

“哦，这么有把握啊！”

“我们四大金刚的名头不是白叫的。材料单在这里，让采购去买吧，我们开始动工了。”

当老四拿出手画的专业图纸时，杨工、阿东，特别是败家子，都很吃惊。昨天大家都喝酒喝大了，其余人都在睡大觉，这几个人，居然就把图画好了！

阿东看了一眼图纸，这么细的布线图，他还真看不明白。

一会儿工夫，许班长回来了，说：“杨工、东总，打听清楚了。这是一家做消防器材的公司，是正规经营，所有手续都是合法的，只是……”

“只是什么？”

“听说大股东，是我们总队一个领导的小姨子。这个领导主管消防。”

“啧啧，怎么都是小姨子事多啊！”

“许班长，你也是边防出来的，认识他们吗？”

“这个领导是认识的，但是不是太熟，因为消防跟我们不是同一个系统，虽然编制一样。”

“那怎么办？是不是一定要到这家器材店买？那价格太吓人了！如果第一步就是这样子，以后可怎么办呢？还有环评呢！”杨工显得有点为难，他对败家子说：“你家这方面有人脉吗？这样搞下去，半年都开不了工。”

“我得问一下家里。环评不用担心，你买生产线的时候，我把资料做好送到我一个阿姨手里了，到时候，走个过场也就批下来了。我们是正规的环保企业，又没有污染，这个你放心。只是，我当初不知道消防跟环评是不一样的，我还以为是一起验收的呢。”

“唉！我那个旧厂，原来也是找人才搞定了消防验收，送了钱、送了烟。做个实业，怎么就这么难啊？我们开个工厂容易吗？”杨工想到委屈处，眼眶有些发红。

“这种情况，不会持续太久了。中国工业的未来，就在明天。”阿东非常自信地说。

“我们怕是今天就过不了，还明天呢！东总，这生产线如果生产不出产品，不仅是我们，杨叔也会跟着我们完了。我打电话回家问问吧，看认不认识这方面的人。”

“杨工、东总，我回一下部队，再联系一些战友，打听一下这要怎么做。”

“好吧！大家分头行动吧！我跟败家子先回华强北了。”

刚上车，阿东就把败家子批了一通：“以后不要在杨工面前说这么打击人的话！我们这点小资本没法跟他的重投资比，他的压力比我们大多了。我们要给他信心，不然，我们这三把剑，就真的是‘剑’了。”

“明白，明白，奶奶个熊！出门在外，还是要受气啊，如果在大潮汕……”

“这种吃拿卡要的情况，不会持续太久。你相信我，随中国实体工业的发展，一定会催生一个真正有服务意识的政府机制；我们的明天，不用再看这些人的脸色。”

“但愿如此吧！”

大大的SUV，从布吉关进入，往华强北的方向前进。

如果说，深圳是中国的前沿，那么华强北，就是深圳的先锋：一切新事物、新思维、新方向的出现，都从这条不到一公里的小街道开始……

第三十章
刚解决了消防问题，又出现了材料品质问题

自动化生产线，在第二天的清晨，送到了这家新工厂。

随之而来的，还有两位风尘仆仆的德国工程师。

安装过程非常顺利，也很快速。因为在前一天，四大金刚已经做好了全部的准备工作，一直加班到天快亮；当所有布线、保护措施做完时，这条自动化生产线也随着晨光，徐徐进入了工厂。

四大金刚一宿没睡，本以为完工了可以休息一下，哪知这边一完工，就看到生产设备进厂。

四个家伙兴奋起来，洗了洗脸，又干了起来。

德国人非常吃惊，因为博士用德语告诉他们，这个厂房只用了不到24小时来布线，这就是传说中的深圳速度吗？他们哪里知道，一周的时间快过去了，这边的产能需求已经是火烧眉毛了。

看着这个德语如此流利的中国工程师，德国人也非常敬佩。四大金刚是非常专业的人士，精通英语、德语，沟通起来非常方便，效率也是高得惊人。日落之前，生产线就已经安装完毕。接下来，就是调试工作了。

德国人提出要下班，四大金刚却不愿意，想着晚饭后进行调试。

杨工和阿东看着这四个不要命的家伙，已有三十几个小时没有睡觉了，马上制止他们这玩命的做法，命令他们吃饭、休息：活，明天再干。让他们四个人先去梳洗一下，等败家子过来后，再一起去吃饭。

当败家子到工厂的时候，四大金刚已经在办公室里，横七竖八地躺着，睡着了。

杨工示意不用管他们，让他们好好睡一觉，醒来再吃也不迟，就带着德国人吃饭去了。

阿东意外地发现，杨工，也是德语说得棒棒的，和德国工程师沟通起来完全没有障碍。倒是他和败家子是“鸭仔听雷——公过只鸭”（潮汕歇后语，意思是晕乎乎没搞懂）。刚开始还讲讲英语，后面则完全是德语频道。不过，酒是没有语言和国界限制的，一会儿工夫，这俩老外就给喝倒了。

旭日东升，冉冉升起的红日，又唤醒了这一座充满生机的新工厂。

今天，调试工作正式开始。

机器轰鸣的协奏曲还没有在新工厂响起来，那群讨厌的“蚊子”又嗡嗡嗡地过来了。定眼一看，这不是蚊子，好像是升级了，来了一群“苍蝇”。

“你们胆子可真够大的啊，消防没有验收，就敢开工！谁是负责人啊？”

杨工、败家子、阿东，一老二少都在。

杨工一脸无奈地说：“我就是，有什么事？”

“你们这是三无工厂吧？胆子不小啊，顶风作案！”

“什么三无工厂？我们证照齐全，我们可不是新设的工厂，是原厂扩大而已。环评、消防，什么证都有的。”

“这不对啊！你们厂扩了这么大，又搞了这条生产线，消防不合格，要整改！这是整改通知书，上面有我的电话，什么时候改好了，什么时候才能开机器。签个字吧。”

无奈！那一身帅气的制服下，怎么会包着这样的一具躯壳！

“苍蝇”走了，德国人看到这情况，在台湾助手的讲解下，他们也是一脸的无奈，只好准备去逛世界之窗了。

阿东、杨工和败家子，这时候都很茫然，大家都不知道要怎么办。一下子，气氛降到了冰点。

许班长的到来，打破了这个让人窒息的气氛。

他双眼布满血丝，虽然衣着干净，但是一张口，就是浓浓的酒味。一看，就是喝酒干到天亮了。但是，他只是喝高了，并没有喝醉的感觉。

“杨工，我昨晚跟一些战友聚了一下，也跟他们消防的聚了，分管这一块领导也接触了，都是战友。我们这消防是没有问题的。”

“没有问题？老许，你那战友刚走，你瞧见没？”

“门口那些，好像不是消防啊！不管他们了。这一片区倒还真的是有指定供应商，如果我们不跟他们买，器材还真的是运不进来。”

“哦，这就是传说中的垄断吧！”败家子快气疯了。

“杨工，实在对不起。我跟他们虽然是好战友，只是，这里面水太深，我也没办法。但是，已经说好了，价格可以打五折。”

“五折，就算是打五折，也是市场价的3倍吧！”杨工还是心疼钱。

“给他们！你联系一下，五折照给。但是有一个条件，验收后出证，要3天内完成。你再拿3000块钱，去请他们吃个饭，再送点礼物。”阿东当机立断。

“给他们吧，就当喂狗了。”败家子也放弃了，不想再折腾。

不到两个小时，厂房所需的消防设施准时到位。送货来的还是那几个“上门服务”人员。

不过，这次他们绝对没有“运桔”的成分，反而是一脸的赔笑。工作起来，也是相当专业。他们的专业程度，真的很容易让人产生错觉，以为真的找到一家服务至上、质量优先的好企业。

消防整改和生产线调试工作，同时进行……

让人望眼欲穿的生产线，终于运作了起来。

大家站在生产线前，百感交集，心里对未来充满了憧憬……

“Oh！No，No！Shit！”

德国工程师的一声鬼叫，拉回了他们的天马行空。

博士走过来一看，也一下子呆住了：怎么会这样？怎么会这样？

杨工和阿东，也是一惊！

因为生产线试运作的时候，第一阶段，入料口出了许多废料，中间环节也甩出了许多不良品。这个比例，太惊人了，差不多有70%！

“停下来，停下来，搞清楚原因再试。”

阿东心疼那些材料，但因为自己不专业，又不知道要怎么办。

博士蹲在进料口的废料池边，拿起废料仔细观察。

“这些，是被选料器震裂的。”

“什么？这不可能吧！”

德国工程师这时也过来拿起废料看，然后惊叫起来：

“这不是日本的磁材，这是你们中国产的吧？”

“是的，是中国西安产的，有什么问题吗？”

“问题？！当然有了，这些磁材太次了，进料盘一震动，这些就碎掉了。你们得用日本的磁材，才能保证品质；这些次品，怎么能上我们的生产线呢？”

德国工程师说得倒是直接，但是杨工、阿东听了后非常不高兴。他们一时也没有办法，只能先让生产线停下来。

德国工程师说了句“莫名其妙”，就走了。

剩下的人都静静地望着这条生产线。这叫什么事啊！原料要求进口的，那卖来中国干什么？欺负人啊！

阿东这时明显慌乱了。自己手上存的那些订单，先收人家的那一部分钱，现在已经拿不出来了。虽然旧厂的半自动线24小时运转，但是产能实在有限。而华强北那头，现在已经疯了！因为电感的行情好，大大小小的加工厂都出现了。如果自己不能及时出货，不仅赚不到钱，而且还没了信用。信用，是华强北最亮的一块招牌，只有讲诚信，才能在华强北这个江湖中居于不败之地。而今天这结果，是不是宣布，自己这一老二少的组合已经失败了？

阿东的手机，不时地响起；中电四大家的电话，如夺命追魂CALL，以一个小时一个的频率打过来。败家子的手机，也是差不多情况。

这时候的华强北，在MP3的这个配套上，行情疯涨！在电感这一块，更是一下子冒出来多个工厂，让人难以分辨哪个是真，哪个是假。价格呢，也一样，没有最低，只有更低！只要你敢出价，只要你有量，我就可以做出产品来！

这就是华强北惯有的经济模式。

而阿东，他是真真切切地想改变，所以才会不惜一切地投入。但是，他收到的结果，却是在大费周折后回到原点。只是让杨工多了1000多万块的负债，自己也承担了巨大的压力，还把败家子拉下了水。

这个180万块的宝贝啊，现在看起来，好像一文不值了。

所有人，都沉默了……

第三十一章 解决生产工艺，布局专利领域

夜凉如水，布吉的一个工厂。一老二少三个老板，还有四大金刚，安静地望着这批全新的进口设备。

出不了产品，这就是废铁。180万块啊！可以在布吉买几套房子了。杨工黑着脸，心想：自己当初买生产线的时候，所有参数都仔细了解过的。产能、不良、用电，就唯独没有说到原料。这不是自己干的最蠢的事情吗？看来自己是让这个黑小子点燃了内心深处那根躁动的神经，才会陪着他们一起疯。如今事实摆在眼前，这价值1000多万块的摊子，快要在自己手里黄掉了。想不到自己都50岁了，还是晚节不保啊！但是，话说回来，也不能怪这两个年轻人啊。自己的激情虽然是被他们点燃的，但自己也要为一时的冲动买单。

阿东一言不发，手里一直把玩着这些材料。他也打电话问了西安工厂的销售大妈。产品的品质是完全没有问题的，符合国内元器件的长城认证，是符合国标的合格产品。只是，还没有人将其用到进口的自动化生产线上，对于这个问题，他们也没有办法解决。书到用时方恨少，阿东一直在那里扯着自己的头发发呆。许多年以后他的大光头，可能就是在这时落下的根。

败家子呢？好像这一切都不关他的事情一样，对着新买的摩托罗拉A388，拿只笔在那里发信息。

手机动不动就振一下，虽然调了静音，但是，所有人都听到那个短信来时的振动声。他还不时地笑一下，一副花痴的样子。看来，工厂发生的这一切，都没能影响他泡妞的心情。

四大金刚之一的博士蹲在那里，拿一条废线在地上乱画一通。表情也是十分难看，像是亲爹死了一样。

为什么啊？这么好的生产线，为什么都不适合用国产的材料？这些材料，完全没有问题，是通过了认证的。

寂静，寂静，唯有败家子的手机，一直在那里振动……

博士突然发问："女高音歌手，为什么能用歌声把玻璃杯唱破呢？"他像是在问别人，又像是在自言自语。

"这简单啊，因为两者频率一样啊。"

博士问："为什么会有频率啊？"

"有磁场的产生，就有频率啊。"

博士又问："那这些磁材，算不算在频率之中啊？"

啊，振动频率可以影响到磁场。

"对了！老哥，你太神了。走，回办公区。"

一老二少，不知这四个疯子搞什么鬼。他们跑回办公区，对着电脑一通忙乎，像是又去组队打怪了。杨工若有所思地慢慢走回办公区，阿东跟败家子像两个傻子一样坐着，玩手机的玩手机，扯头发的扯头发。

三个小时后，博士拿着厚厚一叠A4纸出来，然后很专业地讲解了对进料盘的改动。如果对进料盘的振动频率做调整，绝对有可能减少磁材的开裂。

经过一轮精密的推算，大家觉得这个方法是可行的，但是，得跟德国工程师说一下，调整一些参数。

阿东有点着急，问博士："你自己会调吗？"

"这个非常简单，软件端口德国佬有说过，只是，我怕……"

"怕什么？"

"如果私自调参数，他们不知道愿不愿意保修。是不是要先问一下德国人？"

"不用管了，调！"阿东坚定地说。

"调吧！1000多万都花了，还差这100多万吗？干！"杨工也发话了。

一个小时过去了，博士示意，可以开机测试了。

设备又运转了起来。进料口守着几个人，成品部也有几个人紧盯。

神奇的事情发生了，每一个环节的参数都是正常的，产品正向成品部推进。

成了，成了！这次的测试，甩料比例非常小，达到正常水平了。

一班人，欢呼起来。

博士冷静地走到少数的废料前面，发现它们都是锡脚触点的问题，虽然所占比例非常小，但是，这个应该是原料锡导致的。

杨工走过来，问他怎么回事。

博士说：“这些触点有点怪。如果换成无铅锡，应该能好点。”

“无铅！是不是欧盟上个月公布的那个环保标准。”阿东也上前询问。

“是的，欧盟的一个环保标准，听说这一两年就会在全球实施。不符合这个标准的产品，都不得进入欧洲市场。”

“杨工，材料价格我不是很清楚。如果我们的产品全部都符合这个标准，成本要贵多少？”

“其实也没有贵多少。就以锡来算，一公斤也只贵30来块。铜线，也差不了多少，磁材有一部分是可以豁免的。”

“要不，我们全部按欧盟标准生产，可以吗？”阿东问。

“你疯了吧。现在华强北的人已经疯掉了。电感的价格一跌再跌，我们要做的，是尽快利用生产线提高产能、降低成本。你在这个时候说要实行环保，你想飞不成？小子，能不能实在点走路、让我省点心？”杨工有点急了。

“杨工，你是从德国回来的，如果欧盟真的在全世界推行这个标准，不出一年，就是一个全球标准。如果我们到那个时候再来调整，是不是慢了点呢？”

“东总说得对，这是一条最新的环保生产线，如果不好好地利用起来，就有点可惜了！”博士也说。

“谁不知阿妈是女人呢？成本呢？利润呢？还有，你做得再好，华强北谁认你。价格没有最低，只有更低。你们没有发现，这一周来，我们的单子少了吗？”

“现在生产的，都是你半个月前接的那些单子，新单可是越来越少了。”杨工对阿东说。

“这个我知道，我妹妹也和我说过的。杨叔，你放心，不出一个月，我保证，我们的产品，就是华强北市场的唯一。”

“唯你个头啊！到时候，怎么败的都不知道。市场是拼价格的。”

“不是，我们不要以华强北的思维来开工厂，我要的是品质。”

“谁不想把产品做好啊！问题是，要客户接受啊。没人要你的产品，你用黄金做原料都没用。”

“不是，杨叔，你再信我这一次，我们的产品绝对跟华强北那些小作坊产出的不一样。”

两个人意见不统一，僵持在那里。败家子收起了手机，走到停在外面院子里的车子旁，开门拿了一个文件袋又进来了。

“杨叔，看看这个。”

杨工拆出来一看，是国家专利证书。

“我让我的一个姑姑，帮我们的电感申请了一个产品外观专利证书。就是我们电感上面的这个蓝色点点，现在已经是我们的专利了，别人不能用。原来你的那个商标，我也申请了其他类别的专利，要一年后才能出证书。但是，这个外观专利，现在是我们的了。”

“这个有用吗？人民币都有假，你这个专利有鬼用？”

“有用的，杨叔。我们要做的，不是一堆电子垃圾，我们要做的，是一个品牌。”阿东坚定地说。

“看来，是我年纪大了，我一个留学生，居然要你们两个初中没毕业的小家伙来教我什么叫‘知识产权’。你们说得对，就按你们说的做。”

“好的，那么，我们这条线的新产品就全部按环保的标准出货。”阿东强调。

第二天中午，所有环保材料都到位了，德国工程师也到位了。看到这群人，再看看这条线，德国工程师总觉得哪里有不对。

开机测试，再经过一些精度调试，多花了3天时间，在自动化生产线运到厂里的第6天，新产品终于出炉了。

产品，无论是外观一致性，还是技术参数稳定性，都是前所未有的高品质。杨工说，自己一直想改变的产品问题，居然在这8天时间里就解决了。

败家子说：“我奶奶说的，铜钱落地草会青，欢是钱银好惜（潮汕方言，意思是还是有钱比较好）。”

第三十二章 产品跌破成本价，能否力挽狂澜

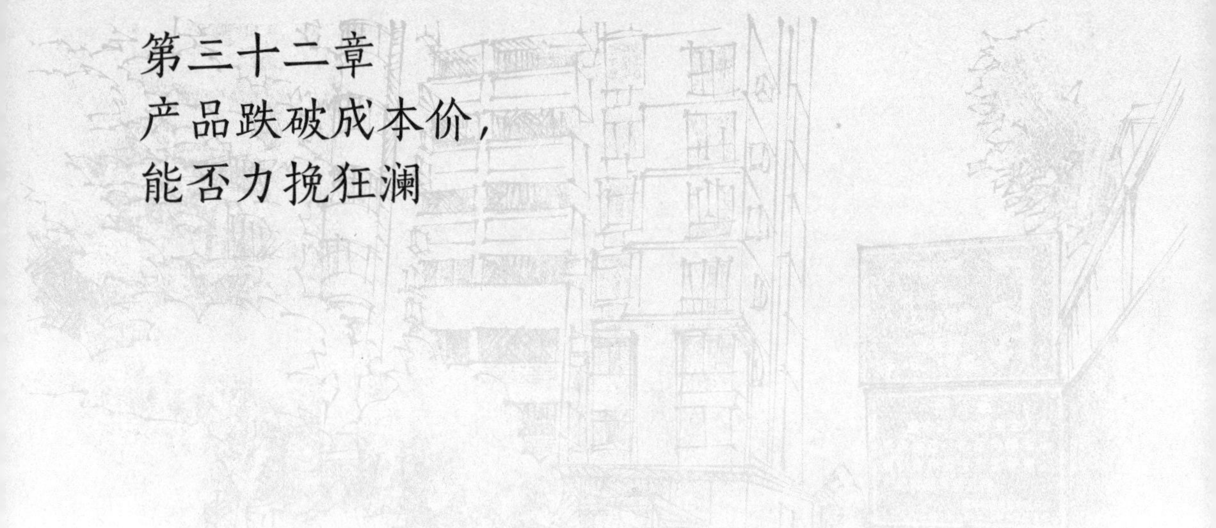

德国进口的全自动化生产线，终于在杨工的工厂运作起来了。一下子，工厂的产能提高了4倍左右。并且产品的品质好，不良率远远低于以前，这是让杨工最为欣慰的地方。一直以来，他的梦想，不就是想做款属于中国人自己的高品质产品吗？现在这个目标终于在两个年轻人的“利诱”下实现了。看着这一条生产线，不仅像一个印钱的机器，还承载了一代中国电子人的梦想啊！

用了两个月的时间，阿东交完了所有的货。也就是说，在这60天时间里，阿东赚了差不多120万块。当时深圳玮鹏花园的房价，是7600元/米^2。布吉工厂周边的房价，差不多是3500元/米^2。

当然，阿东还是按照约定，把所有的钱都投在杨工的工厂，自己依然过得忙碌而辛苦。倒是败家子，并不浪得虚名，好像又回到阿东少年得志的那个岁月。生产线正常生产后，根本就见不到他的人影。一旦出现在阿东面前，就是他要拿钱的时候。

阿东对这个活宝，也感到无可奈何。钱嘛，花就花吧，反正败家子也不会过分。至少不会去包养小明星吧，是坏不到哪里去的主。

一个月后，东妹打电话给阿东，语气中透着紧张。

“哥，你来一下门市。市场好像不正常。”

这时的阿东，正享受着小成功带来的喜悦，听到东妹的话，一下子清醒了不少。前些日子，他看了那本关于华为的书——《下一个倒下的会不会是华为》。这种72小时的企业危机意识，是阿东佩服的。人的定位非常重要，一旦飘起来了，就没有了根，到要落地的时候，就会迷失了方向。

东妹说："从这个月初开始，电感的订单就越来越少了。而且，还有许多客户嫌我们的价格贵而没有下单。"

"这不能够啊！现在的行情正处于白热化阶段，销量怎么可能会少呢？"阿东一时想不明白。

东妹说："中电那些客户，都说我们的价格太高了，从其他人那里拿货，都不用我们一半的价格。哥，我们是不是也要降一下价？"

"不能降价，在华强北这些年我见多了，一旦我们降价了，就成了恶性的价格战。我们投入太大了，没资本跟人家打这个价格战，华强北的东西，价格没有最低，只有更低。"

"哥，那如果再这样下去，别说杨叔工厂，就是我们这个小店，可能也难以维持了。我们现在只有电感能赚钱，其他的都不赚钱。"

"是啊，当时为了资金，电阻、电容都是零利润铺货，为的就是那些老板的现金，只有电感能赚钱。"

"现在的电感都没人来拿货了，我看杨工那边很快就会知道出问题了。"

"败家子呢？把他找回来商量一下。"

"他啊，好几天没来了。"

"这小子，让他马上过来。"

东妹电话打过去时，败家子还是在高速路上，说什么开车打电话不安全，马上就到了。

下午，两个大高个，又聚在了都会电子城四楼。

其实，原因大家心里都清楚。华强北就是这个样子，只要有一个产品成爆款了，就会有无数的厂家出现在华强北。他们会把一个产品，做到极其的便宜。因为电感这个产品，实际投入非常小，如果纯手工做的话，投入2万块钱就可以生产。哪像他们三个傻子，一投入就是180万块的生产线啊！

败家子倒是很清醒，回都会电子城四楼前，就已经在市场上拿了十几家电感样品。这些样品，品质参差不齐，价格也相差甚远。可笑的是，有几家电感上面也有一个蓝点点的存在。这不是明显的假货吗？

败家子嘲笑说："东总，我们的产品可牛了，有假冒了哦。我们可是申请了外观专利哦，是不是可以去市场抓人啊？"

确实，有几家的电感上面有那个蓝点点。但是，它们的外观看起来不一样。再拆开内部的线，就是另外一个景象：同一款电感，电气参数相同的东西里面居然有七八种大小不一的线径。而有一些线是不是铜钱，还是个问题。

看到这些，两人心里有数了。这时候，中电老吴的电话适当地打来了。

“阿东啊！你在不在市场？我想找你谈谈。”

“我们在的，我跟败家子现在过去你那边。”

带上样品，阿东去到了老吴那里。

几人直入正题，阿东用专业讲解，将市面上的产品一一跟老吴讲清楚。其实，老吴也是心中有数。这些产品，比正常品相差一半的价格，质量肯定是有问题的。

但是，专业的参数他并不是很懂。但是从别人那里拿货只要0.3元，从阿东这里要0.6元。虽然阿东的电阻、电容价格便宜，但是，电感这价格，也有点不合理了。他这次找阿东来，就是想让他给电感降价的。不过听这黑小子的口气，是不打算降价了。

“老吴，如果你信我，就不要用那些产品。那些东西，2个月内肯定会发生返修潮。而且，大部分的原因，会出在这个电感上。”

“2个月？MP3市场不知还能不能维持45天，谁管2个月后的事情啊！这是华强北，不是华为！”

“MP3市场也许会有所退潮，但是，如果有升级的产品替代呢？比如MP4，还有那个什么解压的MP5呢？只要跟屏显有关的产品，就会用到电感。”

“说是这么说，但是，你这个电感的价格太贵了。现在做MP3没有利润了，那些做公模的，现在活得很惨。有些离谱的，只做个外壳就敢拿去骗税。你说，这一行业还有什么意思？”

“老吴，我觉得你跟他们不一样，你是想把这种消费类产品做到极致的人，你不可能只看眼前的利益。”

“我没有那么伟大。我知道你们投入很大，当初是你让我开私模，做自己风格的产品的，我也要感谢你。但是，我是一个生意人，人情归人情，我不能跟钱过不去。老陈也找过我了，我还得提前通知你一下，如果不跟人家一样的价格，就不会再跟你拿货了。”

“这个，陈老板也是这个意思？”

“差不多吧。那家伙说你跟败家子人不错，又知道你们投了整个身家搞了自动化生产线。现在不向你们拿货，有点像‘放断后脚筋’（潮汕方言，意思是断了人家的后路）的感觉。”

“什么叫像，这根本就是。”败家子一听就火了。

“老吴，你跟老陈有没有良心啊？当初市场货紧张，个个涨价的时候，我们可一分没涨你们的啊？”

“这个我知道，你们那些电阻、电容，都没有赚我们的钱，中间还帮着配套的。可是，市场就是市场，你不跟着大家的行情走，肯定是不行的。感情是另一回事。”

“好吧。你们两位老大都这么说了，我们也无话可说。电感你找别人拿货也行，阻容还是由我们供货吧，不管赚与不赚，我们还是要保持联系。当初，也是因为你们两位提前付的货款，才让我们有能力进那条全自动生产线的。”

“你别提这个了，都不知这样的运作会不会害了你们两个。你们还是跟工厂那边好好商量一下，做一些适合华强北市场卖的产品吧。”

“这个建议我们会采纳的。谢谢你，老吴！要不，晚上约老陈一起吃饭，我们只喝酒，不谈生意。”阿东提议。

“我们请吧！败家子，你不要生气，晚上请你喝蓝带，6斤的。”

“太高级了，青岛大优吧。这样喝得实在。”

“好啦，晚上6点宜宾见。我把市场做MP3的也叫上，虽然说好不谈生意，但是现在的行情，你们也要了解一下，可以做进一步的打算。”

阿东和败家子两个人在中电电子城泡了一个下午，得到的答案基本相同。他们的东西，质量不错，就是价格贵了点。如果降价，就可以再合作。不降价，合作就算了。

市场就是这样的残酷，华强北电子产品的价格，不需要感动的泪水。

当晚，他们两个都喝醉了。

第二天一早，杨工的电话如期打来。阿东知道，这个年过半百的老头，又要为难了……

第三十三章 深度布局，静待大鱼

还是布吉那家工厂，还是那个年过半百的留德工程师，脸上苦楚的表情，感觉是一位“三失”老人，也就是失婚、失业、失孤。他深吸一口败家子供应的“大中华”，说道：

“阿东，生产线生产完你的订单后，就要闲置了。以我们厂原来的销量，根本消化不了这条自动化生产线的产能。你原来说的，如雪花一样的订单呢？”

“也许深圳天气热，雪花融化了。”败家子打趣道。

“你小子，就是天塌下来了，也觉得有人帮你顶。能不能有点长进？这条生产线开工不到两个月，你说停就停？180万块的东西，一旦停下来就是废铁。还有那些工人的工资呢？每天一见到阳光，我就没有了1万多块钱。你不紧张，我紧张。”

“杨叔，这个应该是暂时的，不出3个月，就是我们的天下。”阿东胸有成竹地说。

“黑小子，你可不要跟我吹牛？虽然你很有能力，但是，不可能就是不可能。现在销量上不去，对工厂来说，就是一条死路。不生产，工厂要养这一班工人；生产，就是积压如山的成品。还有原材料、日常开支等，一旦资金链断了，我们就完了。”

“杨叔，我都说了，这情况不会持续很久。”

“你小子，你以为你是神啊。你只是一个初中没毕业的农村小孩，别以为赚了点钱，就装资深专家。要搞清楚，你脚上的泥巴，还没完全洗干净呢？”

“老杨头，农村怎么了？我们都是农村孩子，不用这样损人的。”败家子为阿东打抱不平。

“你得了吧？你还农村的，五谷都不分吧！我不跟你这败家子说，浪费时间。阿东，你说，现在怎么办？是不是先将生产线停下来？”

“不是的，杨叔，生产线不能停，还是要按24小时三班倒运作。”

“你疯了吧，黑小子。现在一班都已经库存如山了，你还要三班倒。你以为我买老黄的这个工厂，是当仓库积压货的啊？你安的什么心啊！”

“那好，就不加班，按正常的时间生产。”

“阿东，你是不是有什么想法啊？说出来，你也知道我是个急性子。”

“杨叔，你有没有看到我从市场带回来的，那些家庭小作坊生产的产品？”

“看到了，都是垃圾啊！做这些玩样，就是在害人，迟早会出问题的。”

“是的，别人的产品出问题时，就是我们粉墨登场的时候。”

“也是哦，这些玩意，别说出口了，就是在国内，也用不了十天半个月。”

“是啊，华强北是有售后的。如果一个月后退货潮来袭，你说这些想赚快钱的老板们，会怎么样？他们只得修啊，换啊。如果是电感了出了问题，那是不是就得从市场找高品质的电感？”

“对啊，你小子，想得有点深。”

“败家子，你去叫包装头过来一下，我有些问题想问他们。”

那6个做包装的老头，还是目空一切的样子，颇有点桃谷六仙的味道。

“黑总，哦，不，东总，找我们几个老头有什么事情啊？”

“前几天，我让你们研究那个包装的问题，有没有结果？”

“一早有结果了，你现在才问我，我还以为你不想干了呢？”

“什么情况？”

“报告东总，原因是：国产土炮，不耐操。”

“能不能说人话，怎么讲起脏话了。”

“报告东总，这不是脏话，操，是操练的操。就是说这些国产的磁材，太脆了。”

“什么情况？博士不是已经解决了吗？你细点说，装什么世外高人。现在是21世纪了，不带这样说话的，你就别再摆‘珍珑局’了。”

“好的，好的。是这样子的，你之前跟我说，有一部分的成品，出厂检测、成品出库是完全正常的，可是到了客户手里，就有一小部分坏了。寄回来的料我都看了，都是因为磁体开裂造成的。”

“怎么会开裂的呢？这不是放在载带里面了吗？”

“你看看这载带，空间比较大，这应该是厦门TDK的载带吧？”

“是的。我们找了跟他们一样的供货商。”

“这就对了，他们用的日本材料，比较硬实，没那么容易开裂，所以用这样的载带完全没有问题。再加上，他们的包装是比较正规的。每一盘都有独立的泡泡袋，还有定型泡板。这些可以减少运输过程中的振动。所以，他们的货，就算运到美国也一点事没有。”

“我知道，我们如果学他们那样的包装方法，一是成本高，二是太费时间。这个你之前提出来过的。”

“学他们啊！那不可能，这辈子都不可能。人傻钱多，才会那么包装。”

“那有另外的方法吗？”

“把载带的卡位加紧，可以减少运输振动。”

“这个，我也有想过。可是这样做会影响到上贴片机，SMT（表面贴装技术）机子的吸力是业内公认的，如果我们加紧卡位，就需要更大的压力，这样一来，SMT工厂就要为我们的产品去调试机器的力度，这样不行。”

“我知道这样不行，所以想了一个折中的方法。看到没有，载带卡位有4个面，如果我们在左、右两面，用软一点的PVC（聚氯乙烯），并且往内多进1个C的位置，这个玩意儿就可以很好地固定。因为是软胶，在上SMT线的时候也不会因为卡得太紧而影响吸力。”

“对啊，你是天才啊，老仙。就是不知道贵不贵，要增加多少成本？”

“我问过生产载带的厂家，就是开一套胶模的钱，3万到5万吧。以后的成本，跟现在差不了多少。”

“胶模要这么贵啊？杨叔，你看……”

“模具是这个价，差不多的。只是，真的有必要换包装吗？现在的坏率也没有千分之五，比起以前我们手工做的东西，已是很完美了。”

“换，一定要换，不仅要换，还是为它申请外包装专利。”

“败家子，专利的事情，你联系一下，1个月内要拿下。还有，老仙，你问一下做载带的那个工厂，我们要一次性定多少量，才可以不收开模费。”

“这个，好像没这个先例吧！”

“这样，你跟他说，帮我们开套私模，我们跟他签3年合同，这3年内，我们所有的载带都给他们生产。但是，模具的产权是属于我们的，不能给别人生产。我们保证一定的量，看模具费能不能免了。我们可以先交保证金，也可以一年以后开始扣货款。”

“呵呵，阿东啊，你是不是真的初中没有毕业啊！”杨工听了这黑小子的一番布局，深感意外。好家伙，自己老老实实地开了8年的工厂，还不如一个在华强北摆摊的。

“杨叔，你又开我玩笑了，我就是一个泥巴都没洗干净的农民。”

“你小子，这么记仇啊？”

“没有，没有，跟你开个玩笑呢！不过杨叔，你还得帮我一件事！”

“说吧！”

“给我30万！”

“什么？！黑鬼东，你又疯了吗？”

“没有，真的要30万。”

“你之前入股的300万，现在还差100万呢，虽然你说两年内给完，现在才两个月，可以，如果市场行情不像你说的那样，我的钱就全完了。而你呢？就只有一个‘时日’，你到时候拿什么还钱？”

“不是还有败家子吗？”

“他吗？他就是一个败家子。他家那点家底，也没多少了。你们两个小子，就是两个大骗子。”

“杨叔，你又来了。这钱可不是拿去给败家子泡小姐姐啊，我有用的。”

“那你说，怎么用？”

“我想去赛格广场转让一个房间，按现在的行情差不多要20万块。再加上一年的租金，要30多万块，我想在最短的时间内，在最有名气的电子市场，做一家形象店。”

“哦，开店啊，这倒是可以。现在华强北的店，有那么贵吗？租一个不就行了，二十几万块的喝茶费，是不是有点过了。现在布吉的房价，也才4000多块一平方米吧。你那家店，也没有10平方米吧？”

“是没有10平方米。但是，那是电子产品的窗口，在那里开家店，比在报纸上做一年广告都强。我们不能跟人家租，我们往后的生意肯定火，房东看了会眼红，房租就会年年涨，门店的价值就没有了。”

“华强北市场的运作，我不熟，如果你觉得30万块真的有必要，我也不是死守着钱不放的人，可以去试。”

“杨叔，是这样子的，这30万块，就当我跟你借的。我觉得吧，华强北市场，还是我跟败家子独立经营为好。你是管生产的，如果也参与销售，会乱套的。”

“这个，你放心吧。我也不喜欢华强北那地方，我只想做好自己的产品。30万块，我给你。”

“谢谢杨叔！败家子，你马上到赛格去找老叶，看有没有地点好的房间，要中介费的也行。”

“要这么急吗？不就是搞个房间吗？”

“要，要这么急。还有，中电电子城那个老总，是不是你刘行长叔叔的朋友。”

“是啊。过年的时候，一起吃过饭。那家伙酒量菜得很，一杯就倒，还是啤的。”

“现在不是问他什么酒量，你这样，买几斤好茶叶，去找一下他。”

“东总，你疯了吧？你可从来不送礼的。”

“时势不同嘛。你问一下，电子市场里面的那些广告位有没有空出来的。如果没有空出来的，有什么显眼的位置可以开发成广告资源。”

“黑小子，你想干吗？”杨工有点不解了。

“不想干吗，我要在华强北地标建筑上，开一家属于我们的高品质国产电感的形象店。还有，我要在全世界最大的消费类电子市场，树立一个高品质电感的品牌。杨叔，那是我们的品牌。”

“呵呵，你小子，这个局布得可以啊！”

第三十四章 败家子堕入爱河

三天之后，赛格广场的一楼，一家标示着高品质国产品牌电感的店诞生了。两个大高个出现在店里，一个皮肤黑得吓人，另一个吊儿郎当的，不像是做生意的样子。这两个人，一个是阿东，一个显然就是败家子。

还别说，败家子虽然不怎么着调，但是办事效率非常高，特别是关系到行政方面的事情，他总是能快速地搞定。

没有鲜花，也没有花牌，一切都很简单，唯有那个电感的实物图片比较引人注目。上面还有几个显眼的字："专利产品，自主品牌"。以当年华强北的实际情况，这八个字有点让人摸不着头脑。

一天，两天，三天……赛格广场这样旺的电子市场，一家这么大的店，居然连着三天"打白板"，真的是一件让人意外的事情。好奇的人很多，问的人也很多，可是，当阿东报出价格后，他们都很快走人了，连价都不还。

一天，店里来了一个胖子，一会问这个，一会问那个。他自称在中电做MP3生意，要的量非常大，可是，当听到阿东的报价后，他叫了起来："抢钱啊？别人卖0.3元可以欠一个月，你报价0.6元，我问问你，TDK的才多少钱？你们两个小子，是不是想钱想疯了？"

"我说胖子，价格不合你心水，你可以不要嘛，喊什么啊？我们抱你孩子跳井了吗？"

败家子嘴里不饶人，说得胖子反应不过来。

"你们两个小子，开这么大的店，一个月的租金得 1 万多块吧，看你们能撑到什么时候？"

"这个你就不用担心了，嫌价格高了，你不要就是，也不用在我们店喊这么大声。”

“不喊，我不喊，我走，行了吧！”

“1个月，老板，你1个月后会主动来找我。”阿东自信地对他说。

“是啊！如果 1 个月后你再来，我给不给你货，要看我的心情了。”败家子又加了一句。

“你们两个傻子，市场就你们家有货啊？价格贵了一半，我还找你家买？下个月，如果我来你店里拿货，我林胖子就是你小子生的。”

“别！别！别！我还是处男呢？生不出你这么大的家伙。”败家子此言一出，围观的人哄堂大笑。至于笑的是谁，这十几年过去了，成为一个悬案。

如此这样又过了一周，生意零零散散。杨工整天在新车间里散步减肥，每天晚上都打电话让这两个大高个回工厂开会。阿东还是听他话的，反正晚上也没事，就坐在厂里听听机器的运转声，也是一种享受。败家子做事总是三分钟热度，去了两个晚上后就不出现了，连门市也不去了，每天都不知道在忙些什么。

一天，晚饭过后，阿东的手机响了，是败家子打过来的。

“东总，有钱吗？”

“又喝酒啊！你找我妹拿2000元吧！”

“不是，2000元不够。”

“那你要多少，2万啊？你又看上哪个姑娘了。”

“不是，我要30万！”

“什么？！孩子，你疯了吧。30万，你要买老婆啊！”

“反正就要30万，晚上11点前给我。”

“你是不是喝醉了啊？少胡闹啊！这几个月我事多，没空陪你玩。”

“你在哪里？我们见面聊。”

“福星路，建行宿舍。”

“好的，我过去。”

半小时后，败家子出现在建行宿舍的波罗蜜树下。阿东在那里等他。

“你到底什么事啊？为什么不回家说？要不，我们约到天台谈吧，这样比较像‘无间道’。”

“东总，我真的要30万，我离家出走了。”

“什么？离家出走？你不是每天都离家出走的吗？”

“这次不一样，这次是让人给赶出来了。”

“谁啊？你家就你一根独苗，赶个毛线啊！”

“不是，这次是真的，我奶奶也没有出来保我，我叔叔也做不了主，反正，就是让人给赶出来了。”

“你到底做了什么事啊？又拿你爸的钱，请全酒吧的人喝酒了啊！你这两年好像没再干这样的事情啊！”

“你能不能正经点，我正烦着呢。我谈恋爱了。”

“谈恋爱是好事啊，你不是从18岁起每年都相亲吗？你家里人高兴都来不及吧。是哪家的千金啊？是不是会嫁过来几亩地、几套房，黄金戴得全身都是啊？”

“不是，什么都不是，是外省仔。”

“外省仔？弟弟，你别开玩笑，在你家可是死罪啊！你家里人无论如何不会接受的。”

“这是第一条死罪。”败家子叹气道。

“还有第二条吗？”

“她比我大三岁。”

“呵呵，阿弟，你玩大发了。这是第二条死罪，你这么说，难道还有第三条？”

“他们家，是信天主教的。”

“哦，我知道了。我先走了，你没事早点回家睡吧。你叔叔担心你，都出来这么久了。”

“去去去，黑鬼东，你能不能正经点，我这次是认真的。”

“你有哪一次是假的。”

“反正，就是认真的。”

“不是，你让人赶出家门，那么急着要30万干吗？”

“还给家里人，然后出来单过。”

“你眼睛怎么了？哭了啊！我靠，败家子，公主杀手，你哭了啊！”

“反正事情就这样了，你11点前给我30万，我还给我家，然后出来。”

阿东看到败家子这么认真的表情，感觉大事不妙。这小子，虽然天天不着调，但是，对感情还是比较认真的，不管是对爱情，还是对亲情。看到败家子变成这个样子，阿东也被吓到了。

“走，走，回工厂，跟杨叔商量一下要怎么解决。”

两个人又来到工厂，众人听说败家子出事了，纷纷围过来，四大金刚、包装六仙，还有许班长，一班人在那里听着败家子讲述事情的经过。

在败家子动情地讲完事情的经过后，屋子一下子变得安静了。所有人，都像在听一个故事一样。内容非常简单，就是败家子一次酒后大醉，跑到医院打针，看上了人家护士小姐姐。结识后二人发了好多短信，一聊就是好几个月，真有点一见钟情，山无棱、天地合，才敢与君绝的意味。

结果，人家小护士也很较真，想跑来深圳跟败家子在一起，连公职都不想要了。听说小护士家世代务农，为了小护士的医护专业学位，每年都要卖好多头猪。如今小护士才在医院上班一年多，就要为了这个不太靠谱的傻小子放弃公职，如果让她农村的老父亲知道了，小护士的下场，肯定不会比败家子强多少。

杨工是老派的人，对败家子说：“你家的情况，我是知道的。就你这一个败家子，你太奶奶，你奶奶，你爸，你妈，你叔，你几个姑姑……”

“杨叔，能不能简单点说话？你报户口呀，我实在受不了了。”

“你就是你们全家的希望，如果真的离家出走，你想一想，家里的那些老人是怎样的心情？你不是一直以孝为先的吗？为什么这样任性？”

“杨叔，我不是真的想跟家里人脱离关系啊。只是现在他们太强势了，我就是想跟他们闹闹，等他们气消了，我还是他们的曾孙子、孙子、儿子。”

“话是这么说，可是，现在你奶奶肯定不开心。”

“那也没办法了，我也只能还家里点钱，表表决心，然后自己出来独立了。所以，我才要30万的，我爸也说了，只要11点前拿30万给他，我和小护士即便做对‘神雕侠侣’，他跟奶奶都不会干涉我们。”

“是的，你们没来之前，你奶奶的电话已经打来了，让我一分钱都不能给你。你也知道你家老太太的性格，这次，我是不能拿钱出来的。”

“东总，手机快关，快！”败家子紧张起来了。

“从市里出来前，我就关了手机了，呵呵！”阿东非常淡定，他了解他们家人的脾气。

“30万，怎么搞？现在到哪里找这笔钱？”

许班长是军人出身，性格直爽，他说道：“败家子，你想好没有，如果真的非小护士不娶，那简单，这钱我们借，杨工你就不用为难了。我们这些人跟你家没关系，我们一起凑这30万出来。但是，话说回来，这只是缓兵之计，我知道你一向孝顺，你可不能真的跟家里人断了啊？”

“这个没问题，我的为人你们又不是不知道？”

“借，哪里有借？你们这班家伙，能有多少钱？”杨工适时补刀。

“不对啊！败家子，你手上的手表，身上的首饰，如果都是真货，应该也值个10来万吧！”阿东又补了一刀。

“黑鬼东，能不能有点良心？这些东西能卖吗？这些不是太奶奶给的，就是奶奶送的。如果回家后她们看到这些东西没有了，怎么办？还有，那部车，也让我叔叔收回去了，那车也是家里的。”

“不是，你就真的一分钱都没有吗？”

“也不是没有，还有两万在手吧。”

“两万？你一个月从我这里拿的钱，也有一万多吧？大半年过去了，你只剩两万？你那个小护士是不是觉得你是公子哥啊？”

“这不关小护士的事情。我们在一起时用钱是非常节约的，没有乱花钱，她也不是那样的人。”

“你这一身行头，傻的都知道你是有钱人。别到时候，人家来深圳了，看到你……哦，不对啊，你这样让家人赶出来，在深圳是没地方住了，你让小护士住哪里啊？”

“到时候再看吧，实在不行，住工厂，或是住你家。”

“工厂不行！这我可不能答应。”杨工表示反对。

“我家也不行，你住还行，但是，加上小护士……你知道的，长头发的住一起，麻烦。”阿东也是比较为难。

“住的先不说了，我就要30万，没有30万，我今天晚上就过不去了。”一时之间，败家子又任性起来了。

那时候的30万，可是能在布吉买一套小三房的。

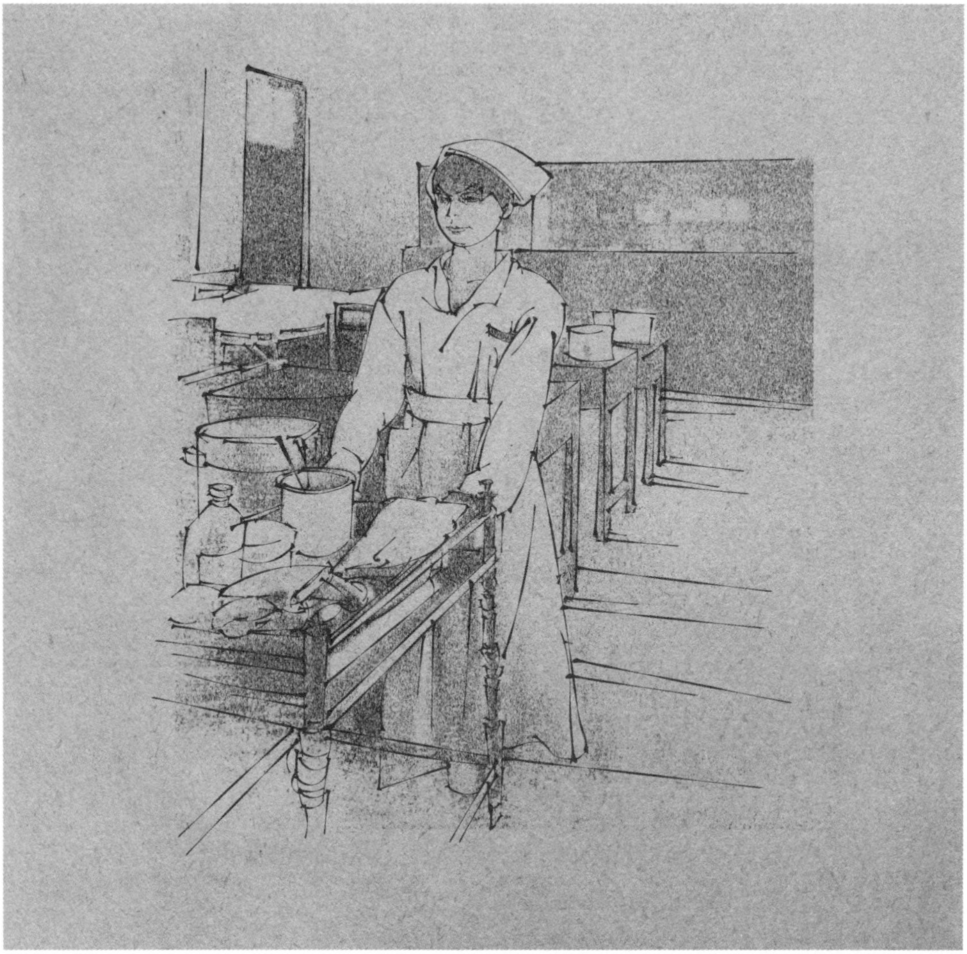

第三十五章
败家子的坎坷情路

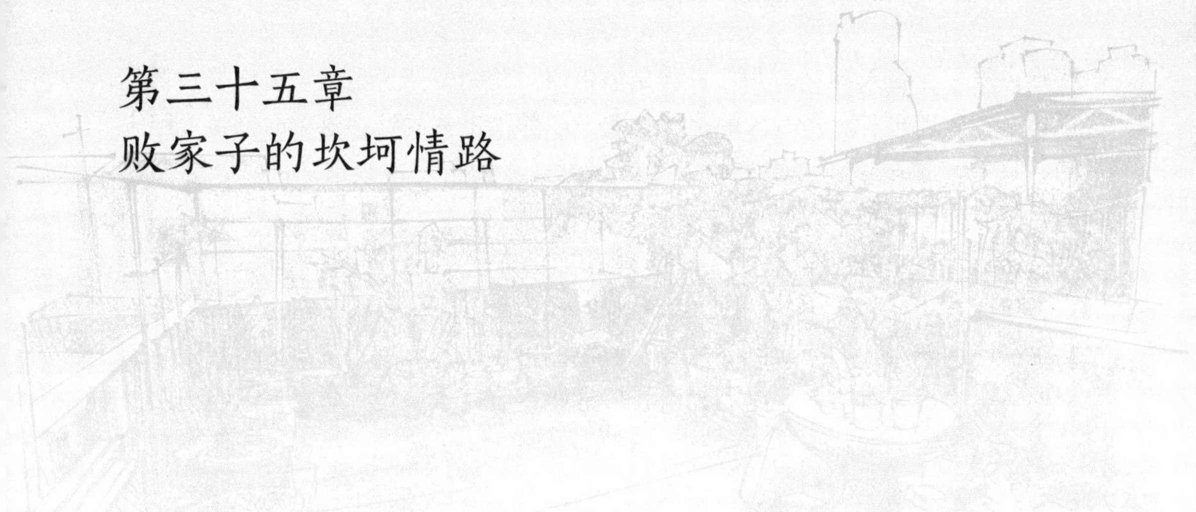

30万，30万！

一屋子的人，说干就干，开始打电话忙碌起来。因为他们十几个人凑出来的钱还不到15万，这还是杨工提前支付了一个月工资给他们。败家子虽然说话有点损，但是跟这十几人的关系特别铁，不知道是因为介绍的妹子多，还是灌他们的啤酒多。但是，跟酒肉兄弟不一样的是，他们是真的把败家子当成好兄弟了。

借钱，人生最难的一件事。想要考验一个人的人脉、关系、人品，就从借钱开始。就好比男女朋友谈恋爱，说什么海誓山盟、爱你一万年都没有用，你如果要测试一下这个男的是不是真的爱你，很简单，借钱！你要试一下这个女的是不是真的想跟你过一辈子，很简单，借钱！

小护士把身上仅有的6000块都给了败家子。

她说："我工作才一年多，工资基本上都拿回家了，没有存下什么钱，就只有这6000块了。不想跟你演什么《双城记》了，我的同学、老师都在深圳，我在深圳哪家医院上班都可以，离你近一点就行。"

"恐怕有点难，如果不是跟家里闹，那还有可能把你调职到深圳，现在这样子，可能……"

"你一米八几的汉子，想那么多干吗？实在不行，我就跟你在华强北摆摊好了。你少喝一晚上的酒，够我生活好久了。你把家里的事情处理好就来接我。我今天就去辞职。"

……

借钱，还是借钱。这班家伙，拼命地打电话，一打就是一个多小时。借钱难，难于上青天啊！有些往日称兄道弟的，此刻要不说电话没有信号，要不说自己在外地出差。特气人的是，败家子以前借出去的钱，这个时刻能要回来的，只有那么一点点。更多的人摆出一副“我凭自己本事借来的钱，需要还吗？”的样子。

经过2个小时的努力，十几个人居然连10万块都没有借到。杨工老婆看不下去了，拿了4万块给败家子，还说这个不急着还，以后从厂里的分红中扣。杨工一脸的无奈，实际上，不是他不肯帮，也不是怕败家子家里人有想法，而是他自己也是一身债务，压力如山。只是他不敢在这一帮小年轻面前说出来，不然士气不振。现在老婆把棺材本都拿出来了，足见败家子是得人心的，也不是一无是处。他突然想到自己的孩子，唉！为什么自己的小孩就没有这样一班兄弟呢？他们才认识多久啊，就如此的肝胆相照。

11点到了，最后还差2万块钱。败家子的叔叔也只能睁一眼闭一眼，跟败家子的父亲说，已经还回30万了，人也被赶走了。

一班人终于松了一口气。败家子，也是一副兴奋的模样，马上打电话给小护士报告“战况”，然后说好第二天去接她。

杨工的表情有点难看，败家子打趣说：“杨叔，你是不是也想娶多一个小的啊？”

“滚，滚，滚！小子，我是担心你啊！你现在什么都没有，为了这个小护士背了30万的债，你以后的日子怎么过？就算你过得下去，但是你跟家里人搞成这个样子，也不是我愿意看到的。毕竟我是老派的人，还是不太能接受你们这种思想啊。同样是为人父母，如果我儿子也像你这样，我肯定会被气死。”杨工说到最后，又唠叨起来。

“放心吧！杨叔，等半年后我结婚年龄够了，我就让人去我们当地派出所开一个户口本，再去办个结婚证，我们就可以回家了。”败家子胸有成竹地说。

“等会，等会，我没听明白，什么半年后？你现在不到结婚年龄吗？”阿东惊讶地问。

所有人也都蒙了。这小子，不是跟阿东一样大吗？

“是啊，还有半年我才满22周岁。”败家子难为情地说。

“不对啊！小子，当初给你股权的时候，你的身份证上出生年跟阿东一样啊？”

“哦，当年为了读重点中学，学校不收农村户口的，所以家里为我多买了一个城镇居民户口。为了不让人欺负，年龄报大了3岁。”败家子说明了原因。

“那股权确认的时候，你为什么还是拿这张身份证出来？”杨工不解地问道。

“我那个身份证又不是假的，再说了，跟你们混，也不能让你们知道我是毛头小孩吧！”

“你真是败家子啊！你知不知道，你那10%的股份，现在值300万啊！你居然拿张假身份证去做登记，你脑子有病吧？”阿东难得一见的失控。

“是啊！你小子现在怎么想到要用真实年龄了？”杨工也不解。

“真正的爱情，就不应该存在欺骗嘛！”

“骗你个头啊！这300万，在南岭花园可以买10套房子。你是不是脑子烧坏了？还是小护士给你灌了什么药啊？”

“黑鬼东，我们说好了，父母、老婆不能拿来开玩笑的，你过分了啊！你这样说，我翻脸了啊！”

“我还要翻脸呢！这300万至少有我的一半吧！如果杨叔是那种人，因此赖账了，我们就什么都没有了。”

“够了，阿东，说话没大没小的。你这300万，只是一个数字，现在还差我100多万呢！我也不是那样的人，你说话不要太过了。”

“对不起啊，杨叔！我知道你不是这样的人，我就是让这小子给气的。”

“是啊，败家子，你不对啊！这两个身份证一定要处理好，不然，以后会很麻烦的。”

“我会的，结婚后我就把一个身份证取消了。”

“好吧，这30万总算是搞定了。你明天接到小护士后，你们住哪里？”阿东拿这小子没办法，问他下一步的计划。

“市场的阿吉哥帮我找了个房子，租金一个月700块。”

“有这么便宜的吗？在吉布这里吗？”

“不是，你以前住的那里，岗边村。”

“岗边村没这么便宜的房子吧，是一房一厅吗？”

“不是，就是132栋的天台。”

“那个天台铁皮屋啊？”

“没有啊，只有房顶是铁皮的，四周还是有墙的。一打开门，就是一个超大的阳台。我每天可以跟小护士喝喝小酒，看看星星，看看月亮。”

“孩子，现在深圳最高气温38度，你住天台？”杨工又心疼起这个“不够称”的情种了。

“没事啊，比以前住仓库好多了，至少不用担心耳边有‘米奇’在聊天了。”

“不是我泼你冷水，你那个小护士知不知你现在的情况。你们认识的时候，你挥金如土，一身行头都是名牌，开个几十万的车，带着她吃好的喝好的。现在人家真的跟你在一起了，就要住铁皮屋。她会不会一看到这环境，就掉头跑了啊？你别到时候想不开，从七楼跳下去了。不行，我得跟房东说一下，天台得围上网。”阿东还是担心这不靠谱的兄弟。

“房子，是我跟护士姐姐一起看的；车子没了，她也知道；我现在没工作，她也知道；以后我们的日子，至少要苦个一两年，她也是知道的。明天，你那部大SUV借给我一下，我去把她接回来。”

“算了，车以后就给你吧！我习惯坐公交车，你也不要让小护士的心理有太大的落差。”

“这样啊，也可以，保险跟加油费、停车费，你也一起给了吧。”

“你！你信不信我现在就打断你的脚，让你结不成婚啊？”

“东总，东总，别这样！这样不行，你弟弟我，目前还是个处男呢。”

一屋子的人听到败家子这么说，顿时爆笑如雷。

败家子一头雾水，这个时候，他的脸上露出了跟他的年龄相称的羞怯。毕竟，他才21岁啊！

第三十六章 苦守多日，迎来业务井喷

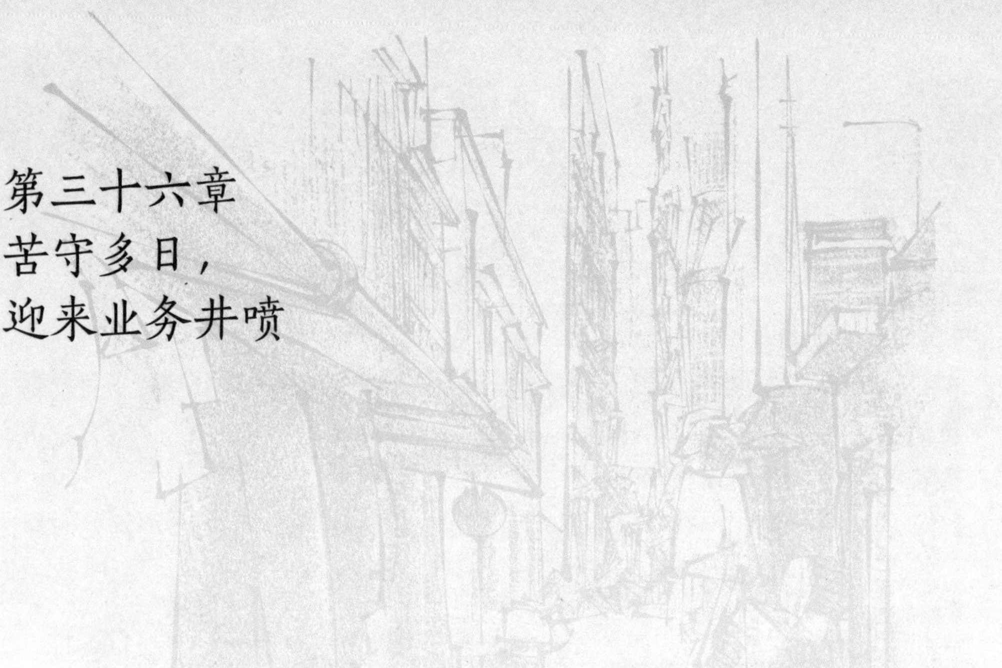

清晨，莞深高速公路。也许是因为两个城市还没苏醒，所以此刻显得格外的安静。一辆SUV在这条大道上，飞奔着。车上的音乐，有点喜感，但也有点土，居然是潮剧传统剧目《吕蒙正回窑》。

车上，坐着一脸幸福的败家子，还有若有所思的小护士。败家子还有点担心，小护士会不会中途跳车而逃，因为她那个表情，总是那样的淡然。20年后，他才知道，小护士的招牌表情就是那个样子，不温不火、不冷不热、不喜不悲。

没有迎亲的队伍，没有热闹的婚礼，只有后座那口炒锅跟煤气罐的撞击声，奏出了别样的婚礼进行曲。

福星路还是那条福星路，岗边村还是那个岗边村。若干年后，败家子总是很怀念当年在那间铁皮屋的日子。每天从赛格广场下班，走到福星路那条小巷。他和小护士的家，有星星，有月亮，还有冰镇啤酒。

小护士没能如愿找到医院的工作，因为当时医院的编制非常紧。虽然小护士没有晕血症，但是也没有一个在卫生局上班的大姨妈。所以，那家医院招了患有晕血症的一个中专生，而放弃了拥有大专文凭的小护士。原因是小护士文凭太高、架子太大、不好领导。在很客气地问候了相关负责人的母亲后，小护士正式失业了。

30万的债务，两个没有工作的年轻人，还有每天的柴米油盐。败家子无奈地将啤酒从罐装改成了瓶装，然后从瓶装百威改成了青岛大优。而且，他每晚只是象征性地喝一瓶。一日三餐，加上酒钱，一天差不多25元的开支。小护士把这个家，维持得非常艰难。

“东总，我得出来单干了。”败家子实在过不了这种窘迫的日子了，再说，还有兄弟借给他的钱要还。所谓的救急不救穷，这钱，最好是能按月还。

“你不是一直有工作的吗？赛格的门市，就是你负责的啊！”阿东不愿意放走这个好兄弟。

“东总，我就是一个摆设，我还是自己出来独自干吧。再说了，最近生意好了点，你们家的‘皇亲国戚’太多了，再怎么说，我也只是一个外人，现在也成家了，也差不多要退出了。”

“什么外人不外人的，你才是真正的老板、股东，他们都是帮你打工的。”

“你算了吧！你长成一副阎王样，却有一颗菩萨心。你是处理不了这些裙带关系的。我先独立出来吧！以后如果你有什么事，我这里还是你的退路。”

“也行吧。你有什么打算吗？”

“我就在赛格租个小柜台，摆个摊吧。在华强北，这年头，只要脑子正常的，都能赚到钱，你觉得我脑子不正常吗？”

“没有，没有，怎么不转让一个呢？”

“现在没这么多钱，再说了，如果小护士不喜欢华强北的环境，我们还可以另谋出路。”

“也行吧，那你也一样卖我们工厂的产品，这样也算是另一个分店。”

“不要了，要退出，就不要做一样的产品啦，免得人家觉得我们两兄弟不和。我去做电阻吧。”

“也行吧，反正那个没有多少成本。工厂，你还是占10%股份的一半。分红、提成，一分都不少你的。”

“钱，这几个月就不用给我了，你帮我交一年柜台租金就行了。这些日子应该有收入了，这笔钱没问题吧？”

“没问题的，分红还是可以按月给你的。”

“不用了，先还那班兄弟的钱吧，毕竟谁都不容易。”

“好的，以后少出去喝酒，好好过日子。”

“放心吧。我的新婚生活，就如汪国真的诗一样……”

正如阿东所料，华强北MP3的第一批返修潮，终于爆发了。无论是内存升级，还是小容大标、电感、电容，都不同程度地出现了问题。做公模的那些小柜台档主，用报纸把柜台一盖，就收拾走人了。一时间，这报纸如同一块别样的盖棺布。人们只要一见到柜台上盖着的报纸，就知道又有一家MP3厂家阵亡了。

阿东生产的电感，此时如救命的稻草。所有返修的产品，都得把电感换成阿东家那个带蓝点点的。一时之间，他们的生产线火力全开。杨工每天笑得如同一尊弥勒佛。四大金刚、包装六仙，也每天忙得没时间陪败家子喝酒。

半年不到，阿东就交完了当初约定的投资款，成为真正意义上的股东。败家子也顺利地还清了那30万块的债务，只是，日子依然如诗般的清贫。有一次阿东从福星路麦当劳经过，看着败家子跟小护士两个人在吃一个麦辣鸡腿堡。两个人吃一个，小护士把上面那层面包吃了，将剩下的底层面包，还有中间那块肉塞到败家子嘴里，说自己在减肥、不吃肉。

阿东看着体重100斤不到的小护士，再看看如今已不再败家的败家子，百感交集。那个连两个巨无霸都吃不饱的孩子，这一个小小的麦辣鸡腿堡，他怎么能吃饱呢？阿东默默地走开了，没有打扰这对所谓的“神雕侠侣”，只是内心更加坚定，要把工厂的销量搞上去。没有面包的爱情，始终只是一个美好的故事。但是，故事不会很长，总有一天，要面对现实，而深圳的华强北，并不是不能容下这样美好的爱情故事。只是，它容许的时间，并不会太长。到最后，总会有一些变质。

阿东的品牌电感，终于在华强北占了一席之地。就连当初那个嚣张的林胖子，也差点叫败家子一声爹，只为了能拿到他们工厂出的货。阿东一时风头无两，真正成为全村的希望。

招工，招工！阿东老家的那间“罗里头”，现在成为工厂招工的前线。

同村的村民，有关系的，没关系的，都来找东父说情。

“四老叔啊，你儿子现在发财了，不要忘了乡亲们啊！我们是同一条村子的，你看，我小孩初中毕业了，能不能去阿东的工厂上班啊？”

“可以，可以。”东父是一个老实人，对别人的请求，肯定是寨门口伯公——有求必应。

一时之间，这个工厂里的工人，变成了以说潮汕话为主流。阿东村里的年轻人，有近一半在这个工厂里混日子，给杨工的管理带来了相当大的难度。杨工看着这情形，也是无可奈何。管嘛，不好管；炒嘛，毕竟是东父介绍过来的，总不能让老人家伤心吧。这支“神奇”的队伍，就在厂里自成一派了，也许这就是出门在外的潮汕人的特点。

工厂现在有500多名员工，除了以前的工人，至少有200号人自称是潮汕帮的。有些不是阿东同村的人，看到这种情况，也自然地归到潮汕帮的队伍里。一下子，工人间门派林立，各自“占山为王”。许班长，觉得自己里外不是人。四大金刚，更是常常被气得不知所措。

骂吧，不听；打吧，不能；炒掉吧，人家是关系户。工厂一时间乱成一团。

面对这种情形，阿东也是无能为力。有时候，实在是受不了了，阿东就黑着脸骂那几个小孩。可是，他人还没有从车间走到办公室，手机就响起来了，都是那些七大姑八大姨打来的，意思基本上都一样：“阿东啊！你是我们村子里出去的，不能忘本啊！孩子在你工厂，不要当着别人的面骂。这样，小孩子会受不了的。你要打电话给我，我来跟他好好说。”

这时候的阿东，只得拼命地赔不是，并且保证以后不在众人面前骂他的小孩子。有时等电话挂了，阿东都搞不清楚电话那头的到底是谁。反正，只要用家乡话叫他“阿东”的，就基本上是这样的内容。

就算是阿东这样地忍让，老家村头榕树下的那个老二婶，传说中的大喇叭，还是用那样的口气说：

“呵呵，把孩子送到人家工厂去啊，我告诉你，你以为老四叔还是当初那个穷老头啊！现在人家孩子是土豪了，怎么会管你们呢？你们的孩子啊，到了工厂，就是受苦受累，活该打一辈子工！想跟他儿子那样做老板啊，做梦吧！”

第三十七章
电感出事，
客户怒上门

这一老二少的合作，虽然现在少了一个“少”的，但是，工厂的生意还是不错的。因为生意红火，要货的订单又一次如雪花一般地飘来了。

产品的技术方面，有四大金刚坐镇；包装管理方面，有包装六仙把控；销售方面，有阿东在华强北专卖店掌舵。如此的团队，正如一辆无敌战车，勇猛地向前开去。尽管战车上有许多心不在焉的士兵，但是因为是全自动化的生产模式，倒也没有出多大的问题。而采购方面，西安国营厂也已股改成功。

销售大妈被返聘为股改公司的副总，依然是管销售。她对阿东，这个南方的黑小子，真是看在眼里，喜在心头。

所以，无论阿东有什么要求，销售大妈都极力地配合完成。每次给阿东打完电话，她都依依不舍，她把阿东看成一个“黑财神”。

因为产品的大卖，华强北市场上居然出现阿东工厂电感的假货。林胖子不知从哪个潮汕老乡那里找到关系，说能便宜买到阿东工厂生产的电感，对方自称是阿东的一个发小，现在在阿东工厂代替败家子的位置。

林胖子以为捡到宝了，跟这位所谓的阿东的发小拿了近百万元的货，因为价格比阿东的专卖店便宜了3成。乖乖！这一下子，就能多出30万元的利润来。

林胖子以为是天上掉元宝，开心得好几个晚上都睡不着。结果，不出半个月，这批货出问题了，全让工厂给退回来了。

林胖子拖着肥胖的身体，让几个小弟拖着两大车货，气势汹汹地堵在阿东专卖店的门口，扯开嗓门就在那里叫：“黑鬼东，你别以为你的品牌打出去了就可以忘本了，卖这些垃圾货给我们。你这次不赔钱，我跟你没完，告你，一定告你……”

看店的是东妹，还有几个从老家请来的小妹。一看到林胖子这个架势，都被吓到了。东妹马上打电话通知阿东，但是阿东在外地出差，她又打给败家子。败家子就在附近，很快就过来了。

“林胖子，喊什么啊！要拆店啊！你一个两百多斤的人，能不能有点肚量？”

“败家子，这不关你的事啊！我是来找黑鬼东的，你小子别掺和，你以为这店是你的，装什么老大？”

“谁跟你说不关我的事啊？这个店我还有一半股份呢。你这样干，是想拆我的店吗？有什么事情，坐下来，喝杯茶慢慢说，你带这么多小弟过来干吗，打架啊？”

“你知不知道我损失了多少，你们这样坑人不行啊！”

“什么情况，你慢慢说，你就差带刀上门了，你知不知道？”

“你小子！你看看这些货，这线径，这封胶。”

败家子拆出一盘货看了看。盘子、标签、包装外盒、包装箱、磁体都是阿东厂生产的，没有错。败家子一下子有点拿不准了，心想，是因为阿东生意做大了，跟其他人一样偷工减料了？但是，杨工是一个技术控，他不会做出这样的产品来。四大金刚也都是有情怀的工程师。

败家子问东妹：“妹子，这些货是从我们这里出的吗？你在系统上查一下！”

东妹查询后，摇摇头说不是。

林胖子这下子不干了。

“不管我的货是不是从你这个店出的，反正，你这货就是有问题。你们不是说做品牌吗？这品牌、这标签，是你们厂的，没错吧？你们现在不要推来推去，想踢皮球可不行！”

“林胖子，别总是喊，你要来硬的，我可不怕你。好好说，可以吗？”

“我怎么好好说啊，这一单我赔了近百万，你让我怎么冷静？”

“你先告诉我，这货是从哪里来的。”

“从哪里来的？就是从你们工厂出来的。”

“你跟谁买的，贴了这个标签的货，在华强北，只有我们这个店在卖。工厂直接用终端联系客户，我们会有不一样的串码，而你这批货的串码，电脑系统里面没有。东妹，你打开电脑系统，让他看一下！”

一查，果然如此，电脑系统里面没有这一批货。

“你别拿系统说事，这是你们的货，没有错吧。你们工厂的人卖给我的，就是你们的。败家子，你不是让阿东踢出工厂了吗？为什么还要管这个事？”

“你听谁说的？听好了，我还是工厂的三大股东之一。这就是我自己的事，明白吗？我再问你一次，这货，你跟谁拿的？”

“跟阿东的发小。”

“阿东的发小？”

“是的，就是在工厂做采购的那个，他们同村的，说是从小跟阿东一起长大的。”

败家子知道是谁了。他再一次认真地看了一下货，然后笑了。林胖子见他这样笑，觉得有些莫名其妙。为了不让这个林胖子再一次爆发，败家子让他到店里坐下来，认真地跟他说：“你这货，不是我们工厂生产的。”

林胖子一听就跳起来，不过没等他爆发，就让败家子给按住了。

“你仔细看看，这个载带跟我们工厂的载带不一样。看清楚了，再发火。”

林胖子细看了一下，还真的是有差别。

“林胖子，我跟你说，这个载带，当初是我申请的外包装专利，这个技术，只有工厂几个核心管理人员知道。从外观上看，两者没有什么区别，可是，如果用手去感觉，就会发现两个的软硬度不一样。你再细看一下！”

“还真的是这样子的。不对啊，败家子，你不要骗我，这货肯定是你们工厂的，我从你们工厂拉出来的。”

“你什么时候从我们工厂拉的？什么人跟你接的头？”

“就是阿东那个发小嘛。”

“是从我们的出货仓库拉的吗？”

“不是，是从对面宿舍楼下拉的。”

“提货单上面，有没有许辉的签名？”

“没有什么提货单啊！”

“没提货单，这些货怎么出得了工厂？”

“阿东那个发小让我把车开进去拉的。”

“不可能，这批货没有许班长的签字，是出不了工厂的。货出来时，也是这种包装吗？”

“不是，每两件装成一件，外面还有一个大箱子。”

“什么箱子。”

“中性的，什么都没有的箱子。”

“你怎么付款的？”

“现金！”

“100万元的现金？”

“不是，70来万元。”

“明白了。林胖子，我这么跟你说吧，这货，肯定不是我们生产线出来的产品。你要走司法程序也好，干吗都行！”

“这个……”

林胖子看到载带的那一刻，就已经心知肚明了，只是一时下不了台。毕竟是近百万元的东西。他跟客户工厂那边也不好交代。

“林胖子，你看这样吧。我跟阿东商量一下，货虽然不是我们卖给你的，但是也贴着我们工厂的牌子，我们看能不能帮你处理一下。你不要声张，先回去可以吗？”

“你说怎么办就怎么办吧！哦，不行，我要去找阿东那个发小，钱是他收的。”

“你先别找他，我们来处理，你看可以吗？”

“也行吧。反正都是老乡，他住哪条村、哪个庙，我都清楚。明天，如果明天你们没什么好办法，我就把他弄到大梅沙去。”

“别说气话了，货留两盘下来，其他的让小弟先拉回去，我们改天再喝酒。”

“好吧，好吧。整洋的，你买单！”

败家子紧张起来，打电话叫阿东马上回工厂。然后，让许班长，先对阿东那个发小看管起来。

败家子准备去工厂的时候，废品站老张的电话打来了。

“败家子，你马上跟阿东过来一下，急事！”

“老张啊！阿东不在，我现在过去。”

来到老张的废品站，败家子看到那里堆了十几箱生产电感的磁材。

“来了，你看看，这些是不是你们工厂的？”

败家子细看了一下，还真的是西安那边为工厂定制的磁材。

“老张，这批货怎么来的？”

“我在另外一个朋友的废品站看到的，就转手要过来了。”

“只有这么多吗？”

“是的，只有这么多，差不多50万只的数量。”

“50万只！还真不少啊！卖货人认识吗？”

“败家子，我们的行规，你是知道的。”

“知道，知道。不好意思啊，老张，我一时紧张才问的，不过还是谢谢你！”

“这货多少钱收的啊？”

“3万块。”

“3万块？50万只哦？”

“是的，就是这个价！”

“知道了。你看，这货能不能卖给我？你开个价。还有，问一下卖家，手里还有多少，我们都要了。”

“你小子，叫你过来，就是想让你确认一下是不是你们的货，钱倒是无所谓，我多少钱收的你们就给多少钱，大家是兄弟，我不赚这个钱。只是，你们的管理有问题啊！老弟，有一次，就有第二次啊。我也不知道那个人手上还有没有货。”

“知道了，老张。大家兄弟，一辈子的事情。你这样，帮我装上车，我现在拉回工厂，钱晚上打给你。”

“钱没事，喝几杯再走吧。海关收了批红的，1994年的，不错哦！”

“喝什么啊，我家里都着火了，还喝什么？”

“好好好，不喝算了。先干正事，你小子，正经起来，我还真不习惯。”

“那我走了，还有个事啊，老张，那个……”

“说吧！”

“那酒能不能给我一件，我不喝，打包带走……”

“天，你怎么越来越像黑鬼东了？结了婚，就转性了啊！”

“没结，没结。”

“行了吧。你小子的事，行内人都知道了。那谁，搬两箱酒给他。”

“张哥，你是亲哥啊！我走了。”

废
50663

第三十八章
抓内鬼，兄弟情缘尽

布吉的工厂，杨工、许班长、四大金刚、包装六仙这班人都在。阿东的发小，面如死灰地瘫坐在沙发上。看到阿东进来的那一刻，他的眼睛里才有了一丝的生机。

败家子没有像其他人那么的客气，一进门就是一脚，落在阿东发小的正胸。他连吭都不吭一声，也算是一条汉子。

“说吧！所有的一切都说出来。如果还不老实，那就不是在深圳报警了事了，直接把你拉回榕江边。”

“我说，我说……能给我一支烟吗？”

败家子点了一支烟给他，阿东的发小双目无神，像是在讲一个不关自己的故事。

“平湖的那个老刘，我们是在酒吧认识的，他也是我们的同行，说同行间要互相交流，所以经常请我喝酒、泡吧，还约我打麻将。刚开始，我一直赢，一个月差不多赢好几万块，我给我爸买了一辆新的摩托车。后来，就一直输，工资全输完了。老刘说可以借给我钱再赌，我就向他借了钱、打了借条。后面，实在还不上了，他让我帮他买跟我们工厂一样的磁材，说我做采购的，肯定知道。只是阿东这边跟西安是单线联系的，我也买不到他们要的东西，西安工厂说这是专利产品，不能卖。后面，我实在没办法了，就直接从仓库拿了一批给他。”

“拿？发神经啊！你这是偷，懂吗？”败家子又是一脚，把他从沙发上踹下来。

“你别打他，先让他说清楚！”杨工还真怕败家子把人打死了，阿东自始至终没有开口，只是一脸的阴沉。

“不对啊？仓库是许班长管的，出入货都要许班长签字，你这货怎么出去的？”杨工有点不明白。

“那天老许喝多了，我们偷了他的钥匙，配了三把。每一次拿材料，都会先把他灌醉了，然后给他手下那个保安1000块钱，说是拉一些废品出去卖。我们故意把好箱子换成很破的箱子，都是在晚上搬出去的。因为阿东说过，这些废纸箱可以让我拉出去卖的。

材料、纸箱、标签版本，我全套都拿给了老刘。然后老刘就生产出了跟我们厂一样的产品。他刚开始拉到市场去卖，因为别人不信他，他的货卖不出去。后来他介绍了林胖子给我认识，还跟林胖子说，我是工厂的主管，可以卖便宜货给他。林胖子拿的货量大，但是有个条件，就是要从阿东工厂直接出货，不然就不要，连从厂门口出货都不行。最后，我们就把生产好的假货，用行李箱还有红白蓝袋子，运进了工厂。再通过换外面的包装，把东西从宿舍这边跟林胖子交货，又给了当值的保安每个人1000块，说是运自己的私人物品。因为是从宿舍区出去的，保安也没怎么说，也不用许辉签字，我们的货就可以出去。

干了林胖子这一单后，我就没有再跟他们打麻将了。他们说我可以买马，就是买外围六合彩，我又一下子赢了好多钱，但是，最后还是输了。我没办法，只好又从工厂拉材料出去卖，但是不知为什么，老刘又不收我的材料了。最后，我就把材料卖给了废品站，得了3万块用来还债。”

“3万块，3万块，你把我18万块的东西3万块钱就卖掉了？”阿东终于忍不住问了。

这家伙从小和自己睡牛棚长大的，出来打工后，也和自己一起睡过单车棚。虽然不像败家子那样，是“确认过眼神，就是对的人”，但也算是自己真正的发小，从小两个人就以兄弟相称。今天，这个兄弟把他18万块的货卖了3万块钱，他想不明白。黑黑的脸，又多了一层铁青色。

“事情都这样子了，你把相关人员的名字写下来，报警吧！”杨工无奈地说。

“不要，报什么警，我不同意报警，把他们全部送回老家。”败家子非常生气，不同意公了。

“不要，不要！阿东，你不能让他这么干。报警，报警，我坐牢，我认了。你不能把我送回去，我不想沉榕江底。救我啊，阿东！”发小此时已吓得面如死灰，不像个人样。

“你有病吧？《上海滩》看多了吧！我们家可不会杀人放火啊！”败家子听他这么一说，有点莫名其妙了。他也没想干吗，就是将他送回家乡，按乡里的条例处罚一下，还不至于搞出人命。

但是，连杨工、阿东都误会了，就凭刚才败家子出的那两脚，说什么也不能把人交给他处理了。

“我同意报警处理！”阿东无奈地说。

“阿东，谢谢！我进去了，一定好好改造，你放心，偷你那些东西，我以后会慢慢赚钱还给你。”

阿东没有说话，眼神复杂，毕竟他们是从穿开裆裤时起就一起长大的兄弟啊。

这个时候，杨工的电话突然响起来。看着来电显示，杨工眉头一皱，但还是快速地接了起来：“喂，四叔！”

“杨工啊，不好意思啊！你是文化人，高材生，我不知道要怎么跟你说，我就快人快语了，就是那个孩子的事情，你看能不能放过他啊？”

“四叔，你都知道了啊？”

“我都知道了。他爸，他妈，还有他没满周岁的孩子，现在都在我家里。杨工啊，我知道你跟我们家阿东合做生意，是我们家沾了你的光，这件事情，也是那个孩子错了。但是，我求你，能不能网开一面，放了这孩子？这孩子如果进去了，他的家就全完了。”

阿东这才知道是父亲打过来的，一把抢过电话，说：“爸，你说什么呢？他这是犯罪，不是小事情，很恶劣的。”

“你小子给我闭嘴，把电话给杨工，这里没有你的事情。”

“爸，不是，他偷我们18万块的材料，去卖了3万块钱。”

“钱，钱，钱，你现在眼里就只有钱了，是不是？儿子，做人不要太绝了。”

“爸，我怎么绝了？是他太过分了！”

“儿子啊，如果他进去了，你叔你婶的日子要怎么过？他小孩还没满周岁，他老婆知道这件事后，已经收拾东西回娘家了。你如果真的让他坐牢，你就害了一家子三代人啊！”

“爸，可这是犯罪啊！”

“儿子，你想想，当年我们家这么穷，过年过节的，是不是都是你叔你婶帮衬的？你跟那小子睡牛棚，蚊子大过苍蝇，是不是那小子去经销社给你偷的蚊香？我虽然知道那小子品性有些不好，可是，他至少是个孝顺孩子。他对自己的父母，从来都是言听计从的。”

“爸，这个我知道。我是把他当兄弟啊，可他这么干，有没有想过我们是兄弟啊？”

“人难免有行差踏错的时候，我们要给他一个机会，让他重新做人。我听说，牢房里面的环境差，进去了就没个好的。儿子啊，你忍心让你叔你婶没了后吗？他们家也跟我们家一样，就那小子一个‘香炉耳’啊！”

那头电话的背景，是两个老人的放声大哭，还有婴儿的啼哭声。阿东双眼通红，拿着手机的手，抖得像个筛子。

杨工看到这个情形，把手机抢了过来。

“四叔，你不要太激动，有事说就好。”

“杨工啊，我知道你是大知识分子，我年长你几岁，你能不能看在老哥哥的面子上，把那几个孩子放了啊？”

“四叔，这事吧，还是可以商量一下的，你不用这样说。”

“有得商量那就好，那就好。杨工啊，你放心，你损失的钱，我让阿东做牛做马都得还上，实在不行，我把深圳的房子卖了，把这钱还上。就是求你，放过那几个孩子，让他们都回家来吧！”

“四叔啊，你言重了！你不要急，我们还没有报警呢。你先跟他们父母聊一下，不要这么担心，我们还在处理中，你别太激动。”

杨工也是很无奈啊！因为，电话那边的，是哭得要生要死的一对父母，还有一个不谙世事的婴儿。好不容易挂了电话。一班人应该都知道发生了什么事。

“阿东，你父亲的意思，是想放过他们，不要报警。”

“杨叔，我知道了，你的意思呢？还有，败家子，你的意思呢？”

“老四叔都哭了，这小子的父母也都是老实人，我能说什么呢？听你们两个的。”

“阿东啊，虽然我是大股东，但是，这些年，你帮我赚的钱，我也是心里有底的。这件事情，你自己决定吧！跟你父亲说一下，我同意不报警。”

“谢谢啊，杨叔！放心，他那笔款，记在我账上，从分红里面扣，不要入公账。”

“阿东，你放心，家里砸锅卖铁，我也会把这账分期还给你的。”发小此时，也真的后悔了。

“行吧，此事相关人员全部开除，包括当值保安、组长、宿管，全部炒了。许班长，你要管理好你的队伍。”

“东总，我也不能留下了，是我酒后失职。”

“你！还不至于要你走人。”

“可是，东总，如果不是我失职，厂里就不会损失这么大。”

“当兵的，喝酒爽快，我们都知道。我们是认可你的为人的，我、杨工和败家子才把这副家业都交给你管理的。你不用走，那小子我都能原谅，你我为什么不能？”

“东总，谢谢！这样吧，我自愿扣两个月工资，然后整理好我的保安队伍，保证不会再发生这样的事情。还有，我从此滴酒不沾。”

“那不行，老许，部队还有聚餐喝酒的习惯呢！放假后，我们还得喝的啊！”

“再说吧！”

这个铁骨铮铮的汉子，双眼通红，紧握的双拳居然流下了鲜血。

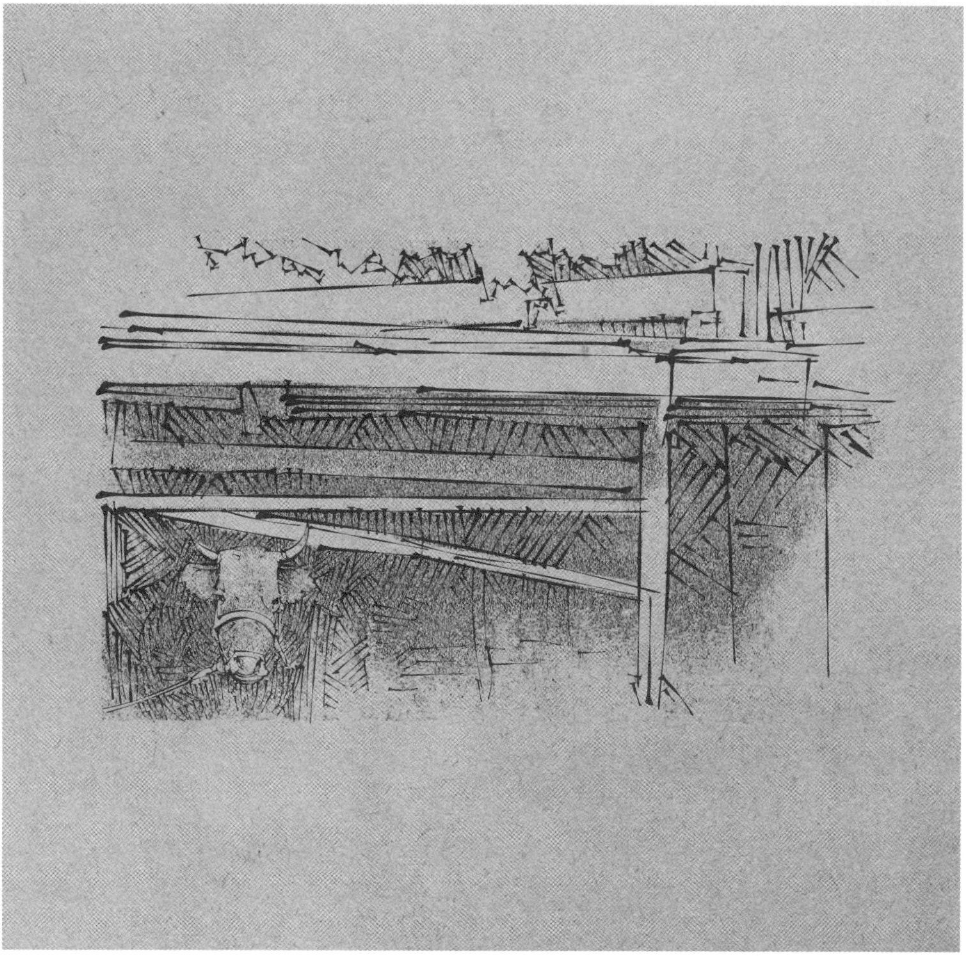

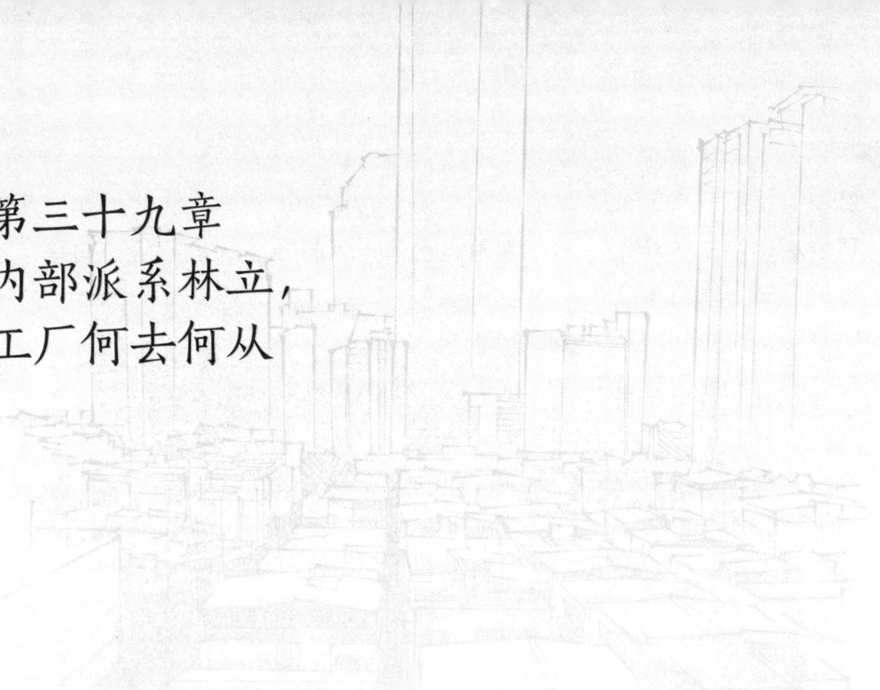

第三十九章 内部派系林立，工厂何去何从

败家子的温馨小阳台，横七竖八地躺了好多青岛大优的酒瓶子。两个一米八几的大个子，也躺在阳台上。此时的深圳，其实早已入冬了，但是他们衣衫单薄，还是盛夏的装扮。

此刻，阿东跟败家子的心，比深圳的冬天更为寒冷。阿东一直以为，潮汕人凭着团结的精神，是可以走向世界的。但是，发小这一件事情，让他的内心起了波澜，就连他看败家子的眼神，都有了那么一丝的不一样。这个念头让他内心非常的煎熬。

共患难的兄弟，比比皆是，特别是识于微时的这些草根兄弟，都曾是肝胆相照的，但是能同富贵的兄弟，又有几个呢？很多人都会觉得，“为富不仁”是指当一个人有钱了之后，就会神变鬼变，成了忘恩负义之人，却忘记了那些结识于微时的穷苦兄弟的支持。社会舆论，一般都会站在贫穷者的一边。是因为，没钱，就值得更多人来怜悯，这是一种道德上的绑架。千年潮商，百年漂泊，如果这些先富起来的潮人没有一定的胸怀，没有一定的宗族情结，为什么会千里迢迢、不辞劳苦地从百年前就走上“一带一路”的征程呢？红头船开出去了，身上只有那一块“甜果”，那班潮人，在发家致富后都会惠泽乡民，在潮汕平原上修建了许多利国利民的工程。

阿东的思绪，在鹏城的寒冬中，已经轻轻动摇了。他是富起来了，这一次还真的是实打实地富了起来。福华路的房子，房款在购房一年后就付清了，生意也在大力地扩张，在所有电子卖场都设了门店。跟他的第一次暴富不同的是，这次他真的稳定了局面。才25岁啊！以潮汕的算法，过了冬至，他就是25

岁了。25岁，是每一个潮汕人本命年的年份。按潮汕的说法，人生的第二个本命年，可以决定半生的命运。阿东看着自己又一次打拼下来的事业，自信地迎接他人生的第二个本命年。

“败家子，你去村里派过钱吗？”

“傻了吧，你以为我真的是败家子啊，这事我还真没干过。”

“我们村有一个人干过，他每年都给每个60岁以上的老人派120块钱。”

“哦，大善人啊！我太爷爷是华侨，听说当年也这样派过钱。”

“结果呢？”

“结果我太爷爷回家养老了，搬到镇上住，只有我父亲相伴左右。”

“我们村的这个有钱人，有一年不知道为什么，过了腊月二十了还没有来派钱。”

“哦，那我知道了。村里的人就会说三道四，像追债一样地问他。”

“是啊！他后来还是给每个人派了80块钱。”

“呵呵，结果应该是在村里人的骂声中过的年吧！”

“你怎么知道的？”

“人心就是这样子的啊。你知道穷人的三大特征吗？”

“穷人的特征，呵呵，像我这样子吧。一身行头加起来，都没有50块钱，这就是标准的穷人吧！”

“你行了吧，黑鬼东，你这是装穷。穷人的三大特征：一是追求绝对的公平；二是无尽地索取而没有想过付出；三是认为一切都是理所当然的，不懂得感恩。”

“哦，败家子，那你这么说，是不是我们有钱了，就不用去行善了啊？那你天天做义工啊，跑老人院啊，自己都吃不饱了，还捐这个捐那个的，是为了什么啊？”

“有些事，结果并不重要，重要的是一个过程。为人积善，到头来总是有报的，也许这辈子报不了，下辈子定有福报。我是一个懂得感恩的人，我知道，你也是。你发小这件事情对你的打击，我非常清楚，可是，并不是我们身边所有的亲人，都会像他这样。我们还是要把人往好的方面想。”

“说真的，败家子，以他们那几个人，是不可能干出这么大的事情来的。现在的工厂里有一半的工人是我同村的。这样的员工结构，工厂迟早会出问题。这次的事情，是不是伯公在跟我提个醒啊？”

“行了啊，别什么事情都归到神明上面去，伯公他老人家太忙了，不会管这些事情的。我现在很少去工厂，所以也是道听途说的，工厂的派系斗争很明显。杨叔跟四大金刚就是技术型领导，从来不会管行政上的事情。包装六仙是世外高人，就没有正眼看过谁，更别提管理了。老许只适合做军事化管理，我们总不能在工厂搞军演吧。”

“是啊！目前工厂还真的是乱成一团啊！你说杨叔一个大股东，天天泡在车间搞新品研发，工厂让人偷了这么多材料，他都没有知觉，这也太扯了吧？他这个大老板，倒是真放得下心啊！”

“你不也一样，只是管销售。其实工厂内部管理混乱，已经到了不得不管的地步了。这几百号人，如果真的闹起来，可不是一件简单的事情啊！”

“我也知道啊。但是，我总不能把同村人全部都炒了吧。如果这样做了，我家那村子也别想回去了。败家子，要不这样，你回工厂帮忙做管理吧。”

“别，东总，我是感性的人，这人我还真的管不了。我跟小护士不求别的，只求安安稳稳地在天台上喝酒。你还是另想办法，找一两个职业经理人来管吧。”

“你小子，还喝酒呢？小护士这几次都没有跟我们一起喝酒了。老实说，是不是有动静了。”

“没有，没有，你乱说什么呢，我们还没结婚呢。”

“呵呵，从初夏住到了寒冬，你们在一起9个月了，什么动静都没有？你还是处男吗？”

“黑鬼东，注意你的言行！”

“呵呵，对不起啊！我错了，来，我吹多一个。”

“我们明年3月9日才能领结婚证，到时候再想那个问题。”

“为什么是3月9日，不是3月3日啊？”

“哎！3月9日，我才满22周岁。”

“哦，哦，哦，想起来了。要不，今晚我陪你睡，你就别进去了，哈哈！”

“我让阿彬多送5箱酒上来，我们喝到天亮。多加点炭，冰箱有几块咸鱼，我们烤着吃。”

“败家子，你好像也富了哦，都吃上咸鱼了啊！”

“还有大虾呢！只是，那是留给小护士做早餐的，你想都别想？”

“哎哟，你们家早餐吃大虾啊。这生活，比李嘉诚还富哦。”

两个大高个，你一言我一语、你一瓶我一瓶的，把空啤酒瓶撒满了整个阳台。

第二天，小护士起床的时候，看了一眼，还以为是鬼子进村了呢。她也没有过多的话语，只是把这两个男人叫醒，让他们梳洗后去上班，自己则去阳台收拾东西。阿东看着小护士忙来忙去的，心中五味杂陈。

“败家子，要不，你们搬家吧。在我们楼下买一套房，那是带装修的，马上买马上就可以住。钱我来交，以后从公司分红里扣就行。”

“东总，现在赚大发了啊！你不记得了，我还欠许班长他们的钱呢。”

“乱说，半年前就全部还完了。你没有去看工厂的账本吗？”

“跟你开玩笑的。只是，我觉得这个地方不错，不愿意搬走。我跟小护士在这上面住，也算是一对神仙眷侣吧！”

“这是7楼啊。再过几个月，小护士还能上得来吗？”

“这个你不用担心，小护士才多少斤两啊。以后，我天天把她抱上7楼，好不好？”

“就你这身型？你老实说，你搬到这里后，胖了多少斤？”

“这个嘛，差不多有四五十斤吧，没有去称。”

“你9个月胖了四五十斤？这要是剁下来，得是多大的一砣肉啊！听我的，另外找个地方搬家吧，你们总会有不方便的时候。”

“我们再议，再议。我给小护士煮早餐去了，你先走吧。只有两只九节虾，你还等着吃啊？胖死你得了。找职业经理人的事情，你跟杨叔聊一下，我建议找专业的人来管理。”

“行了，走了啊。如果林妹妹打电话问你，你要实话实说啊。我是在你这里过的夜。”

“不是，你是在福星路过的夜，哈，哈，哈！”

第四十章 风波不断，人员失踪

寻找职业经理人一事，阿东已经提上了日程，得到杨工的同意后，开始了第一轮的招聘活动。

也许是因为工厂的裙带关系较为明显，也许是阿东他们几个还没有摆脱固化的观念，在面见了一些人之后，他们还没有找到合适的人选。

就在这时候，工厂再次出事了。

只见许班长神色慌张地闯进了杨工办公室，急切地说道："杨总，东总也在啊，出事了！出事了！"

"什么情况，老许，出什么意外了？"

"人，人，人没了。"

"啊？说清楚点，这要吓死谁呢？"

"东总，你们同村的两个小姑娘不见了。"

"哪两个小姑娘啊？什么叫不见了？"

"是这样的，东总，车间主管告诉我，她们两人，还有三个湖南小伙子，已经好几天没有上班了。我让人去宿舍查看，发现他们几个人的行李都收拾干净了，好像是走了。"

"走了？什么时候走的？没有辞工，也没有言语一下，就走了吗？"阿东不解地问。

"是啊！我问你们同村的人，说那两个小姑娘没有回老家。她们都没有手机，听说是跟那三个湖南小伙子一起走的。"

“你把跟他们同住的室友找来一下，问问情况。”

不一会，就来了两个女工，都是一幅非主流的打扮。杨工看了有点眼晕，心想自己工厂什么时候来了这样的女工，他怎么都不知道啊。那一头七色彩虹的头发，还有那些公交车吊环般的耳环，让人怎么看怎么不舒服。

“许班长，这可不关我们的事。我们平时跟她们两个没什么话说，她们的失踪跟我们可没有关系。”

“她们什么时候走的？”

“3天前吧。”

“3天？你们两个室友走了3天，你们居然不跟主管说一下？”

“说什么说啊？她们两个都是老板的老乡，连身份证都没有就可以进工厂，我们哪敢去说她们啊？”

“她们连身份证都没有？”阿东跟杨工一下子没回过神来。

“是啊，大妹说自己18岁，其实说的是虚岁，实际年龄不到17。小妹说她不到16岁，说东总是她们的什么叔，反正，她们就是想来就来、想走就走。”

阿东、杨工，还有众位主管，一听都惊呆了。

“叫人事主管来办公室，问问他，这些没有身份证的人是怎么回事？”杨工脸色铁青地说道。

人事主管阿贵来了，他是和阿东家同住一条小巷子的老邻居，比阿东年长几岁，人很老实本分。

“阿东啊，她们两个3天没来上班了，老许去宿舍看了，才发现行李都收拾走了。我也不知道这件事情啊！”

“不是，贵哥，她们都没有身份证，你知道吗？”

“身份证，要什么身份证啊，他们是谁谁的女儿，什么时候出生的，大家都知根知底，还要什么身份证啊。这里是布吉关外，又不是关内，不用查边防证的。”

“胡闹，你说，她们多大，是童工吗？”

“没有，我都说了，她们是知根知底的，都是十七八的大姑娘，说什么童工呢？”

阿贵倒是说得云淡风轻的，好像这是再正常不过的事情。当初他的父亲找上阿东的父亲，说自己孩子是喝过墨水的人，虽然连续考了3年大学都没有考上，但是，笔杆子还是拿得起来的，希望能到阿东的工厂任职。在阿东的童年记忆里，阿贵哥是全村的希望，是村里唯一可能考上大学的人。后来，听说这个全村的希望考了几年都没有考上大学，在棉湖帮人家绑电线度日。

阿东对他的尊重，是从童年开始的。这家伙也算是村里的一个学霸，从小就是读书的料，只是有可能书读多了，十年寒窗后，还是未能金榜题名，就变成今天这副木讷的样子。

阿东让他管理工厂的人事档案，也就是登记一下入职、离职信息，这一年多来，他做得有条有理，没有出什么大错。然而，谁想到啊！这一切都是表面现象，如今事情发生了，才知道这个阿贵哥到底是有多贵。

无身份证明文件就让人进入工厂做工，这要是发生在今天，工厂得重罚多少钱啊！

“阿东啊，我打电话给她们家了，她们都没有回去，我怕她们父母会找你闹，所以，还没跟她们父母说，只是说自己随便问问。”

“问问？人都不见3天了，你还问什么？”阿东一下子火了，看着这个“全村的希望”，他真的是无可奈何。

“你们两个说说，她们有提过要去哪里吗？”杨工轻声地问那两个女工。

“对了，她们说要去看故宫，要去看天安门，我还笑她们连身份证都没有，出不了门。”一个女工回忆道。

“还有呢？你们再想想。”

“对了，她们好像是说，湖南那几个小伙子会带她们去。”

“贵哥，湖南那三个不会也没有身份证吧。”阿东已经有点有气无力了。

“他们有，他们是外省的，没身份证哪行啊，跑了怎么办？有复印件的，我马上给你拿过来。”阿贵哥这时候，好像又变得精明点了。

等他拿回了那三个人的身份信息，败家子也来到了工厂。于是，阿东马上着手让人查一下他们几个的去向。

一番查询之后，发现他们根本没有坐火车，也没有坐飞机出行。他们也不在省内，没有任何住宿记录。那就证明，他们只能是坐长途大巴出行了，这样就可以不用查身份证。

但是，深圳是没有直达北京的大巴的，唯一的可能，就是一路北上，不停地转车。他们才走了3天，按正常的速度，应该只是出了广东省没多久。但是问题是，中国这么大，不知道他们往哪个方向走。

一时间，所有的人都无计可施。

“报警吧！这样可能可靠一点。”杨工说。

“是啊，真的要报警了，如果她们出什么事情，我那个老家，就一辈子也别想回去了。”阿东也同意报警。

“两位，先别报。说实话，等他们走完流程后，这两个姑娘都不知在哪里了。你们先等一下，我查一下开房记录。”败家子不同意报警。

“许班长，你想一下，沿京珠高速一路北上，你的战友在哪个省、哪个市有人。让他们帮忙，查一下这三个人的入住信息。”

“好的，我马上问一下。”

“贵哥，打电话通知她们家里人，先别说失踪那么严重，就说谈男朋友了，跟小男朋友出去玩了，让她们的家人马上到深圳来。”

“好的。”

“阿东，我们准备一下，去北京。”

“败家子，你疯了吧！去北京干吗？中国那么大，你怎么知道她们一定会去北京啊。再说了，北京城那么大，我们怎么找？她们都走了3天了。”

“阿东，现在没办法了。快过年了，如果人真的不见了，我们都回不了村里过年。她们不是说要去看天安门吗，我们就去那里守着。”

“你怎么确定她们会去北京？”

“这个嘛，等许班长查到了入住信息，我才能确定。”

许班长速度很快，查到了三个人的入住信息。其中一晚在湖南长沙，还有一晚在河南，除此之外就没有再多的信息了。

败家子说：“这就够了，肯定是一路北上，走京珠高速。估计这会，应该到北京了。阿东，我们先过去，许班长你再跟进一下入住信息。我也跟北京中关村那些做电子生意的老乡联系一下，我们马上去北京。”

阿东和败家子，把自己包裹得像粽子一样，坐上了飞往北京的班机。他们在老乡的接待下，在北京安顿了下来。许班长那边却没有任何信息。年关将至，整个北京城在风雪中改变了模样，到处都是归乡的人潮。阿东不适应北京的天气，到达的当天晚上就流了鼻血。

两个一米八几的汉子，在京城的街头，毫无目的地游荡，像是在寻找什么……

第四十一章 空降高管，人事地震

还是那两个大个子，其中一个，好像有点体力不支了。他们来京城已经是第三天了，还完全没有那几个湖南小伙子和两位潮汕同乡的消息。这两个大个子，每天唯一能做的，就是去天安门广场和故宫售票处碰运气。

大妹、小妹的父母，据说已经在工厂一哭二闹了，还好有贵哥帮着安抚他们。电话打到阿东这里来了，就是一句话，人是在工厂不见的，现在找不到人，要向阿东要人。如果人有什么三长两短的，所有的责任都要阿东背。

杨工实在经受不了这样的事情，一个只懂得搞技术的高级工程师，何曾想过，自己会要面对这样的家长呢？在他心里，是一百万个后悔，不应该一切都以阿东为中心，让工厂发展到现在这个样子。

败家子一直就不明白，按他们五个人的路线，肯定要来北京的，可是，为什么他们的入住信息就消失了呢？北京的那些地下室，一个晚上要30块钱，可以不用登记身份证就入住。可是，北京城那么大，有那么多地下室，他们能去哪里找呢？他们唯一能做的，就是去天安门和故宫。

当他们看了3次升旗仪式后，已不抱任何希望了。阿东突然想到，那几个人可能没钱了，所以没办法买票。败家子马上跑到故宫门口，跟那些三轮车友套近乎。故宫的门外，总有这样一班三轮车友，说可以免费带你进去参观、可以带你坐三轮车逛京城。阿东跟败家子拿着那几个人的照片，问了好几批三轮车友。最后，在败家子花了150块钱之后，还真的让他给问到了。

“昨天下午，三个小伙子带着两个小丫头想进故宫。我们说可以带进去，一人50块钱，他们不愿意，说贵了。后来还说，给我们50块钱，只带那两个小丫头进去行不行。我们当然没有答应，然后他们就走了。至于去哪里了，我们也不知道。”

这么一说，总算是确定人在北京了，同时也确定他们还没有进过故宫。换句话说，就是他们还会来。而且，看情况，那几个人身上是没有钱了。但以潮汕女孩认死理的天性，这个故宫，无论如何，她们都要进去的。

阿东跟败家子想到，那几个人没钱了，肯定不会在正门的售票处出现，可能会从周边的侧门上打主意。所以，接下来，他们要改变策略，沿着紫禁城外围转圈。

又过了一天时间，两人已经是筋疲力尽了。天色暗了下来，终于在东华门附近，他们看到了那几个年轻人。人虽然看不清楚，但是一口潮普口音，是非常清晰的，阿东下意识地喊："大妹，小妹！"

"哇，哇，哇！"这两个小女孩一听之下大哭起来，高喊："东叔！"三个湖南小伙子，看到自己的老板突然出现在这里，也不知为什么，撒腿就跑。败家子在后面拼命追，又是喊，又是叫的。他们的这些举动，引起了执勤武警的注意。最后，一班人全部被带到警务处了解情况。

原来，这五个人到了北京后，就没多少钱了，连住正规酒店的钱都没有，只剩下一点吃饭的钱。于是，他们在一个晚上50块钱的破地下室里住了几晚。想去故宫玩，可门票实在太贵；想回去，又没有足够的路费。他们几个正在那里吵架的时候，阿东跟败家子就出现了。

那三个湖南小伙子还真的被吓到了，他们想不到，老板会找到这里来。又被武警一吓，顿时软在地上，半天都起不来。武警问明情况后，问阿东是不是要报警处理。阿东想想，还是算了。人没事，就不用报警了。再说了，这两个小女孩是自愿跟他们走的，也不算是拐卖。

三个湖南小伙子听说老板不报警，松了口气，他们半求饶地说："我们只是带她们出来见见世面，没有对她们怎么样的。"

败家子跟阿东也没有怎么为难他们，反而送给他们一人几百块钱，又让中关村的潮汕老乡买了高价火车票，让他们三个回湖南老家。最后他俩带着这两个活宝，登上了飞回深圳的飞机。

宝安机场，迎接阿东跟败家子的，不是英雄归来，更不是亲情团聚，而是潮汕家长一顿惊天地泣鬼神的谩骂。当然，不是骂阿东跟败家子两个，而是骂自己的女儿。

当然，最后的结局还是温暖的，两对父母，把自己的女儿紧紧地搂在怀里，久久不愿放开。当他们听到女儿在北京受冻挨饿时，二话不说，在机场花了30多块，给孩子们买了一餐麦当劳。

回到工厂后，阿东叫了一辆面包车，把他们都送回了老家。一场风波，总算是平息下来了。虽说有惊无险，但是工厂暴露出的问题，让这一老二少都心生恐惧。

布吉工厂，一老二少都在。

杨工说："阿东啊，你们走的那几天，我查了一下工厂的员工，大部分你们同村的人是没有提供身份证的，至于有没有证，还真的不知道。虽说都是满了16岁的，当然，这是阿贵拍着胸口保证的，但是，工厂真的不允许再有这样的人存在了。"

阿东说："杨叔，我跟败家子在飞机上商量过了，我们决定了。"

"哦，什么意思，你们打算怎么样？"

"败家子，你说吧！"

"杨叔，我们的决定是：1.辞退全厂所有潮汕籍员工，每个人补发一个月的基本工资。2.请职业经理人管理，包括人力资源还有生产管理，都请专业人士。3.建立员工全面档案，做足五险一金工作，一切都以劳动合同为准。4.我跟阿东退出公司管理层，不参与工厂的任何运作。"

"这个！你们这样的决定，虽说对工厂来说是有利的，只是，阿东，你父亲那一关，我怕你过不了。"

"杨叔，工厂的情况已经这样了，不改变不行。如果你没意见，明天就宣布决定吧。然后由工厂出钱，包几辆大巴，把这些潮汕籍员工送回老家。"

"阿东啊，你这样做，是不是太不近人情了？"

"杨叔，我知道你是一个好心人，但是，做企业人情味太重了，不见得是一件好事。如果没有发生这次的事情，也许我还下不了这个决心。以后，工厂的一切，都以你为主导，我们两个不参与实际经营。我只管销售这一块。"

"这近200来号人，一下子都辞退了，对工厂的影响也很大啊！"

"杨叔，如果你觉得哪个做得好，想留下他，也是可以的。但是，要在全部清理了之后，再按正规的招聘流程招进来。不管是我、我父亲，还是败家子，都没有权力只打声招呼就把人带进工厂。"

"好吧，你都下了这么大的决定，我也只能听你的了。快休年假了，单子不多，这200号人都走的话，剩下的人重排三班，也是能应付的，等明年再作打算吧。只是，你说你跟败家子不参与工厂运作了，我不同意。”

“杨叔，这样吧，对外就说我们不参与，对内我们小会照开，你看行不行？”败家子看出了杨工的不舍，提议道。

“呵呵，那行，那行！但愿这壮士断臂般的操作，能让工厂有一个全新的面貌。”

“放心吧，杨叔！我们经历过太多，该到我们收获的时候了。”

一老二少，又一次渡过了一个难关。

故宫博物院

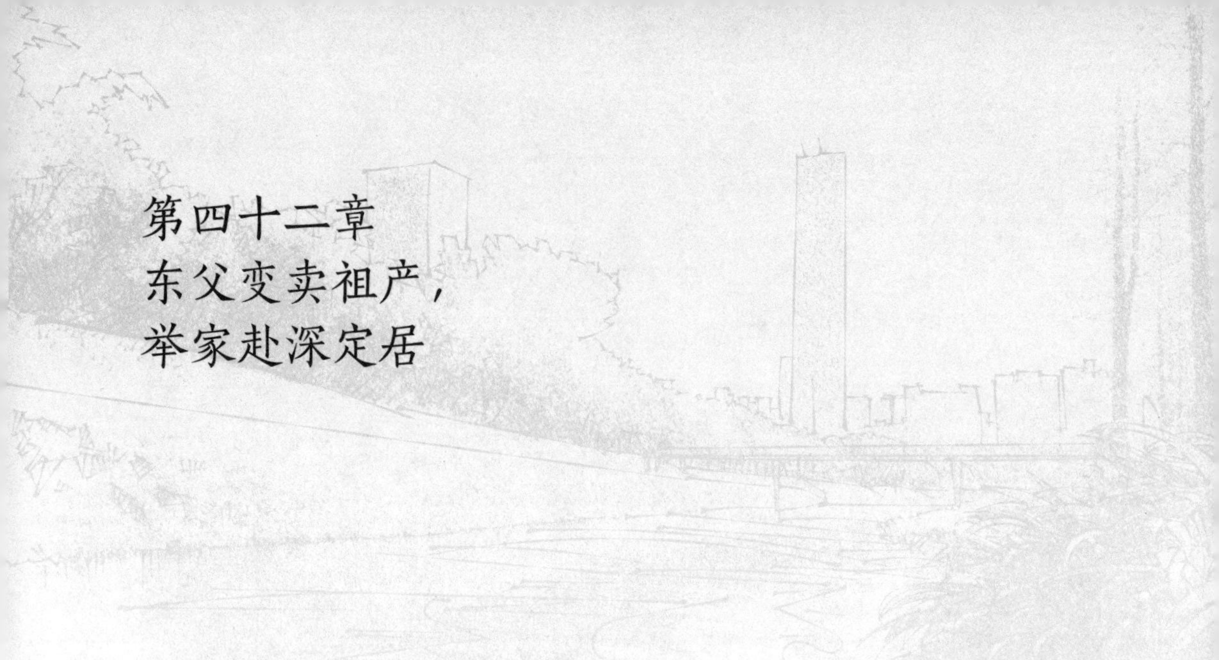

第四十二章 东父变卖祖产，举家赴深定居

同村的小伙伴们都回家了，阿东的心里忐忑不安。因为两天过去了，老父亲没有打来一个电话。按父亲的性格，一早就炸了吧，怎么现在都不打电话来?

阿东打电话回家，每次都是母亲来接，说父亲下地去了，手机没有带出门。这让阿东心里一直不安。父亲，这个把乡情看得比生命还重的老实人，到底怎么了？阿东已做好了让父亲打骂的准备，这几天他一直在市场收尾。阿东归心如箭，因为他实在拿不准，父亲到底是怎么想的。他只知道，父亲这几日很忙，忙得有点不正常。

就在阿东想得出神之时，父亲的手机号码，显示在阿东的手机上。

“爸！你是不是想问我们什么时候回家过年啊？就这两天了。”

“阿东啊，今年你就不要回来了。”

“爸，过年深圳都放假，我不回家干吗呢？再说春节都是一家团聚，爸，你是不是生我气啊，同乡那些事情……”

“孩子啊，你长大了，大城市、大工厂的那些事情，说真的，我搞不懂。只要你觉得是对的，就是对的了。”

“爸，你别这样说啊。我知道你生我气了，但是，也不能不让我回家吧。大过年的，一家人团团圆圆才像过年啊！”

“傻孩子，你不回家，我们一家人就不能团圆过年了吗？”

“这个，我还是不明白，你不是不让我回去吗？”

“唉，爸爸年纪大了，农活干不了了，这几天，把地里的东西啊，全部收拾干净了。我跟你妈，这一辈子都没有住过大城市，我们决定去深圳跟你们一起住。”

“啊！你跟妈妈都过来？”

“怎么，不行吗？我记得你那套房子是三房吧，你跟小林一个房，你妹妹一个房，我们二老一个房，大孙子想跟谁住都行，总比住在老家这老屋强吧。”

“爸，可以是可以，就是太突然了。之前跟你说了许多次了，你都不来。这次快过年了，你突然要过来，是不是家里发生什么事了啊？”

“孩子，没有，我跟你妈一辈子都没出过几次这个小村子，出门最远的一次，就是我大孙子出生那次，你就不想让你爸跟着你们享福啊？！”

“可以，可以，爸跟妈要来，我们都非常高兴的。”

“那不就行了。家里的事情，这几天我都处理好了。”

“对了，爸，那祖先呢？过年不是要拜祖先的吗？”

“这个嘛，我们都搬大城市了，祖先也当然要请到深圳来拜啦。房子是我们自己买的，让我们的祖先啊，也一起到大都市享福吧！”

“好的，好的。那爸，我明天开车回去接你们吧！”

“不用了，我们坐138回去就行了，到时候，你到福田新村接一下我们。”

父亲的异常举动，让阿东非常困惑。房子买好后，他说了那么多次，二老都没有想过来深圳住，这次他们的决定是这么的突然，肯定是跟工厂的炒人风波有关。听父亲的语气，是要将祖先都请过来了，这是要背井离乡啊！真的是在村子里待不下去了吗？

还真的是这样。那些潮汕同乡回去后，纷纷添油加醋，把阿东的工厂说成一个地狱，又扣工资，又打人，各种说法都有。至于这次的集体辞退事件，也说是阿东他们几个老板怕自己人坏事，专门雇外省仔去干坏事。

这些流言蜚语，让阿东的父亲不得不放弃生活了大半辈子的家乡，来深圳跟儿子团聚。阿东的母亲还是那个样子，一点也没有变。她一边收拾着东西，一边在那里唠叨：

“想着儿子有钱了，在乡里乡亲面前可以挺起胸膛做人了，想不到啊，搞得自己要背井离乡。这跟让人赶出乡里有什么区别啊？你说，有钱有什么用？如果是这个样子，当初就不应该让他们去工厂。好事不感激，坏事全部算到我们头上来了。你看，村里人看我们的眼神，像看仇人一样。你当初也是，儿子有本事了，雇谁不好啊，为什么非要接收村里的人呢？现在好了，家都没了。”

母亲的啰嗦，一向都是家里的特色。嘴虽然没有停，手上更是没停过，把大大小小的东西，很麻利地打包，准备明天赴深圳。父亲看到这些乱糟糟的东西，顿时有点想发火，但又不想理自己的老伴，只能拼命地抽烟。

“你少抽点了，到了深圳，处处禁烟的。还有，那些楼房，我听说啊，如果抽烟了，是会下雨的。我们孙子那么小，儿媳妇肯定不让你抽烟。人家林妹妹对我们家不错，也没有嫌我们家儿子穷，到那边同住了，要忍让着点。烟啊，酒啊，这些能戒掉就尽量戒掉吧。”

母亲手没有停过，口里一直说着。传统潮汕妇女遵循的所谓的“三从”，在阿东母亲身上，诠释得非常全面。幼时从父，婚后从夫，老来从子。对于这个全家搬离的决定，任何一个女人都会有抱怨的，她也有，只是从来没有停止过对丈夫的支持。

138大巴终于驶到了福田新村，阿东一家四口在这里迎接两位老人。大巴司机和阿东家比较熟悉，一看到阿东，就开玩笑地说：“你父母不像是进城看大孙子的，倒像是来逃难的。你父亲差点把那半瓶煤气都要带上车来了。”

看到眼前的景象，阿东百感交集。老父亲，还真的像是逃难而来的。家里能带的，基本上都带了。想想现在的老家，估计除了三张老床、一套木沙发、一个大鼎之外，家当都在这辆138大巴上了。大到桌椅，小到牙签，都分门别类，用化肥袋子整整装了十几袋。家里那些有收成的农作物，也都打包好带过来了。一时之间，阿东像是在接收一个菜市场。

“爸，这，你带上几件换洗衣服就好了，怎么带这么多东西啊？”

“反正要住久一点了，这些东西留在家里也是浪费，就全带来了。”

“是啊，是啊，家里所有的东西都带上来了，除了畜生。”阿东母亲这时候没好气地说，显然，她对这件事情心有不满。

“东啊，家里的猪啊、鸡啊、鹅啊、鸭啊，全卖掉了。有这些钱啊，我们可以在深圳过个肥年了。你放心，过年的所有开支我来出，你就跟儿媳妇、大孙子，还有东妹，开心地吃就行了，想吃啥就买啥，你爸有钱啊！”

东父笑得非常开心。那辆大SUV实在是装不下这么多东西，大巴司机说：“东西先放在这里吧，就几步路，你们人走回去，东西用车拉走就行。两次不行，就拉三次。阿东啊，你父母这120块钱，我们可不好挣啊！”

“不好意思啊，哥，改天消夜我请。”

“没事啦，阿东，我们这些跑车的人啊，看到这情况，也知道怎么回事。阿东啊，人在做，天在看，好好地跟父母在深圳过日子吧。时间，能改变许多东西的。”跑车的人，都是见过世面的，三言两语就点出了事情的重点，也不说破。

东父依然拿着那杆旱烟枪，用力地吸着。其他人，七手八脚地往SUV上面搬东西。林妹妹已经是第二胎在身了，就站在那里照看一些小物件。东父躲在远处，大口大口地抽着旱烟，好像要把一辈子的烟都在这一刻抽完一样。

烟抽完了，他吐了几口大气，才慢悠悠地过来，抱起孙子往福田市场走。当走到中心公园那条臭水沟的时候，他把那杆陪伴了他近20年的老烟枪，一把扔了进去。

东妈、东妹和林妹妹都大吃一惊。

父亲却一脸淡然，轻轻地说了声：

“这烟味太冲了，我戒了！”

第四十三章 入手小产权楼，为老父亲尽孝

父母的突然到来，让这个本来平静的家热闹了不少。也许这就是天伦之乐吧！东父把烟戒了，让全家人都有点意外。阿东自己是不抽烟的，看着老父亲抽了大半辈子的烟，今天突然就说要戒掉，有种说不出的酸楚。

也许是水土不服，东父来深圳没多久就病了。东妈每次和林妹妹坐电梯的时候，都紧紧地抓住她的手，显得非常的害怕。各种饮食习惯、起居习惯，都与老家有许多不一样。两位老人不会说普通话，都不敢自己出门，住在楼房里有点像是在坐牢。

林妹妹看在眼里，心里也非常的不忍，总觉得两位老人有难言的苦，在坚持着什么。这一次家公生病了，她对阿东说：“阿东，你天天早出晚归的，虽然现在生意不错，但是你有没有想过，两位老人住不习惯啊？”

“这个嘛，我每天都是尽量不出门应酬，回来陪他们吃饭的。我也发现了，好像他们精神不太好。”

“是啊，他们非常不习惯住在这里，连坐电梯都害怕。”

“那怎么办？总不能让他们又回老家去吧！”

“那肯定不行，他们虽然没说，可以老家的情况，他们肯定是住不下去了。”

“那你有什么想法没有？”

“你老实跟我说，你这几年赚了多少钱？”

“这个嘛，老婆，怎么突然要查家底，好像不对啊。”

“那你现在能拿出多少现金？”

“100来万块吧。”

“那就行了，我这里差不多有30万块的样子。你拿150万块出来，钱就够了。”

“老婆，你疯了，要拿180万块干吗？”

“我听三联老张说，布吉三联村有些小产权房要卖，就是村里建的那些房子。”

“小产权房，不行啊，这180万块都可以在福华路买3套房了。”

“只买一套，就是小产权；买一栋，就是真业主了！”

“买一栋干吗？疯了吧？”

“我听老张说了，那些房子是可以买卖的，买一栋的话是可以过户的，差不多要180万块，有7层呢。”

“话是这么说没错，可是三联村就是乡下吧，买在那里，出入也不方便啊！”

“我们工厂就在附近呀，父母会更习惯这种生活。他们住一楼，上面几层可以出租，一套房一个月租个三五百块，总是可以的吧，让爸做包租公。房子也不用修建电梯，租客只选潮汕人，这样一来父母有事做、有收入，就不会感到无聊了。”

“你这个想法是不错，可是一下子180万元扔下去，我还是有点不放心。”

“你放心吧，深圳现在的房价，不出10年，肯定会涨10倍。你不要听败家子的，有钱就买车啊什么的，有钱就要买房，说不定哪天就没得买了。我本来打算在福华路这个小区多买一套房的，可是看父母这情况，如果再这样下去肯定会住出病来的。”

“也是啊，我看他们每天都没有笑容啊。”

“不管了，你找老张问问，房子嘛，要买我们就买一栋。这样，以后我们干不动了，至少还可以做房东，一个月几千块的租金，也够我们吃的了。”

“行吧，一切听老婆大人的，就买一栋。”

当时深圳的房价还没有飞涨，购房很方便，只要手上有钱，买房就像喝白开水一样简单。很快阿东就看上了三联的一栋楼：7层，一梯四户，有红本在手，可以过户，总价210万块。阿东向杨工借了点钱，这栋楼很快就成交了。还真别说，阿东现在还真有土豪的样子，买200多万元的东西时，心不惊、脸不红，10分钟就和对方签了字。

当东父看到这栋乡下楼房时，一下子就喜欢上了，兴冲冲地围着这栋房子转了两圈。特别是屋后那两个花坛，他最为中意，说：“可以种荔枝、酿荔枝酒。”

一楼有四套房，两套两套分别打通。父母住一套，另外一套，阿东拿来做仓库。因为怕父亲在语言沟通上有麻烦，房子原有租客只留下潮汕租客，其他的都退租了。

因为东父急着想搬进去住，所以房子只做了简单装修，10来天后，就可以新房入伙了。两位老人家天天像过年一样，开心得不得了。虽然装修的时候，阿东不肯给他们做一个潮汕式的“灶”。但是，住在这里，比住在二十几楼习惯多了。偶尔听听潮剧，喝喝茶，也算是快乐人生了。

阿东看着二老如此开心，虽然对这200多万块钱有所心痛，但也觉得花得其所。

父母那边是稳定了，败家子那边可没有。那小子不知为什么，一厢情愿地守着那个天台不肯搬走，而小护士的肚子已经“初见端倪”了。这小子，凭这几年的分红，支付一套房子的首付是没问题的。他到底在想什么？阿东在经过无数次的考虑后，终于打通了败家子叔叔的电话，把他和小护士的情况，如实地一一上报。

败家子的叔叔也觉得这个事情已经如此，不跟老哥说，可能这大侄子就真的要让家里给除名了。

也就是在那一年的春末，败家子的老爹，出人意料地来到了这个天台。这突然的到来，把败家子和小护士吓得惊慌失措。

败家子的老爹呢，从福星路一下车，就一直双眉紧锁：这都什么环境啊？从南北药行的那条小巷子进去，穿到狭窄、肮脏的巷道，他们三人好不容易才到了败家子住所楼下，此时听到了一阵麻将声。老爹很无奈，很不情愿地爬上了7楼的天台到达天台屋，虽然他体能不错，但也是累得汗流浃背。败家子对于他们的到来浑然不知，听到敲门声的时候，还以为是阿东来了。

“东总，今天又想在福星路过夜啊！”败家子边打趣边开门。

眼前的景象，让他不忍直视：汗如雨下的三个老男人，自己老爸、叔叔还有司机。败家子下意识地把门又关上了，留下了一脸铁青的老爸在门口。然后，他和小护士一阵手忙脚乱。虽然小护士把小窝收拾得井井有条，家里并不混乱，可是，让败家子这一阵忙乎，家里反而乱起来了。

“小子，开门，别收拾了。”老爹生气地喊。

败家子只能把门打开。老爹进屋，看到眼前的景象，这个曾经历过大起大落的老汉，双目顿时通红。一张床垫直接放在地上，旁边铺满了泡沫胶小拼图。房子中间挂了一块帘子，算是把睡房和客厅分开了。房里有一张破旧的玻璃台，一部老式电视机，一张满是洞洞的沙发。也许全屋最值钱的，就是小护士那个梳妆台。因为谁都能看得出来，除了床垫和梳妆台以外，其他的都是二手市场的货色。

“爸，你怎么上来了？你跟我说你来了，我们去叔叔家见你不就行了吗？”

老爹也不正眼看儿子，对着小护士看了看，然后问：“几个月了？”

“夏个月爱生了（潮汕方言，意思是下个月就生了）。”小护士回答的是一句标准的汕头话，这让在场的人都感到意外。

“哦，侣鞋担潮汕话（潮汕方言，意思是你会说潮汕话）？”老爹有点不敢相信。

“鞋，滴滴仔，看个银两粒学的（潮汕方言，意思是会一点点，看潮汕话剧学的）。”小护士又说了一句纯正的汕头话。

老爹也没有说过多的言语，只是看了看角落里的“地主老爷”神位，问小护士：“你也拜地主老爷啊？”

“是的，市场乡里人拢有拜，我阿拜（潮汕方言，意思是市场里面的老乡都有拜神，我也有拜）！”小护士如实回答，还是说的汕头话。

老爹很麻利地从手上取下了一个大金戒指，一把塞给小护士，说道:“明天搬家！”说完就冲出门，留下了有点不知所措的众人。

败家子还搞不明呢，追了出来。他叔叔也跟着走了出来。

“爸！你这是什么意思？”败家子问道。

“小子，你老婆快生了，这地方不能住了。明天找个好的地方搬，懂吗？”

“这个，爸，不是说有身孕不能搬家吗？”败家子更不懂了。这些潮汕传统不是奶奶教的吗？他一直不肯搬家，不是经济上有问题，而是为了小护士和孩子的安全着想，他“宁可信其有，不可信其无”。

“你手上有多少钱，明天给他。”老爹对败家子的叔叔说。

“不多，租房子是够的。”败家子的叔叔回答。

“不要租了，我听说你楼下那些两房的，现在也才50多万块钱一套。我明天让人转50万块过来，你带着这小子去买一套。”

啊！所有人都大惊。

“我总不能让我的大孙子出生在这样的环境吧！那些房子是带装修的，可以拎包入住。我决定了，明天就去看房吧。阿峰，我们回去！”败家子的老爹不多停留，连夜跟司机回老家了。

败家子从头到尾，都以为是在做梦。直到第二天早上，看到小护士在把玩那个大金戒指，才知道昨晚发生的事情是真的。

“老公啊！你说爸爸手上戴这个玩意，这么重，不累吗？爸为什么要给我这个啊？你看，戴大拇指上都很空。不过，这上面的玉倒是挺好看的。老公啊，这东西贵吗？”

败家子心中波澜起伏，这人生转折也太快了，一时间，他都无言以对了。

利达公
门头摊位招租

第四十四章 天台雨过天晴，败家子终领证

败家子跟小护士还没有去上班，叔叔的电话就打了过来，说钱到账了，可以去买房了。

两个人连梦都没有醒，就去福华路看房了。在阿东的楼下，有一套两房的带装修的房子，可以拎包入住。但是败家子之前觉得那里太闷了，没有天台铁皮屋爽快，几经考虑都没有下手买。

回到柜台后，小护士问败家子：“你真的要从家里拿钱买房吗？”

“怎么，你不喜欢啊？”

“买房，我肯定是喜欢的，毕竟有一个安稳的家。只是我不太愿意从你家里拿钱！”

“怎么，心里气不过啊？怪我家里人把我们扫地出门啊？”

“那倒没有，面都没见过，谈什么扫地出门啊。我们在一起这一年多来，过年过节，我可是和你一样，有打电话问候他们的哦！”

“知道了，你是天下最好的媳妇。”

“少贫嘴了，你老实告诉我，开工厂这两年来，你赚了多少钱？”

“这个嘛，也没有多少。欠他们几个的20来万块还清后，没什么剩下了。你也知道，我一有钱就变坏，买这买那的，没有存下来钱。”

“10万块总有吧？”

“哦！那有，10万块还是可以拿出来的，不过要向杨工拿，我估计能拿个十几万块吧。”

“不用十几万块，你就拿10万块出来。我在柜台这一年多来也存了六七万块，加起来够付首付了。”

“哈哈！你居然偷我的公款，还神不知鬼不觉的。一年存了这么多，厉害啊！华强北满地都是人民币吗？你能跟我说说，你是怎么做到的吗？”

“败家子，你再说一个‘偷’字试试？”

“别，别，别！娘子请息怒，本公子赔礼道歉！”

“谈正事，严肃点。这套房子全款50多万块，如果付3成，加上杂七杂八的费用，我们手里这18万块应该是够的。我的意思是，不拿爸爸的钱，我们自己分期付款。”

“哦，老婆大人好有志向啊！有钱都不要，这是在闹脾气吧！”

“我都说了，我对咱爸妈没有意见。只是，我觉得我们有能力买房，为什么要拿父母的钱呢？再说了，你们家十几口人，也没分家，一下子给你拿这么多钱，怕会影响到爸爸的威信。”

“那倒不会，我们家人不会有意见的。但是你既然坚持，我就听你的吧，不过有一点你要听我的。”

“什么？”

“房产证上写你的名字！”

“这个嘛，买了再说吧！我讨厌办手续跑上跑下的，再说我也不方便啊！”

“那行，就这么决定了，我们自己买房。”

两个人商量着房子的事。败家子的老爹又打来电话了，说话简单直接：“后天是个好日子，你们收拾一下，回来拜申面公，把事给办了。”

“爸，什么拜申面公？不懂啊！”

“就是回来结婚！都快当爹了，这都不懂。”

“啊？结婚啊！跟谁结婚。”

这傻小子别看平时嘴上不饶人，关键时刻还真的是智商有限。

“你小子，带你的小护士回来结婚，听懂没有？”

“哦，娶小护士啊！那行，那行。我们马上收拾一下回去。”

败家子带着小护士直奔潮汕老家举行婚礼。实际上不算是婚礼，就是一家人聚在一起吃了个饭，而且是在小洋楼吃的。用小护士的话说，“感觉是这家少爷，收了个陪房丫头”。

这还不算，更为可笑的是领结婚证。他们两个拍了个红底的合影，将照片交给老爹，第二天，老爹交给他们两本结婚证。上面只有相片，其他地方都是空白的，这让他们两个有点不明白。

“看什么啊？你以为假证啊！看上面的钢印没有，货真价实！”

“可是，老爸，这怎么是空白的？”

“证是真的，空白的地方你们自己填一下资料。民政局那个人，是个大炮嘴。我可不想让全村人都知道，你娶了个比你大好几岁的外省妹。你自己写上合适的日期就行了。”

“爸，首先，小护士不是外省的。还有，她是腊月出生的，大我二十几个月而已。你这么说话，太难听了……”

如果不是小护士拦着，这两父子又得干起来。最后，老爹甩下一句“爱填不填”就走了。

面对这两本空白结婚证，小护士认真填写完毕，然后在那里神游四海八荒。

“老公啊，你说这自己手写的结婚证，它有效吗？”

“老婆大人，我也是第一次见这本本呢，手感还行，像是真的。至于有没有法律效力，还真不知道。”

“这如果没效，我可就惨了！听说你们潮汕人只认男丁，不要女孩。如果我生出来的是女孩，你一脚把我踢了，我也无可奈何的哦！”

“又乱讲话，再这么说，我抽你了！这样吧！深圳的房子，房产证上写你的名字。那房产证总不会有假吧？”

“行了，不逗你了。房子还是写你的名字吧，没有了你，我要房子有什么用？这辈子就跟定你这败家子了。”

所谓的婚礼，就这样结束了。败家子带着小护士又回到了深圳。他们虽然是有证的一对了，可以怎么看怎么不对劲。好像那两本结婚证，还有一个多月才会生效。

在深圳买房还是比较简单的，没费多大的周折，他们就把房子给买了。虽然是带装修的，可是败家子又犯毛病了，说什么也不肯就这样搬进去住，而要自己设计一下，毕竟是他跟小护士的婚房。最后，小护士也拿他没办法。那个天台屋，说什么也住不下去了，只能搬到建行宿舍将就一下。

命运总是照顾那些有追求的人，小护士顺利生下了一个大胖小子，距离他们的结婚证生效日仅仅一个月。孩子4个月大时，败家子跟小护士顺利地搬进了他们的爱的小屋。房子的设计和施工，都是败家子亲自搞定的，还真有点味道。只是，搬进去的时候，他对小护士说："麻烦了，以后啤酒瓶子没地方放了。"

他们从7楼天台搬走的时候，天台上摆满了空酒瓶，极为壮观。

阿东虽然没有直接参与工厂的经营，但是，一切都步入正轨。也有部分老乡因为对这份职业的喜欢，通过正常的应聘流程重回工厂。工厂的一切，都朝着正规的方向发展。一老二少的组合，依然存在。后面又经过股权改革，他们把一小部分的股份给了四大金刚、包装六仙几个。

此时的华强北，生意好得很。所有的店面、柜台，价格一涨再涨。一个1米柜台的转让费，就要30万块。一个好一点的门面，竟有人开出了180万块的价码。所谓的转让费，实际上就是一个转手的喝茶费。合同还是跟华强、赛格这些大公司一年一签。转租的租金也贵得吓人，不到1平方米的柜台，租金可以达到1.5万块的天价。那是一个天天都有奇迹诞生的年代。

阿东的工厂，一直都在高速发展。他在华强北的纯贸易生意，也一直没有放弃。可是，不管是终端工厂的客户，还是市场的客户，欠款，成了阿东一个最大的难题。

市场内部人的调货，每月一结，成了一个不成文的规定。然后，台湾同胞盛行的"月结30天、60天、90天"模式，也慢慢地引进到华强北。

客户的欠款越来越多，多的有工厂欠的几百万块，少的有小柜台欠的几十块。每天都要应付这些大账、小账，这让阿东深感困惑。后来，他明明看着有新客户，却不敢去开发，因为实在没有实力可以让客户欠款了。

网络时代也随之而来。IC网、华强网、慧聪、维库、中发，这些行业内的网络平台已经成熟了。阿东看着堆积如山的欠款，还有网络时代带来的相称信息，若有所思。

败家子呢？结婚生子后，不知是说变好了，还是变坏了。他拿着工厂的分红，然后在高科德5楼找了一个房间。当年的高科德5楼，实为一个"休闲养生区"，他就在这样的一个养生区"修炼"着。实在烦了，就把背包一背，远走天涯。这家伙，还真的在过神仙日子。

第四十五章 错信于人，合作伙伴人间蒸发

有了自己品牌产品的支撑，阿东在华强北的生意做得如火如荼。但是红火的背后，却是那乱成一团的欠款。

阿东在几大电子卖场都设了销售部，每到月底，这如山的单据，把林妹妹还有东妹累得够呛。市场补货的单子，非常的零散。多到几十万块的，少到几十块的，都有。虽然阿东一早就已经进行电脑化管理了，也请专人定制了自己的ERP系统，可是市场的这些单据，确实很不规范。有些连签名都没有，有些就只是画了一只乌龟，什么字都看不出来。这繁重的对账工作，让阿东的后勤人员，倍感吃力。每月10号前，林妹妹带着东妹，还有几个员工，经常是奋战到凌晨。

更可恨的，就是有人跑账。当年电子市场火了之后，柜台新旧交替时有出现。入门条件非常低，只要你在市场送个一年半载的货，自己有胆量，跟二手柜台主租半个柜台，你就可以在华强北开张做生意了。他们的名片很有意思，多数是印着“××电子实业有限公司”，下面写着两个地址，一个是“××电子市场经营部”，另一个则是华强北附近的一些大厦地址，但却是根本不存在的房号。反正，只要花1万来块钱，一个“实业”公司就会在伟大的华强北出现。

华强北的电子市场，商户基本上都是做老乡生意，以潮汕人居多。当然，也有浙江人、湖南人、山东人等。老乡生意的特点，就是诚信、赊账。

基本上，你只要是讲潮汕话的，就可以拿货记账，单据都可以没有。每个柜台，都有一个小本本，上面记着柜台号，今天有人过来拿10只就记10只，有

人拿一包就记一包，不用签字，也没单据。等月初一到，柜台主就会带着小本本上门收款。这是华强北市场赊账的1.0版本。

阿东的赊账1.0版本，运行得可不太流畅。东妹月初收账时，经常出现，柜台要么已人去楼空，要么就是换人经营了。欠款多的有一两千，少的也有大几百。有时候，对方在阿东的几家店面都挂账，但是合起来也就千把块钱。不是阿东不想去追回这些欠款，而是生意实在太忙了，他没有这个精力去找回这几百一千的欠款。所以，这笔赊账慢慢地累积成了一颗地雷。

比起市场的这些小欠款，终端工厂才是大魔王。动不动，就是要求60天、90天的款期。阿东在接单的同时，总是担心款期的问题。

在欠款达到千万元水平的时候，阿东有点不淡定了。他找杨工商量，但是杨工的日子也并不好过。阿东这上千万元的欠款里，至少有60%是欠杨工工厂的。工厂的业绩再好，也架不住这样多的欠款啊？这一老一少，十分无奈。

生意做不做呢？不给人欠款，就没有单接；给人欠款，自己又没有多余的资金让人赊账。先抛开坏账这一部分不说，90天的月结款期，也就是4个月才能收到钱。面对新开发的客户，这开头的4个月，他们并不是那么的好过。

万般无奈下，阿东跟杨工只能尽量减少对新客户的开发。然后，稳定好老客户，将工厂、公司往正规化方向发展。

然而，事与愿违，有些时候，总是会出现一些不太正常的东西。在那个年代，增值税17%的发票，简直就是贸易商的噩梦。从总体上讲，遵纪守法的商人是占主流的，可是，个别害群之马，却坑苦了那些想诚信做生意的人。

7月的一个中午，天气如蒸笼般闷热。阿东的电话响起了，是东妹打过来的，她的声音紧张而恐慌：“哥！出事了！公明那边说，我们的17点增值税发票是假的，退不了税。”

“不是吧？我们可是开具的正规发票，怎么会退不了税呢？”

“这个不清楚，他们的财务非常紧张，说要叫我们老板和财务一起过去协助处理。”

“这样啊。那你先带上出纳过去看看，我去找一下那家开票给我们的贸易公司。”

东妹带着几个人来到了客户工厂。这是一些总金额有400多万元、3个月前开具的发票，现在查无进项。这让东妹不能理解。因为所有的发票都是通过自己的贸易公司开出去的，而自己的进项也是从正规公司开进来的。自己工厂的发票，还有一些其他调货公司的发票都很正规，根本不存在偷税漏税的问题。

花了两天的时间，东妹跟厂方一起找出了几十张有问题的发票。东妹回自己公司对票的时候，发现了问题。这几十张发票，都来自同一家公司。这家公司的老板，好像是阿东的朋友。

“哥，票的问题查出来了，有几十张，我们的进项都来自同一家公司，就是你那个做三极管的朋友的公司，你问一下他，总金额有400多万块呢！”

“不会吧，我马上打电话给他。”

电话一打，阿东脸色都变了。

“你好！你所拨打的号码是空号。”

他再打了一个，听到“你好，你所拨打的号码已停机”。一连打了好几个电话，就没有一个是在正常状态的。阿东心想：对方不会跑路了吧！

阿东一刻也不耽搁，马上跑到那家公司。眼前的景象，让阿东顿感恐慌。区工商局的封条贴在门上，非常扎眼，门口居然聚集了好多市场的人。看来，受害者不止阿东一个人。不同的是，阿东是真的和这家公司有生意往来，正儿八经的给钱收发票的。而有一些人，和这家公司没有实际交易，只是跟它买发票的。

公司老板跑了，公司也被封了。一时之间，阿东有点懵了。他不是之前和自己称兄道弟、誓同生死的好伙伴吗？他开的车，不是奔驰就是宝马，他儿子还开了一辆600多万块的大牛招摇过市，怎么说跑就跑呢？不对啊，他住银湖啊，去他家看看！

结果，当然是失望的，不管是在银湖的别墅，还是在潮汕老家的豪宅，都找不到这家人的踪影。就连他年迈的父母，也不在小村子里住了。仿佛一夜之间，他们都人间蒸发了。

工厂的起诉很快让阿东回归了现实，阿东没有人间蒸发的本事，自然要补交所有的税项。他请了相关专业人士做核合，比较庆幸的是，不用交3倍的罚款，补交应有的税金就可以了。

然而，工厂并不愿意就这样放过阿东。一纸告他诈骗的诉状，让阿东不知道如何应对。这家工厂，也算是一个超级大客户，3个月的账期下来，差不多有1000万块的货款。现在是官司阶段，所以，工厂将货款扣下不给他了。这让阿东这边资金顿时吃紧，官司无法再拖下去，无奈之下，阿东只能选择和解。而和解的代价，是欠款只付5成。也就是说，在这一次的风波里面，阿东要赔付400多万元。

深夜，不知在哪个国家的败家子，让阿东给招了回来。

布吉的工厂，今非昔比，俨然一座现代化工厂。一老二少，再次坐在一起，大家的表情是那样的严肃。败家子先开口：“我说，两位老总，我正跟法国小美女谈潮汕文化呢，你们这一个急电，可吓坏我了，我还以为你们两个谁死了，要我回来奔丧呢。”

“能不能说点好的？这是500万块，懂吗？”

“东总，现在500万块对你来说应该不算什么吧。你这几年赚的，不止这个数吧。”

“我是正经做生意的，他们这样做是敲诈。”

“这个也是没办法，谁让我们有错在先啊。我觉得吧，咬咬牙，把这死猫吞了吧。我们不要想是没了400来万块，我们要想，可以马上收回400来万块了。这样，资金也就活了。”

“败家子这样说是对的。阿东啊，我老杨这些年，也看开了许多东西，钱嘛，再赚就有，和解吧！”

“就是，你要想想啊，这个客户和我们做了这些年，我的奔驰，你的宝马，还有我们的房子，我们新厂房的地皮，是不是都是他们给的？收手吧！”

“算了！和解，就当500万块返利了。”

“东总，出来行，始终是要还的。”

“行你个大头鬼！我们是正经生意人，你啊，别老往外跑了，你那儿子快上小学了吧，别到时候不认你这个爹了。”

“这个不能，强大的基因摆在那里呢。”

智能激光多功能一体机
佳能

第四十六章 业务刚稳，东父患疾

一次的错信于人，带给阿东近500万块的损失。以当时的房价，就是5套三居室。而败家子若无其事的态度，让阿东深深地怀疑他到底还是不是股东。

惠州仲恺的地皮，已经顺利买下了，股东，还是他们这一老二少。只不过，这次的占比有了一点小变化。阿东占五成，败家子占一成，杨工占四成。杨工说自己年纪大了，不想那么累。他的孩子根本不愿意入这一行，所以，他要求持股少点，投资少点，这也是人之常情。明显的，他已心生退意。败家子好像也没什么兴趣，也不会提什么要求，好像这个项目跟他没有任何关系一样，这可是2000万块的投资啊！

这一个组合里，唯一还有规划跟斗志的，也只剩下阿东了。但是，阿东的资金流向，有点不明朗。也许是大起大落后，他有点对金钱过分看重。也许是林妹妹手真的太紧，反正，他这个几千万身家的老板，依然是穿着福田服装市场买的套装，全身装扮不超过100块。

林妹妹把钱紧紧地卡在手里，也没有过富婆的小日子，而是疯狂地买房。在深圳的限购限贷令出台前，林妹妹已经在华强北附近入手了近10套房子，清一色的六七十平方米的小单位，全都做了30年分期付款。每月租金可以抵上房贷，实际并没有付多少。林妹妹每个月都要忙房子出租的事情，加上还要带两个小孩子，一下子忙得不可开交。阿东突然心生恐惧，这林妹妹，是不是有点太过了？还好她是潮汕人，不然自己真是没什么安全感啊！

那莫名其妙失去的400多万块，在阿东心里，始终是一根大大的刺。败家子出去流浪前，什么也没说，只是抛下一句：做百年企业，就得了。

心正，身正
身上有硬气
心中有目标
方向坚定
不随波逐流

自从败家子信了小乘佛教后，讲话总是云里雾里的，像极了三老叔。这几句话像是没什么实质内容的话，在阿东看来，意味着如果公司一切操作规范，这400多万块可以不用损失。在经过几天的思考后，阿东做了一个让华强北人都看不懂的决定：一是将现成的门市全部转让。二是在休闲养生区，也就是原来的高科德电子市场租两个房间。三是把公司总部搬离华强北。

这时候华强北的生意，如日中天。柜台、房间的转让费，动不动就是好几十万块。阿东的四个门市，都是当年精心选址的好位置，每一个门市的转让费，都是五六十万块。经过一轮疯狂的争抢后，全部转让了出去。这笔钱，刚好付了车公庙那边海松大厦半层办公室的首付，阿东把公司的总部撤出了华强北。

如所有华强北电子人一样，不管如何搬迁，根还是要在华强北的，都不愿放弃这一方热土，阿东也是这样的。高科德电子市场上面的两个房间，阿东将一个房间作为门市，做一些市场生意，而且是有选择性地放账。另一个大一点的房间，作为临时的库房。每周从工厂补货三次，确保市场的现货供应。他还对柜台的合作伙伴做了相应的风险评估，要求对方签订月结协议并且留下相关的证明材料。对那些只有一个身份证其他资料没有的合作者，不再赊账。

公司管理也更为严格，他组建了一个团队，对目前所有月结终端客户做风险评估，对新开发的客户建立信用机制，一切都按正规流程走，有单有据，极其规范。

这一套操作下来，公司的业绩下降了三成。现金流也相应减少了，林妹妹的房贷也出现了不同程度的紧张。

市场传言四起，说阿东这家伙又玩大了、出事了、又如当年一样了，千万不要给他放账。然而这时候的阿东，已不再是当年空手套白狼、只带一个“时日”混华强北的毛头小子了。他用正规的方式，跟市场那些有代理资格的公司签订了正规的供需合同。这在当年的华强北，算是特立独行了。

经过动荡的半年调整期，公司稳定了下来。业绩回升到原来的水平，像柜台跑账的事故，也极少发生了。阿东每天都泡在海松大厦，很少出现在华强北了。而此时华强北休闲养生区，意外地火了起来。因为，所有的电子卖场中，只有高科德提供24小时服务，其他都是下午6点准时停止营业。

也许是凭借提供24小时服务这个优势，把做外贸的，还有那些买卖电子料的“走脚”（潮汕方言，意思是“倒爷”）全部归到了高科德的五、六楼。阿东的店，正好在五楼，占据了最好的位置。他当初的决定，也算是无心插柳吧。

当一切事情都向完美的方向发展的时候，阿东的父亲却病倒了。

这事，还是阿东的大儿子发现的。周日从三联回来后，他跟阿东说：“爸爸，爷爷好像病了，我看到他每天都喝那黑黑的、臭臭的东西，好吓人。”

一问之后才知道，东父已经病了有十几天了，他也没有去医院检查，就是在三联找潮汕赤脚医生，开点中药喝喝了事。虽然阿东的母亲，总让东父去检查一下，但是固执的东父就是不肯去。他说只是简单的上火，咽喉不舒服，喝点清凉的中药就可以了。

父亲的固执，总是能战胜母亲。加上屋后的荔枝成熟了，阿东也没有想太多，以为真的是他吃荔枝上火了，这事也就不了了之。

中秋节过后，老父亲坚持要回潮汕老家看看，阿东也跟他回去了。几个人在三老叔那里聊了老半天，也没有什么主题，反正就是闲聊。晚上两父子在迎宾馆开了个房间，东父还打趣地说，这是他第一次住酒店，很新奇。

第二天，两父子就要回深圳了。在迎宾馆他们和三老叔吃了一碗饺子汤，上车的时候，三老叔若有所思地对阿东说：“唉！不知老四还能不能回来……”

三老叔讲话一向都有点像“龟灵圣母”，阿东也没有多在意，就带着父亲回深圳了。

回深后，父亲的病不仅没有好转，声音还变得沙哑了。而且吃东西的时候，非常费劲。有时候，他一天都不吃任何硬的东西，人很快就消瘦了。阿东母亲再也忍不住了，要阿东带他去大医院检查一下。

父子二人来到福田区第二人民医院，挂号、排队、看医生。苦等三小时，只为三分钟。开单检查，折腾了一个早上，也没有验出一个结果来，许多项检查都必须空腹进行。医生也说不清楚，得的是什么病，要求第二天再来进行检查。

第二天又是一个上午，将昨天的流程重复了一遍。东父是一个急性子的人，本来到医院来就非常的不情愿，又碰到这么多烦琐的流程。他终于忍无可忍，说：“生死有命，儿子啊，这样子看病，我宁愿早点去见马克思了。走了，回三联搞几个药饼吃吃，一时半会死不了。”

然后他气鼓鼓地就想走，阿东面对父亲这个时候的发飙，还真不好办。最后，他连哄带骗的，让东父做完了所有的检查。不过，还是没有查出结果。

东父开玩笑地说：“搞了半天，还是没有一个结果，就差验我有没有怀孕了。”

福田区第二人民医院

第四十七章
晴天霹雳，东父患癌

医院的报告，并没有给出阿东想要的结果。第二天阿东去拿报告的时候，医生一副欲言又止的样子，也没有明说是什么病，只是建议阿东带父亲去广州的大医院做进一步的检查。

听到这，阿东心里突然慌了。以广东的实际情况，上省城就医的，都是那些恶症。他不敢再往下想了，只希望这个医生是一个赤脚大夫，没什么水平，所以看不明白。

阿东跟东父说的时候，东父一听就跳了起来，说什么也不愿意去广州复查，说没病都得查出病来。

阿东说：“爸，这实际上只是一个简单的检查，有病没病都好。城里人每年都是会做体检的，我已经让败家子预约好了，这次不用这么麻烦。”

“我自己的身体自己知道，就是上火了而已，没事的。”

“查查吧，这样也放心一点。你都没上过省城，就当去旅游了。”

“胡闹，你旅游跑医院去啊？一句话，不去。”

东父的固执，是全家人都知道的。阿东再怎么努力，还是不能说服东父。他有点无奈，也有点着急。按照医生的说法，这病是非常严重的。阿东其实心里有点明白，只是，一天没有确诊，就有千万种可能。

在实在拿父亲没办法的情况下，阿东找到了败家子：“你约的广州医院，你老四叔不肯去，快回来帮我。”

败家子好像也是早料到这个结果，淡定地说：“我1个小时后起飞，下午4

点到香港机场，你不用接我，在三联煮好晚饭等我，我们喝几杯。”

这家伙常常是神龙见首不见尾的。

晚饭时分，败家子准时到达。他的装束有点怪，大夏天的，还穿着秋裤，手里抱着一件厚厚的衣服。头发也是好像许久没洗了，有点流浪汉的感觉。阿东一家人看着他这样，都见怪不怪。

“不好意思啊，赶船赶车，没有在机场更衣室换衣服。开饭！开饭！”

“你到底是从哪里来啊？非洲？”阿东打趣道。

“没文化真可怕，你去非洲穿秋裤啊？喝酒，喝酒。老四叔，听说你身体不是很舒服啊？”

“没什么，就是上火了而已。你是特意回来劝我去广州的吧，别费心机了，我不去，就是不去，没得商量。”

“这个嘛，你不去倒是没什么。只要你觉得自己身体没事，就没多大的问题。酒就不喝了，容易上火。”

“都难得见你，我们喝点啤的吧。这个清凉，鬼佬凉茶。”

“行啊，反正也热。那我用碗公（潮汕方言，意思是海碗）。”

这一老一少，你一搭我一搭的，让阿东一家人没看明白。本来把败家子叫回来是让他劝东父做检查的，现在倒好，这小爷俩还真喝上了。而且看样子，是要大搞了。阿东脸色很不好看，都想抽败家子了。

“老四叔，我问你一个问题。”

“什么问题啊？你不是万事通吗？还要问我什么？”

“你觉得做人，什么最重要？”

“这个嘛，我跟你奶奶的观点是一样的：百行孝为先。”

“那老四叔，你觉得，阿东，我，林妹妹，还有东妹，我们这班人孝不孝顺啊？”

“这个嘛，我心里有数的，你们都是好孩子，都是孝顺的孩子。你虽然经常不听话，但是在大是大非面前，还是心里有谱的。不然，我也不会让阿东跟你合做生意这么多年了。”

“我们都是孝顺的孩子，是吧？”

“是，是，是，喝吧，你这一碗公可还养鱼呢。”

“如果我父亲病了，我不带他去看病，外人是不是会说我不孝啊？”

“那肯定了。养儿防老，就在这一着啊。有病都不给父亲治，那像什么话？我们潮汕人最怕的是什么，你知道吗？”

“知道，就是让人送养老院呗。儿女成群，却没人愿意赡养，钱一出，就送养老院去。”

“是啊！但是，这种行为在潮汕地区还是非常少的。毕竟，我们那里思想比较传统，儿女也多是孝顺的。”

“老四叔，你还是明白人呢！你都生病了，阿东要带你去广州检查，你怎么不去呢？”

“怎么喝得好好的，又绕到这上面来了。我都说了，我没病！”

“我知道你没病，但是，外人可不是这么想的。你也知道村里那些人，最容易搬弄是非了。这事情如果传出去，没有人会骂你。但是，肯定会有人骂阿东。”

“骂阿东干吗？”

“不给父亲看病啊。你自己不愿意去，外人不知道，就算是知道了，也会觉得是阿东不主动带你看病。病向浅中医啊！我知道你身体好好的，你就是怕麻烦。可是，你如果因为怕麻烦，就让阿东背上一个不孝的骂名，那就不太好了。毕竟，你就只有这一个儿子。”

“这个……”

“黑鬼东平时不怎么说话，都让人觉得他不近人情，你再搞这么一出，让其他人怎么评价他啊？”

“那倒也是，毕竟外人不知道情况。”

“那就行了，酒干了，明天我陪你上广州，也到那里玩两天。”

“也行吧，反正我没去过省城。”

“得了，东总，收拾一下，明天一早去，我做司机。”

“你这小子，喝了半天酒，就是给我下套啊。”

“老四叔，你一向一言九鼎的，说去我们就得去。你放心吧，不麻烦，那边我已经找了人联系好了，就抽一下血，然后就去省城逛逛。”

“真拿你没办法，那不喝了，明天检查呢。别什么病没检出来，查出了个酒鬼。”

“哈，哈，哈！”阿东一家人，都笑了。

第二天一早，阿东父子跟败家子三人来到广州中大医院。因为是事先安排好的，一切很顺利。为了保险，给东父做了全身检查。因为有一部分项目是第二天才有条件做的，所以，在败家子的安排下，三人在广州住一晚，住进了白天鹅宾馆。

第三天，还是一系列的检查，然后就是等结果。

当天晚上，和败家子相熟的那个医生，打电话过来。

“林叔，下班了啊，想约我喝酒啊，你们医生不是注重养生的吗？”

“败家子，今天那位是你的什么人？”

败家子一听这口气，脸色一变。

“林叔，他是我好兄弟的父亲。怎么了，病很严重吗？”

“这样吧，你跟你那兄弟，到家属楼来吧。”

败家子意识到事态的严重，一刻也不敢耽误。他跟东父说，自己要和阿东出去吃个夜宵。两人出门后打了个的士，直奔广州中大医院。

阿东没有多问，看败家子的表情，他知道是出事情了。

林院长家里的桌上，摆了许多份报告。显然，都是阿东父亲的。

“阿东啊，你跟败家子是好兄弟，我就直说吧。你父亲的情况，怕是……”

“林院长，你直说吧，我有心理准备的。”

“食道癌中晚期，胃癌中期！”

“啊？”两个小伙子一下子愣在那里。

“在身体的不同地方都发现了肿瘤，都是恶性的，而且还是中晚期了。”

“有什么治疗方法吗？”败家子冷静地问。

“以目前的医疗技术，是可以通过手术来治疗的。老人家身体还行，估计能承受手术的风险，只是成功概率并不是很大。”

“还有多长时间？”阿东紧咬着双唇，挤出了这几个字。

“不做手术的话，两个来月吧！”

“做呢？”

“成功机会只有40%的样子。如果做了手术后不复发，几年、十几年都没问题的。只是，费用高啊！”

“钱不是问题。我知道了，林院长，我们明白，明天医院见。”

“好的，明天要安排住院了。因为他现在的情况，还是比较危险的。”

两人坐车回酒店，一路都很沉默。车在珠江边停了下来，阿东说要下车走走。

珠江畔，突然爆发出了一阵狼嚎一样的哭声。这个一米八几的黑大个，在江边旁若无人地痛哭起来。

阿东哭了。这是败家子第二次看到他哭，也是阿东哭得最惨的一次。败家子纵有莲花巧舌，此刻也只能选择沉默。

过江的秋风，肆意地抽打着这样的一个汉子，这个目前还不到35岁就已身家近亿元的土豪。

而这个汉子，此刻却觉得自己一无所有……

第四十八章 上省城医院，东父出奇牌

广州中大医院，一大早就人声鼎沸。排队挂号的人，用各种小包、鞋子、雨伞，排了一列非常有意思的队伍。人呢，就随处睡在医院的一个角落。挂号窗口一开，人群就开始躁动起来。这些人好像一下子从地下冒出来了，马上就占满了整个挂号大厅。这些人，大多数都是满脸愁容。很简单，来到这里看病的，想再出去，也许就是下辈子的事情了。人生，既是如此，又何必在意呢？

阿东还是坚强的，收拾好自己的心情后，带着东父来找林院长。听说要住院观察，父亲居然出奇的安静，他没有发表任何意见，一直配合败家子办理各种手续。这让阿东心里非常的不安，父亲的这种安静跟配合，像是暴风雨来之前的宁静。

阿东并没有告诉父亲他的真实病情，只是跟他说，为了安全起见，要住院观察。他根本就没有想好，要怎么跟父亲说起，因为这和对一个死囚的宣判，没什么区别。作为儿子，阿东又怎么忍心说出口呢。他只能是走一步，算一步了，希望父亲能够走多几步，陪着自己。

忙乎了一阵，东父终于在高级病房安顿了下来，他打趣说："这病房不错，比五星级酒店还好点。有沙发，还有茶几，来，败家子，你把茶具摆出来。物泡（潮汕方言，意思是冲一泡茶）！"两个大高个，都是一脸苦笑。

找出一副工夫茶具，茶三酒四。这一老二少，在医院里喝起了茶来。败家子还提议，晚上扛箱啤酒来陪床。气氛没有想象中的那么凄凉，东父也一改往日严父的样子，和败家子讲一些属于男人的冷笑话。这让阿东很意外，想不到父亲还有这样的一面啊，看来败家子是什么人都能带坏的。

东父突然说，自己有一件衣服忘在宾馆了，要败家子去拿。败家子说，让酒店的人送过来就行。东父说：“不行，没那件衣服没有安全感，毕竟入秋了。”败家子说在附近买一件。东父还是不同意，说：“衣服好好的为什么要去浪费钱买？你去拿一下不行吗？”败家子也没办法，只能回白天鹅宾馆拿。这一来一回，费的油钱都可以买一件不错的衣服了。重点是，还得花两个小时。败家子在出门前，若有所思地看了看阿东，使了一个眼色。阿东心中有数，这是让他看好老父亲，千万不要有什么变卦。毕竟，父亲的反应，有点不对。

快到中午了，东父提出一个要求，他对阿东说，广州酒家的点心很不错，他都没吃过，让阿东去打包一些回来，中午三个人一起吃。阿东犹豫了一下，没有马上答应。

“怎么了，儿子？老父亲要吃几个点心，你都不让啊？”

“这个，爸，不是，不是，只是有点远，我来回也要好久。你一个人在这里，我不放心啊！”

“没事，现在又不打吊针，也就是坐着，你还怕你爹有什么事啊？快去吧！我还真有点饿了。”

“要不，我让败家子回来的时候顺便打包吧。他也快回来了。”

“他那个家伙，等他回来都不知几点了，你快去快回吧！都到中午了，趁现在还能吃得下这些东西，多尝尝味道。”

阿东身子一震，满脸通红，一会又变成了黑色，表情怪异。

“好吧。爸，那你就在这里休息一下，不要乱跑。”

“你这孩子，说小孩子呢？你爸虽然是乡下人，但也是在深圳住过几年的。放心吧，快去快回！”

父亲的要求，阿东无法拒绝，特别是最后那一句话，差点让他哭了起来，但最后还是忍住了。下了楼后，一向节省的他，马上打车去广州酒家。在车上还打电话让败家子把要吃的东西先点好，自己到了马上拿走。败家子感觉有点问题，但是分身乏术，也只能照办了。真不知这个老四叔，要出什么招。

这个老父亲，还真的是出招了。他操着潮式普通话问路，找到了林院长的办公室。林院长看着自己的这位老乡，虽然见惯太多的生老病死，此刻也是百感交集。

“林院长，我比你大10来岁，都是潮汕人，我就叫你林老弟，可以吗？”

“四哥，可以的，都是家乡人，这样叫才亲切。”

“林老弟啊，一句话，还有多久？”

“什么还有多久？”

“我还能活多久，三个月？两个月？”

“四哥，你都知道了？”

“那两个孩子没有告诉我，但是，我那孩子，什么事情都写在脸上。昨晚回来的时候，明显是哭过的。小时候他调皮，被我用麻绳抽得满身‘彩虹’都不流一滴泪。如果不是我时日无多了，他是不会哭的。”

“四哥啊，你老还真的是明白啊！”

“是啊，老弟，你就让我死个明白吧！”

“如果不做手术的话，一个多月吧。”

“哦，两个月都不到啊！”

“四哥，做手术吧。虽然只有40%的希望，但至少还有希望啊！再加上，你那两个孩子出得起这个费用，你一定不能放弃啊！”

“手术做下来要多少钱啊？”

“这个嘛，败家子的意思是，全部用进口药，然后从北京协和请人过来，增加手术的成功率，可能费用会高一点。”

“要多少？”

“少说也要100多万。”

“什么？100多万！”

“是啊！四哥，这还不算败家子用来打点的那些费用。我虽然是院长，但是，也是无奈啊。两个孩子这么有心，你自己可不能放弃。如果手术成功了，有些人几十年都不会复发的。”

“我知道的。只怕是钱花了，人也没了啊。老弟啊，我不想客死他乡啊。”

“四哥，手术还是要做的。人家没条件，真的只能等死，你有这个条件，为什么不搏一下呢？毕竟你才60出头，以后的日子还长着呢。”

“老弟啊，我这辈子也够了。我家穷了好几代了，阿东这一代赶上好时候，才脱了贫穷的帽子，我知足了。不敢祈求太多，我现在也算是儿孙满堂了。”

“别想那么多了，四哥。走，我带你吃饭去。安心治疗吧，以后的好日子还多着呢，别说那些厌气话。”

“不用了，老弟，阿东买点心去了，我先回病房了，有什么对不住的，老哥哥在这里跟你道歉了。”

“哪里的话啊，我送你回去吧！”

“不用，不用，你忙你的，我走了。”

林院长看着老乡的背影，不禁动容。苦了一辈子，在应该享受的时候，却没有时间了。人生，到底是为了什么啊？一切自有天命，但愿他能够挺过这一关。

阿东打包完点心，一刻也没有停地飞车回医院。他的心跳加速，总是觉得要出什么事，路上还跟败家子打电话联系着。败家子也说东父不太对劲，这衣服好像是故意留下的，放在衣柜角落里，难怪早上退房的时候他没有看到。这更让阿东担心了。两个人，一南一北地往医院赶。

当他们来到病房的时候，担心的事情还是发生了。那间病房，收拾得非常干净，床单上都没有折痕。如果不是那套洗得干干净净的旅行茶具放在玻璃台上，谁都不会知道，在两个小时前，有一老二少在这里喝过茶、说过话。

茶具下面有一张小纸条，显然是父亲的留字：“阿东，爸知道了。我不想客死他乡，更不想你们再花钱，我回老家了。”

“我去，怎么还留书出走了呢？”败家子也没想到老四叔会来这样一出，说了一句粗口。

“护士！”阿东如野兽一样地嚎叫起来。

“喊什么啊？怎么搞的？”一个妆容精致的护士走进了病房，看到阿东那个眼神，吓了一大跳。

“人呢？”阿东问道。

“什么人？”

“病人啊，我爸！”

“这？！刚才好像出去了。”

“你们怎么不拦着啊？”

“老板，我们是医院，不是监狱。”

“你？！”

“别说了，追吧！”

败家子还是比较理智的，问道：“护士姐姐，人走多久了？”

“这个嘛，快一个小时了吧。对了，走的时候，好像还提着一个包。”

“走，去省站，快点！”

第四十九章
重燃希望，回穗就医

繁忙的省站。如织的人潮，各种表情，应有尽有。唯一相同的，大家都行色匆匆。两个一米八几的大高个，在人流里穿梭，架势有点吓人，很快就引起了省站安保的注意。

“你们两个，干什么的？”

“找人啊！”

“找人也不是这样找的？不是都有手机吗？打电话就行了。”

“不跟他们废话了，阿东，你一边，我一边，找一下。”败家子懒得跟保安唠叨。

“我说，二位，找人可以上车站广播室。这样找没用的，人那么多。”保安小哥，倒是比较热心。

“不行啊，如果喊广播，我爸肯定又躲起来了。败家子，我们还是分头找吧！”

“行，我去看看车次。”

“我去！省站还是真的名不虚传呀。从广州开往潮汕地区的，几分钟就有一班车。但问题是，不知老四叔会走哪个方向？正常的是坐开往揭阳的车，如果急的话，也可能是坐开往汕头的车，还有，到潮州的车也是有经过老家的。”

“阿东，你听我说，这样找是找不到的。老四叔不是回家了吗？走，我们回家等他。”

“回哪个家啊？他不会回深圳的。”

“当然不是深圳，他不是说不想客死那个……呸！呸！呸！不说这个了。他肯定是回潮汕老家了，我们现在开车赶回去。”

“这个，不能够吧。家里没住的地方了，他怎么可能会回去？”

“落叶归根啊！别废话了，走吧，马上回潮汕。”

德国宝马，发挥了它应有的水平。不过，到达老家那个小村子的时候，已经是万家灯火了。阿东习惯性地往那间“罗里头”走去。这房子，已经不能住人了，空置了有些日子，父亲也根本就不在这边。屋后的那栋小楼，此刻倒是灯火通明。这本来是父亲一生的产业，也是父亲一生中，留下的唯一的光辉成就，而为了给阿东买婚房，这楼也被卖了。现在父亲重病回家，居然无家可归，这让阿东深感愧疚。

一时之间，阿东站在小山村的夜色里，没头绪，没希望，满脸悔恨，他原本黑黑的脸，憋得更加黝黑了，跟这黑夜成一色了。

这样的阿东，显然再也哭不出来了。可是，败家子又多么希望这时的阿东，能像在珠江边那样，旁若无人地哭啊！这样，他的情绪也许可以得到尽情的释放。败家子想，别到时候，老四叔没治好，这大黑鬼倒整出精神病了。

败家子想，老四叔回来了，要么会去阿东的舅舅家，要么会去找三老叔了。对啊，我们应该去三老叔那里啊。

“东总，上车，去三老叔那里。”

败家子的话，把阿东的思绪拉了回来。对啊！这家不能住了，父亲肯定是在三老叔那里。自己是疯了吗？脑子这么乱。

东父果然是在三老叔那里。两个人，正非常惬意地喝着小酒呢。

对阿东他俩的到来，东父并不感到意外。

“爸，你怎么这样？马上回医院，不然就……”

“别说话！”东父打断了阿东的话。“既然你两个都来了，就坐下一起吃吧。其他的，不要说。”

两个大高个没有办法，只能坐下来陪着三老叔和东父吃饭。这一天都没有米下肚，两个人还真的饿了。败家子倒是不管哪朝哪天下，吃饱才是王道，坐下来就是大吃大喝。中途还打电话叫村口阿肥送来两斤猪头肉，外带一箱青岛啤酒。

阿东愁眉深锁，什么也吃不下去，想跟老父亲讲些什么。可是，东父阻止了他，应该是不想让三老叔知道自己的事情。阿东看着败家子那样子，突然来气了：这小子，怎么只顾自己吃呢？

最后，还是三老叔打破了这个僵局。

“老四啊！两个孩子都追来了，你也不用瞒着我了，是从医院跑出来的吧？”

“呵呵，三叔，你还真的像个‘先生’样啊！”

“老四啊，说实话吧。上次你回来的时候，我还真的怕啊！”

“你怕什么啊？”

“你以为我帮人算了几十年的命，是浪得虚名的吗？我怕那一次的见面，就是我们最后一次见面。傍晚时分，你突然出现在我的面前，我还吓了一跳，以为你是以另外的身份回来找我了呢。”

“三叔，你真的是神棍啊！什么另外的身份，当我是鬼啊！看到没有，大活人一个，还跟你喝酒呢。”

“知道啊！所以，你的寿缘未到啊。”

“三叔，生死有命，这些日子，我就陪陪你老人家吧，我不想去大城市麻烦孩子们了。”

“这个嘛，恐怕不行哦！”

“咚”的一声，阿东重重地跪在地上。

一看玩大了，败家子吓得差点将一块猪头肉吐了出来。看到阿东这个样子，他马上用满是油的手去扶阿东。

“你这孩子，干什么啊？快起来，你爸还没死呢，这么快就跪下了。”

“孩子，起来，有事好好说，你三十几岁、两百多斤的人，你这一跪，我这房子要塌了。”不知道三老叔到底是心疼阿东，还是心疼房子。

“爸！我从你这里拿了3万块钱出去，历时十多年，从一夜暴富，到一无所有，然后又在你的帮助下东山再起，现在算是小有所成。我不怕跟你说，我现在的资产，至少5000万块以上。你儿媳买的那些房子，还在增值，房价都在上涨，房租也在上涨。可以说，我们家未来的财富是源源不断的。”

“我儿子、儿媳有本事，这我知道。我们家，也算是祖上有德了，出了你小子这号人物，老父死也瞑目了。”

“爸，我这么有钱，可是，面对你的病，我突然觉得，钱有什么用啊，你不肯治病，我赚再多的钱又有什么用？自己的父亲都救不了，钱还有什么意义？”

“孩子啊，不是你救不了，是我不想再去受那个苦。如果最终还是失败了，那我还是得走，倒不如把这笔钱留给你们，反正我也活够本了。”

“爸，你还有希望的。败家子把你的资料发到北京协和了，他们能派人下来给你做手术，都是目前全国的权威专家。你这病的治愈率超过60%，你为什么要自己放弃呢？”

“是啊，老四叔，我早上把资料发给北京了，专家看了之后，认为如果马上做手术，生存的概率会超过60%。这对晚期病人来说，是非常好的事了。”

“爸啊，我这些年奔波做生意，从来没有时间好好陪你。你说，我奋斗了这些年，等我有一定的成绩后，你却不在了，我做这些有什么意义？我也不希望你去受苦，可是，如果有机会，我们就不能珍惜一下吗？我实话跟你说吧，不要说100多万，就是1000多万，上亿，只要能治好你，对我来说，都不是事。”

三老叔看着这两父子，老泪都流到酒碗里了。

“老四啊，听孩子的吧！这次还能见到你，我已经给你算了，你的日子还有的。别太固执了，这样苦了自己，也是苦了孩子啊！”

“老四叔，我败家子还是那句话，如果阿东不给你治病，你让他怎么在社会上立足，你让他怎么跟人家做生意？外面的人，不是谁都知道是你不愿意治疗的。大家只会说，阿东宁愿让自己的父亲等死，也不愿意出钱给他父亲治病。”

“乱说！我自己的儿子，我不清楚吗？”

“你是清楚，那些不嫌事多的人，肯定会把阿东说得很不堪的，这对他的信誉也会有不小的影响。”

“这有什么影响？别人怎么说是他们的事情。”

“老四叔，阿东现在是企业家了，不是那个在华强北摆摊的小子，他有绝对的能力为自己的父亲治病，这也是为人子应该做的。简单说，一两百万块，对现在的我们来说，不算个事。”

“钱不算什么，但是，我不想自己进去了，就走不出来。”

“老四叔，如果没有希望，我们两个肯定不愿意让你去受这个苦。现在是有60%的希望，如果不复发的话，你还可以长命百岁。你还想看孙子大学毕业、成家立业的吧，那小子是文曲星转世啊，今年已经保送深中了，你就愿意这样放弃吗？”

“孩子啊，谁不想长命百岁啊？我也想过让人叫爷爷的日子啊！我是真怕啊，那些老伙计，有多少是进去了就出不来的。如果真的是死，我希望是有点尊严的落叶归根啊，而不是化成一把骨灰再回来。”

“老四啊，你听两个孩子的，你现在谈死，还不是时候，跟孩子们回去吧。你死都不怕，还怕什么做手术啊。你放心，如果你真的在省城死了，我千里背尸，也要把你背回来，埋在我的‘耐果’（潮汕方言，指荔枝）树下。”

“三叔啊！”

“爸，跟我们回去吧，我还想着跟你喝酒呢。不要这样就放弃自己，我们都没有放弃。妈妈，妹妹，都还不知道这事呢！她们也不想让你放弃，还有你孙子、孙女。”

“孩子，起来，起来。把饭吃了，我们回省城。”

“老四啊，这就对了啊。放心，你还是能回来的，而且是活着回来。”

“走，去广州！”

第五十章
东父侥幸渡过鬼门关

在广州中大医院，经过3天的术前准备，等北京的两个专家就位后，东父是时候进手术室了。

阿东，林妹妹，东妈，东妹，败家子，还有一些亲戚，该来的人全部都来了。

东父看着众人，泪水忍不住流了下来。他不是怕死，而是真的舍不得这些家人啊。

“老亩（潮汕方言，意思是老婆）啊，我有可能进去就出不来了。我们在一起几十年，你什么都好，就是嘴巴太碎，总是唠叨个没完。我如果进去以后出不来了，就没人听你唠叨了。你也不要总是在家里‘担有担无’（潮汕方言，意思是说些有的没有），这样，儿子、女儿，特别是小林，会烦你的。”

“你能平安出来的。我早上拜伯公，三个都是‘胜杯’（潮汕地区拜神明求卦，“胜杯”表示大事可成），你一定能平安出来的。你一辈子命都是硬的，这一关绝对能过。”

“小林啊，这些年苦了你了。你嫁到我们穷苦人家，虽然阿东这些年赚了些钱，但是我知道，没有你就没有这小子的今天啊。你婆婆为人嘴碎，你不要往心里去。阿东那小子像我，比较固执，以后我不在了，这个家得麻烦你看着了。”

“爸，你放心吧。你一定能平安的，你孙子还等你送他去上初中呢。是深圳中学，全深圳最好的学校。”

“败家子，别没事总是往外面跑，几个月不见人。家人，才是最重要的。”

“老四叔，放心吧，我等你出来喝酒。”

“东妹啊！我最不放心的就是你了，你说，你到现在都没有找到一个好婆家，眼光不要太高了，找个实在的人过日子就行了，你哥和你嫂子会帮你们的。不用找太富有的，只要有责任心就可以了。潮汕男人，都一个样的。”

“爸，等你康复了，你帮我把关吧！你选的，准没错。你一定能平安的！”

“阿东啊，你要哭就哭吧！憋出病来，老爹有可能就看不到了。”

“爸，为什么要哭呢？等你康复了，我们一家人都是笑的，哭什么呢？”

“阿东啊，老爹我一辈子没什么出息，但是有你这样一个优秀的孩子，我真的知足，上天对我不薄啊！当初给你的3万块钱，如今让你成就了这样的一份家产，你真的是我的好儿子啊！我如果出不来了，你就是家里的顶梁柱了，把家照顾好，我也算是死得瞑目了。”

“爸……”

“四哥，我们进去吧。放心，我就在一边看着你。”林院长跟一班专家，把东父送进了手术室。

然后，就是漫长的等待……

15个小时后，手术室的门开了。出来的，是林院长。手术的结果，已写在林院长的脸上了。

“林院长，怎么样了？”

“阿东啊，手术非常成功。病变的胃部的也一并切除了，非常理想啊！”

林院长此时有一些莫名的兴奋，这是一个医者的医德体现吧，手术的成功让他激动成这个样子。

“北京的专家，果然是经验老道啊！又为我们上了一课。他们做完后期处理，你爸就会送到ICU。理想的话，48小时后，他就可以和你们说话了。我先去休息一下，你们也都回去吧，没事了！”

“谢谢了，林院长！”

一家人终于松了一口气，东父总算是过了第一关。

5天之后，在ICU里面，东父已经能够如常地跟人交流了。有意思的是，他醒来问败家子和阿东的第一句话竟然是：“住在这里面，一天要多少钱？”这让两人有点哭笑不得，说到底，东父还是心疼钱啊。

不到半个月，东父就转入普通病房。他的气色越来越好，康复得非常顺利。林院长对这位四哥也是照顾有加，有空的时候，都会来这里转转、聊聊天。那种把人从鬼门关抢回来的成就感，比什么都有意义。

阿东一家人包括败家子都是喜上眉梢，毕竟，一个至亲之人，从鬼门关走了一圈又回到家人的身边，是多么难得啊！

“败家子，你出来一下，有事问你。”

“东总，啥事啊？”

“你怎么从杨叔那里拿了200万块，又从小林那里拿了80万块，你拿这么多钱干吗？”

“哦，是这样的。东总，我又看上了一个小护士。所以呢，想着给她买套房子、买部车子，让她给我生个女儿，你也知道的，我只有两个儿子，没有女儿。”

“认真点说话，不然抽你。280万块拿去干吗了？你可真是败家子，一辈子吊儿郎当。”

“黑鬼东，能不能盼我点好呀？我一拿钱，你就以为我会去花天酒地。老四叔这病，你可是说好的，我要多少钱都随便我打点、随便我花的。怎么，老四叔病好了，你要跟我秋后算账了啊？你以为我贪你的钱啦？”

“你贪我的钱？你贪个毛线啊！你什么时候用我的钱，要用到‘贪’字？你都是明抢的啊！”

“那不就结了，反正这钱有用就是了。”

“用来干什么了？我爸这边花了近200万块，不是都已经结清给医院了吗，你还拿280万块去干吗？”

“你不要废话那么多，当我跟你借的，可以了吧。不该问的，你就不要问。你现在身家上亿，借我点钱，没意见吧？”

“这不是钱不钱的问题，我要搞清楚，这是280万块，不是280块。”

“东总，是这样的，我实话跟你说了吧。我看着老四叔经过一番折腾，身体恢复得非常好，一下子像是年轻了十几岁，这是一个好的开始啊。”

“说重点。”

“我看老四叔活了大半辈子也没享过什么福，我就想啊，在惠州买套海景别墅，让老四叔去那里住。”

“这倒是不错，我怎么没想到啊？！”

“你没想到的事情还多着呢！我还准备给你找两个小妈，一个给老四叔洗头，一个给老四叔洗脚，这样老四婶就不用这么累了。”

“败家子，有种不要跑，我打死你，没个正经的。”

败家子边说边跑，阿东在后面狂追，都是30多岁的人了，还像两个孩子一样。

转眼大半年过去了。又是一年阳春三月，东父恢复得很好，到了可以出院的日子，一家人欢天喜地地回到深圳。东父更愿意住在三联的那栋小楼里，而不愿意住在市区。其实，阿东的内心知道，父亲最大的愿望，还是回老家住，毕竟那里才是他的根。可是父亲生病一住院就是半年，这半年来，阿东广深两地跑，根本就没有时间去张罗老家的事情。倒是败家子回老家回得勤，都不知道他在忙些什么。

一家人回深圳的第四天，败家子突然到访，一边拉着东父和阿东往外走，一边说：“上车，上车……”

“什么情况，能不能说明白点，小心你老四叔！”阿东看着他，心想，不会是败家子换了新车，想炫耀一下吧。

“老四叔、东总，今天是新居入伙的好日子。”

“新居入伙？小子，南山那套房不是才交房吗？你又买房了，我怎么不知道啊！”老四叔也有点莫名其妙。

“不是我的房子入伙，是老四叔，你的房子入伙。”

“我的房子？阿东，你真给我买海景别墅了啊！你小子，别折腾了，海边我不住的，太潮湿了。”

“爸，没有啊，我都不知道。小子，别那么神秘了，快点说我们现在是去哪里。”阿东也觉得莫名其妙，感觉这败家子越老越不靠谱了。

“上车，上车！我又不会骗你们父子俩去卖钱。”

“你也要让我们知道是去哪里啊！”

“就4个小时，别急，别急。你看我的新车如何，奔驰哦！”

“试车也不用4个小时吧。真服了你了，如果今天不是周末，我们才不会陪你疯呢。”

两父子，以为败家子是在开玩笑。哪知这家伙，直接把车开上水官高速。看来还真要4小时，因为是开往潮汕的方向。

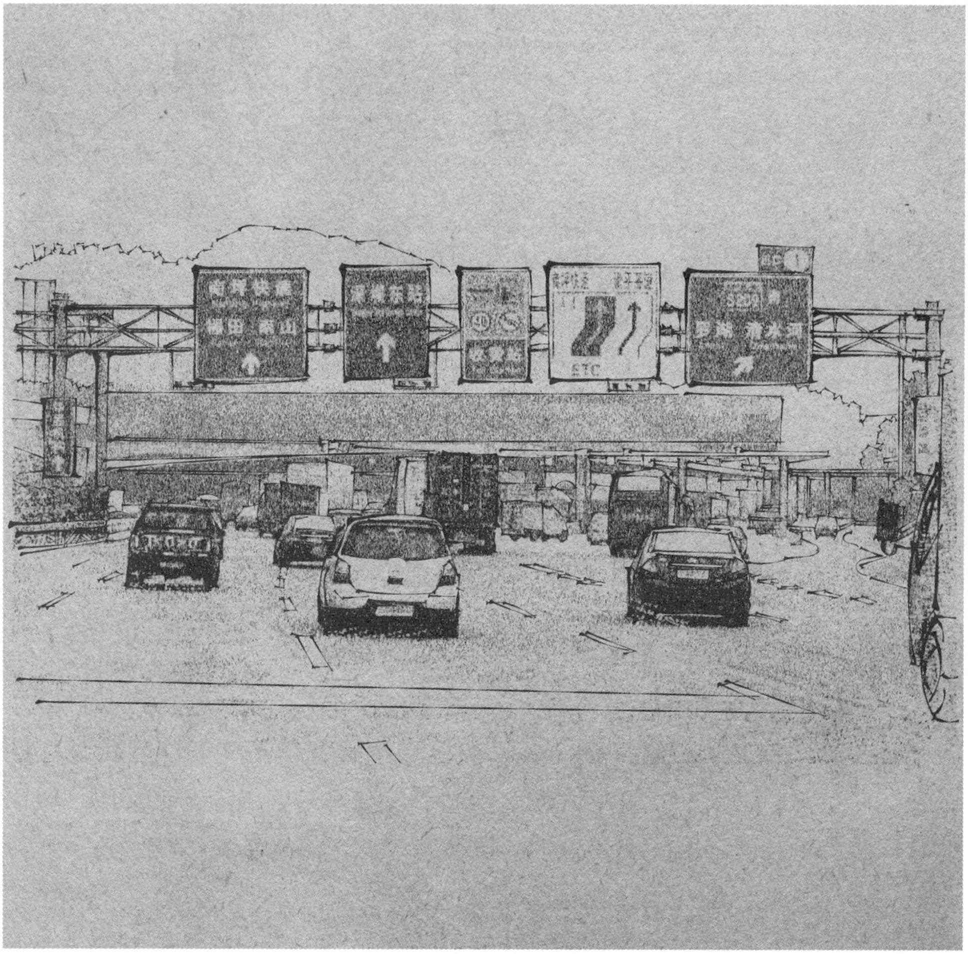
ETC

第五十一章 铁杆兄弟，共同进退

败家子的新奔驰性能超强，说是4个小时，其实只用了3个半小时，就到了潮汕那个小山村。

父子二人，一路都在问这问那的，败家子就是不明说。

车子刚到村口，父子二人发现气氛不对：现在已经是3月了，过了“营老爷”（潮汕地区特有的游神赛会）了，怎么整个小村子都彩旗飘飘的。寨门口还放了一个红色充气拱门，上面好像有写某某吉宅的。阿东刚想看清楚，哪知一下车，就被热情的乡亲团团围住了，被推搡着往阿东家方向走。

更夸张的是，快进到巷子了，地上居然铺了红地毯，乡亲们夹道欢迎这三人。这可是衣锦还乡的排场啊！

众人并没有在阿东家那间“罗里头”停下来，而是绕到“罗里头”的后面，原本属于阿东家的那块地皮，砌起了一栋崭新的小楼。这时候，两父子都看清楚了。因为门前也有一个红色充气拱门，上面写着“杨府吉宅入伙志庆”。

三老叔喜滋滋地站在门口迎接，说：“老四啊，你可回来了。你这个主人要不在，今天这场面就尴尬了。”

“三叔，这是什么情况啊？”

“什么情况？你这病没好呢，你的好儿子阿东，就把你的祖业买回来了，今天入伙。你放心，日子是我选的，你家里人的‘时日’我倒背如流，不会冲到谁。”

“阿东，怎么回事？你跟败家子干的？”

“爸，这半年我都往医院跑，哪有时间啊，败家子来了，我问问他。”

“哈，哈，哈，哈！”带着周星驰式的笑声，败家子过来了。面对这两父子，是到了解密的时候了。

“东总，不好意思啊，没经过你的同意，就把你的祖业买回来了。然后，也没经过你的同意，把入伙的日子都选好了。三老叔选的，不会有问题。还有，没经过你的同意，准备明天请全村人喝酒，还有你的一些亲戚，大巴明天会将他们送到门口。”

“你是说，你买回了我家的这栋房子？”

“是的。”

“不能够吧。这些年，我和他们谈了几次，他们都不肯卖，说话还特别难听，我只能放弃了。你是怎么谈成的？”

“这个你不用管，你只会赚钱，不会花钱，能办成什么事情呢？进去吧！”

“爸，走，我们回家，回新房子。”

败家子半年前买下了这栋楼，然后着手让人装修，春节都没有停工。到现在，已经完工2个月了。因为今天是三老叔选的好日子，可以办入伙仪式。

东父很激动，进去参观了房子的每一个角落。脸上带着兴奋，不知道是因为乡亲们的赞扬而有点难为情，还是因为激动而脸红。一路参观下来，他像是在逛一个博物馆，属于他自己的博物馆。房子的装修风格，都是合他心意的。特别是厨房那个旧式大灶台，他非常喜欢。这个是在深圳没有的。他让三老叔找了一把“鲁班尺”，这里拉拉，那里量量，门门框框，全部在字在理，很完美！

最让人意外的是，衣柜里面还有衣服，都是洗好的。

败家子解释说，他在淘宝上买了几套衣服，提前让老二婶洗好，他们两父子回来后就可以换洗。不是9.9元包邮的，而是名牌店买的。

看到父亲这样开心、这样激动，阿东内心十分感动。

“败家子，你什么时候干了这事情啊？”

“老四叔从手术室出来后的第三天，我就办了这事。还记得我拿了你280万块吗？”

“什么？这房子花了280万块，你疯了啊？”

“你以为我疯啊，这房子哪里值这么多钱？市场价差不多150万块，我花

180万块买的。”

“180万块？还行。”

“你是不是嫌贵不认啊？不认我把人轰走，把老四叔接回深圳。”

“认啊，怎么能不认啊！看我爸那开心的样子，这钱花得值。不过，剩下的钱你要还我。”

“剩下的钱？剩什么钱啊？”

“不是花了180万块吗？你拿了我280万块啊。”

“哦！是这样的，你也知道你这邻居是什么货色啦，怎么肯轻易卖这房子给你呢？我听说他儿子在汕头当医生，还没买房子，我让人在汕头天华美地给他留了一套房，以内部价给他的，我还帮他付了30万块的首付，这样他才肯卖这房子的。”

“啊？！”

“我怕你们住进来后会嫌旧，所以重新装修，把隔断、外墙都打掉，然后按你家人喜欢的风格做了设计，总共花了80万块。”

“啊？！”

“还有，我怕乡亲们不够热情，老四叔回家乡后住得不舒服，预备明天办60桌，要花差不多50万块。”

“啊！疯了，疯了，这60桌哪里要50万块啊？”

“菜不用那么多钱，不是说要让乡亲们同喜吗，我给明天来吃饭的乡亲每人发600块一个的红包，六六大顺不是吗？对了，我还买了两箱中华烟、12箱洋酒、几十箱白酒放在家里，村里人谁想喝酒了，就过来拿，也陪陪老四叔。”

“败家子，败家子……”

听完败家子列的清单，阿东差点气晕了过去。一个连袜子都补过的男人，一下子被败家子花了300多万块，不气得吐血才怪呢。

“东总，这样算下来，你还倒欠我80万块哦。还有，我这半年的辛苦费，你怎么也得包个10万块的红包吧！”

“我去！败家子，败家子……”

“别败了，你看看，老四叔多开心啊，这钱值了吧！”

阿东回头看了看父亲，脸上总算回了一点血色。

“算了，算了，败就败吧。不过，明天这600块的红包，能不能少包点，一个人80块就好了，这可是20多万块啊！”

“那不行，风声放出去了，村里人都知道了。如果明天一人没600块，你们父子两人会被人赶出乡里的。”

“我去！败家子，败家子……”

“别败了，老四婶、东妹、小林回来了。你一个上亿身家的人，花你这几百万，像吃了你的肉一样。有时候，钱买不来这种快乐的，你看看老四叔。”

阿东回头看了看东父，果然，心抽得没那么厉害了。

……

8年后，华强北赛格广场68楼。

两个一米八几的胖子，站在落地玻璃窗前面，俯视着整个华强北。经历2年多时间的地铁修建，华强北正式开街了，比以前更加漂亮，更加现代化，也更有属于深圳的人文气息。

这两个胖子长相一般，一个光头，一个扎着个小辫子。

“东总，怎么突然想起买赛格呢？而且是买在最高层，这可跟你这些年投资的方向不一样啊。”

“前前后后近20年，我觉得，我的根依然是在华强北。站在这里，看着整个华强北，看着我们20年青春奋斗的地方，提醒自己那些苦难的日子。”

“得了吧，黑鬼东，你是在俯瞰你的丰功伟绩吧！你往下面数数，华强北这些数得上号的写字楼，哪一栋没有你的物业啊？在自己兄弟面前，就别整那些没用的。诚实点，行吗？”

“布吉厂房的地皮处理好了，改成了商业区。赔的钱杨叔说还是给我们1成，我们一人一半吧。”

“呵呵，好家伙，杨叔一下子多了几个亿啊！他会不会睡不着啊？”

“他现在天天都睡不着，钱太多了也是一个负担。”

“你呢？黑鬼东，你睡得着吗？”

“我是没时间睡。”

“老四叔走了有3年了吧？”

“是啊！过几天，就要回家拜祭了。”

“说起拜祭，黑鬼东，我就想骂你，你这3年来，是不是没有拜过香烟啊？”

“好像没有，我爸不抽烟的，后面那些年，他都没抽过烟。”

“我买了两条中华，你过几天拿回去拜吧。我梦到他在福华楼下跟我要烟抽。”

“说起来，还得感谢你，我爸最后几年，真的是人生最开心的时光。”

“自己兄弟，说这些干吗？老四叔也算是走得安详了。”

“是啊！惠州的工厂，现在改做军工专用器件了，杨叔请了他几个德国留学的同学过来一起搞的，你还是有10%的股份。”

“是啊。我们国产的元器件，是要好好地表现一下了，让老外欺负了这么多年，杨叔也算是梦想成真了。”

“走吧，回去吧。过几天你生日，我给你买了礼物，在福华楼下。”

“东总，这么客气啊！我就不明白了，你这个大富豪，为什么还住福华呢？”

“败家子，你不是也一直住那里吗？”

“得了吧，我是没钱，知道吗？没钱搬不了。”

“我信，大家心知肚明。20年了，谁都不想离华强北太远，毕竟我们的青春岁月都挥洒在这里啊！”

“想不到，你现在也讲情怀了啊。”

“那这样，我花点时间，把我们的故事写出来，名字就叫《父亲的三万块钱》。”

“听起来不错。东总，你送我什么生日礼物啊？”

“奔驰GLS 450。”

“我去！黑鬼东，你转性了……”

华强北·中国电子第一街

后　记

用拼拼凑凑的时间，花了700多天，终于把这部小说写完。很多人都以为这是老谢的自传，其实并不是。也有很多人好奇地问：书里面的主人翁是谁啊？我认识吗？同样在华强北，为什么他能如此优秀呢？

实际上，“阿东”并不是华强北的哪一个人。阿东的故事，有可能是你的故事，也有可能是他的故事。小说中讲述的一些故事，都是华强北一代电子人所亲身经历的。在深圳电子业发展的30年中，从华强北走出来的，有无数个“阿东”。而老谢，只不过是一个记录者。

一个资深的电子业前辈说，华强北市场，实际上是一座大山。这座山里，有庙有兽，有沙有石，有泥有土，有花有草，有树有泉。这一切的存在，让这个神奇的市场展示在世人的面前。在这样的一座大山里，每一个群体的存在都有其原因。比如一个小小的柜台，也是这座山的一部分，比如在门口摆摊卖饮料的，这座山里也不能少了他们的身影。虽然，华强北的大山会有许多的参天大树，会有神迹出现，但是，如果没有小沙小石、小花小草，参天大树如何养成？华强北这座美丽的大山，如何存在？

就像恒佳兴电子的郑宏鑫一样，从开始在华强北摆柜台做贸易，到现在拥有自主品牌的历程，就是一棵大树成长的过程。郑总在华强北的发展史，就是华强北自身的成长史：柜台—隔档—房间—写字楼—工厂。老郑同志总是喜欢说，我们是“刀仔锯大树”。在中国电子行业起步的那个年月，我们与国外的那些大品牌相争，完全无力招架。但是，就是因为他的这一种坚持，才能够慢慢地成长。突然有一天，我们发现，老郑的恒佳兴，也成为一棵参天大树，在华强北的这座大山上迎风起舞。而老郑，也可能是小说里面的另一个“阿东”。美隆电子的陈海升陈总，作为一个资深的电子人，他也一样经历过华强北企业家的成长模式。在他的不懈坚持下，美隆电子的企业文化成为华强北公司文化的标杆，影响了华强北新一代电子人的思维模式，给这个行业注入了属于华强北电子人的优良血统。军人出身的广东华冠董事长林周明，更是一鼓作气，把广东华冠的产品做到极致，要与欧美大品牌一较高下。这个已经当了爷爷的老兵，总是能够深明大义，不计得失，如戎装加身，勇敢向前。

电子人的使命，就是要把中国的电子行业成功地推向世界的舞台。我们虽然起步比较晚，但是后来居上的决心是不容小觑的。在电子行业的前沿地带，有70后阿东、80后阿东、90后阿东。每一个年代的故事虽有不同，但是，我相信，我们的目标都是一致的，都是为了中国的电子事业在奋斗。

在写这部小说的过程中，老谢承受了心中万千、举笔难下的煎熬。明明脑海中有许多的故事、有许多的回忆，但总是难以表达出来，毕竟受功底所限。所幸深圳市电子商会的领导们，对我这部小说充满了兴趣。在内部传阅的时候，商会秘书处的同事，总是一再催稿。有这样的压力，老谢才有动力把这部小说完成。在此，再一次感谢深圳市电子商会。

凡事都有因果，希望这一部不起眼的小说，能够记录下一部分华强北电子人的创业历史。毕竟老谢也是书中人，应懂书中事。愿一切都是上天最好的安排。

谢嘉鹏

2019年11月于深圳

特别鸣谢:

徐慧英　朱宏凯　沈建丰　孙亚名

刘来刚　陈海升　苏少娜

特别鸣谢单位:

深圳市电子商会

校对:

沈建丰